10
18

12, AVENUE D'ITALIE. PARIS XIIIe

Sur l'auteur

Peter Tremayne, de son vrai nom Peter Berresford Ellis, est né le 10 mars 1943 à Coventry, en Angleterre. Ses origines familiales – à la fois bretonne, irlandaise, écossaise et galloise – expliquent sans nul doute sa passion pour la culture celte. Après un premier livre sur le combat pour l'indépendance du pays de Galles en 1968, il devient écrivain à plein temps à partir de 1975.

Peter Tremayne est l'auteur de très nombreux pamphlets, nouvelles, biographies et essais. Il est aussi connu pour ses récits fantastiques fondés sur les mythes et légendes celtiques. Son recueil de nouvelles intitulé *Aisling and Other Irish Tales of Terror* lui a valu d'être comparé aux plus grands maîtres irlandais tels que Sheridan Le Fanu ou Bram Stoker. Il a reçu en 1988 l'Irish Post Award en reconnaissance de ses apports importants à l'étude de l'histoire irlandaise. Et, entre 1983 et 1993, il écrit huit thrillers sous le nom de Peter MacAlan, avant de se lancer dans la rédaction des mystères de sœur Fidelma, série qui compte aujourd'hui dix-huit titres.

Peter Tremayne est membre de la Society of Authors ainsi que de la Crime Writers Society.

www.sisterfidelma.com

PETER TREMAYNE

ABSOLUTION PAR LE MEURTRE

Traduit de l'anglais
par Cécile LECLÈRE

INÉDIT

10/18

« Grands Détectives »

dirigé par Jean-Claude Zylberstein

Du même auteur
aux Éditions 10/18

- ABSOLUTION PAR LE MEURTRE, n° 3630
- LE SUAIRE DE L'ARCHEVÊQUE, n° 3631
- LES CINQ ROYAUMES, n° 3717
- LA RUSE DU SERPENT, n° 3788
- LE SECRET DE MÓEN, n° 3857
- LA MORT AUX TROIS VISAGES, n° 3913
- LE SANG DU MOINE, n° 3962
- LE PÈLERINAGE DE SŒUR FIDELMA, n° 4017
- LA DAME DES TÉNÈBRES, n° 4066
- LES DISPARUS DE DYFED, n° 4125
- LE CHÂTIMENT DE L'AU-DELÀ, n° 4160

Titre original :
Absolution by Murder

ISBN 978-2-264-04955-1

Pour Dorothea

NOTE HISTORIQUE

Ce récit se passe en 664 apr. J.-C., pendant le synode de Whitby (le Witebia du récit). Beaucoup de lecteurs se trouveront peut-être déconcertés par les coutumes et autres faits ayant trait au haut Moyen Âge. Il faut noter qu'au sein de l'Église romaine ou de ce que l'on appelle l'Église celtique, la notion du célibat chez les religieux n'était pas universelle. Abbayes et monastères qui accueillaient les deux sexes portaient le nom de *conhospitae*, ou « monastères doubles ». Hommes et femmes y vivaient côte à côte, élevant leurs enfants au service du Christ. L'abbaye de Sainte-Hilda à Whitby, appelée Streoneshalh à l'époque, était un de ces monastères doubles. Prêtres et évêques se mariaient, et ils en avaient le droit. Le célibat, originellement réservé aux ascètes, mais approuvé par Paul de Tarse et de nombreux prélats, devenait à l'époque de plus en plus répandu. Il fallut cependant attendre la papauté réformatrice de Léon IX (entre 1049 et 1054) pour qu'ait lieu une véritable tentative de contraindre le clergé de l'Église d'Occident d'accepter le célibat.

« Aucune bête sauvage n'est plus cruelle que les chrétiens entre eux. »

AMMIEN MARCELLIN
(v. 330-v. 400)

CHAPITRE Ier

L'homme n'était pas mort depuis longtemps. Le sang et la bave autour de ses lèvres grimaçantes étaient encore humides. La brise faisait osciller le corps, qui se balançait au bout d'une épaisse corde de chanvre à la branche d'un chêne trapu. Sa tête était tordue d'une manière improbable : le cou avait été brisé. Ses vêtements étaient déchirés et s'il avait porté des sandales, elles avaient été emportées par quelque maraudeur, car il n'y avait aucun soulier aux alentours. Ses mains contractées, poisseuses de sang, montraient qu'il n'était pas mort sans lutter.

Ce n'était pas le fait qu'un homme soit pendu à un arbre au bord de la route qui provoqua la halte de la petite troupe de voyageurs. Ils s'étaient accoutumés à être témoins d'exécutions rituelles et autres châtiments depuis qu'ils avaient traversé le pays de Rheged[1] et pénétré dans le royaume de Northumbrie. Les Angles et les Saxons qui vivaient là semblaient faire subir des peines sévères à qui transgressait leurs lois, allant de diverses mutilations corporelles jusqu'à l'exécution,

1. Ancien royaume situé au nord-est de l'Angleterre, du mur d'Hadrien à Leeds et à Chester. *(N.d.T.)*

par les plus douloureux moyens jamais conçus, le plus répandu et le moins cruel étant la pendaison. La vue d'un nouveau malheureux accroché à un arbre ne les troublait plus. C'était autre chose qui avait poussé la troupe à tirer les rênes des montures, chevaux ou mules.

Quatre hommes et deux femmes composaient le groupe. Tous portaient la tunique de laine naturelle des religieux et les cheveux des moines étaient rasés à l'avant, une tonsure signalant leur appartenance à l'Église de Colomba, issue de la sainte île d'Iona. D'un même mouvement ou presque, ils s'étaient arrêtés pour considérer ce pendu, aux yeux écarquillés dans son épouvantable mort, la langue noircie visible entre ses lèvres, dans ce qui avait dû être un ultime halètement. Visage grave et anxieux, les voyageurs observaient le corps.

La raison s'en comprenait sans peine. La tête du mort portait elle aussi la tonsure de Colomba. Les vêtements qui lui restaient étaient à l'évidence ceux d'un religieux, bien que fussent absents le crucifix, le ceinturon et la besace de cuir qu'un *peregrinus pro Christo*[1] aurait dû porter.

Le moine à la tête de la troupe avait approché sa mule et examinait la scène, une expression terrifiée sur son visage blême.

Une des femmes s'avança et observa le cadavre, le regard ferme. Elle montait un cheval, ce qui signifiait qu'elle n'était pas une religieuse ordinaire, mais une femme de haut rang. Son visage pâle ne trahissait aucune crainte, rien qu'une légère expression de répulsion et de curiosité. Elle était jeune, grande et son habit sombre laissait deviner des proportions harmonieuses.

1. Pèlerin du Christ. *(N.d.T.)*

Des mèches rebelles de cheveux roux s'échappaient de sa coiffe. Elle avait une pâleur séduisante et des yeux vifs, dont il était difficile de déterminer s'ils étaient bleus ou verts, tant ils étaient changeants, au gré de l'émotion.

— Reculez, sœur Fidelma, murmura son compagnon avec agitation. Ce n'est pas un spectacle pour vos yeux.

La femme que l'on venait d'interpeller fit une grimace vexée en percevant l'anxiété dans la voix du moine.

— Pensez-vous que ce soit un spectacle pour quiconque, frère Taran ? rétorqua-t-elle.

Rapprochant encore son cheval du cadavre, elle remarqua :

— Notre frère a trépassé il y a peu de temps. Qui peut avoir perpétré ce crime affreux ? Des brigands ?

Frère Taran secoua la tête.

— C'est une étrange contrée, ma sœur. Ce n'est que ma seconde mission ici. Trente ans ont passé depuis que nous avons commencé à apporter la parole du Christ dans ce pays perdu. Pourtant, moult païens n'ont toujours qu'un piètre respect pour notre habit. Avançons — prestement. Le coupable, quel qu'il soit, pourrait être encore alentour. L'abbaye de Streoneshalh ne doit pas être bien distante et il nous faut l'atteindre avant que le soleil ne disparaisse derrière ces collines.

Il fut parcouru d'un léger frisson.

La jeune femme exprima son irritation d'un froncement de sourcils.

— Vous pourriez poursuivre en abandonnant ainsi un de nos frères ? Sans bénédiction ni sépulture ?

Le ton était acerbe et plein de colère.

Frère Taran haussa les épaules ; sa peur perceptible le rendait pathétique. Fidelma se tourna vers ses autres compagnons.

— J'ai besoin d'un couteau pour libérer notre frère, expliqua-t-elle. Nous devons prier pour son âme et lui accorder un enterrement chrétien.

Tous échangèrent des regards gênés. L'autre femme, à l'ossature massive, lourdement et maladroitement installée sur sa monture, répondit d'un air contrit :

— Frère Taran a peut-être raison. Après tout, il connaît ce pays, comme moi. N'ai-je point été arrachée au pays des Cruithnes[1] et retenue prisonnière ici plusieurs années comme otage ? Mieux vaut nous hâter et trouver asile à l'abbaye de Streoneshalh. Nous rapporterons cette atrocité à l'abbesse. Elle saura quelles dispositions prendre.

Sœur Fidelma pinça les lèvres et laissa échapper un soupir d'agacement.

— Nous pouvons au moins nous charger des besoins spirituels de notre défunt frère, sœur Gwid, répliqua-t-elle d'un ton sec.

Après un silence, elle demanda à nouveau :

— Personne n'a donc de couteau ?

Non sans hésitation, un des compagnons s'avança pour lui tendre une petite lame.

Sœur Fidelma s'en empara, mit pied à terre et se dirigea vers la branche basse où était nouée la corde du pendu. Elle s'apprêtait à la couper quand elle entendit un cri agressif qui la fit se retourner soudain.

Une demi-douzaine d'hommes à pied avaient surgi des bois situés de l'autre côté de la route. Ils étaient commandés par un homme à cheval, personnage solidement charpenté aux longs cheveux hirsutes qui jaillissaient sous un casque de bronze poli et se mêlaient à une épaisse barbe noire. Il portait un plastron de cui-

1. Ou Pictes : ancien peuple indo-européen qui s'installa en Irlande et en Bretagne. Forme archaïque de breton. *(N.d.T.)*

rasse bruni et avait une posture autoritaire. Ses compagnons serrés autour de lui transportaient toutes sortes d'armement, bâtons, arcs aux flèches encochées, quoique pas encore bandés.

Sœur Fidelma ignorait ce que l'homme criait, mais il s'agissait clairement d'un ordre et elle comprit bien vite qu'on lui intimait de s'arrêter.

Elle jeta un coup d'œil à frère Taran, sans conteste fort inquiet.

— Qui sont ces gens ?

— Des Saxons, ma sœur.

Fidelma eut un geste d'impatience.

— Cela, je peux le déduire seule. Mais ma connaissance du saxon est imparfaite. Adressez-vous à eux, demandez qui ils sont et ce qu'ils savent de ce meurtre.

Frère Taran fit faire demi-tour à sa mule et, bredouillant un peu, interpella le chef.

L'imposant homme au casque eut un rictus et cracha avant de proférer une salve de syllabes.

— Il dit s'appeler Wulfric de Frihop, thane d'Alhfrith de Deira ; nous sommes sur ses terres. Son manoir se trouve derrière les arbres.

La nervosité de frère Taran se devinait au ton saccadé et inquiet avec lequel il traduisait.

— Demandez-lui ce que cela signifie, demanda sœur Fidelma, froide et autoritaire, en désignant le pendu.

Le guerrier saxon s'approcha et dévisagea frère Taran avec un froncement de sourcils curieux. Puis un sourire méchant apparut sur son visage barbu. Ses yeux rapprochés et son regard fuyant faisaient penser Fidelma à un renard rusé. Il hocha la tête, comme amusé par les propos hésitants de Taran, et répondit non sans avoir de nouveau craché sur le sol pour accentuer ses dires.

— Le frère a été exécuté, traduisit Taran.

— Exécuté ? s'étonna Fidelma en plissant les yeux. Par quelle loi cet homme ose-t-il tuer un moine d'Iona ?

— Pas d'Iona. Le moine est un Northumbrien du monastère des îles Farne.

Sœur Fidelma se mordit les lèvres. Elle savait que l'évêque de Northumbrie, Colmán, était également abbé de Lindisfarne et que cette abbaye était le centre de l'Église dans ce royaume.

— Son nom ? Quel est le nom du frère ? Et quel était son crime ? voulut-elle savoir.

Wulfric eut un haussement d'épaules éloquent.

— Sa mère connaissait sûrement son nom — et son Dieu. Moi je ne le savais pas.

— D'après quelle loi a-t-il été exécuté ? insista-t-elle, essayant de maîtriser la colère qui la gagnait.

Le guerrier, Wulfric, s'était avancé, de sorte que sa monture se trouvait près de la jeune religieuse. Il se pencha vers elle. Elle plissa le nez en sentant son haleine fétide et vit ses dents noires apparaître dans le rictus qu'il lui décocha. Il était visiblement impressionné qu'une femme, jeune de surcroît, semblât ne pas avoir peur de lui ni de ses compagnons. Elle lisait une lueur d'interrogation dans ses yeux sombres ; il croisa les mains sur le pommeau de sa selle et, avec un petit sourire en coin, désigna de la tête le corps oscillant.

— La loi dit que tout homme qui insulte ses supérieurs doit en payer le prix.

— Insulte ses supérieurs ?

Wulfric acquiesça.

Taran poursuivit nerveusement sa traduction :

— Le moine est arrivé au village de Wulfric à la mi-journée, cherchant le gîte et l'hospitalité sur sa route. En bon chrétien...

Wulfric avait-il souligné ce point ou bien s'agissait-il seulement de la traduction de Taran ?

— ... Wulfric lui a offert un lit et un repas. L'hydromel coulait à flots dans la grand-salle où l'on festoyait, quand la dispute a éclaté.

— Quelle dispute ?

— Il semble que le roi de Wulfric, Alhfrith...

— Alhfrith ? Je croyais qu'Oswy était roi de Northumbrie, l'interrompit Fidelma.

— Alhfrith est le fils d'Oswy. Il est le sous-roi de Deira, cette province méridionale de Northumbrie où nous nous trouvons.

Fidelma fit signe à Taran de poursuivre sa traduction.

— Cet Alhfrith est devenu disciple de Rome et a expulsé de nombreux moines du monastère de Ripon parce qu'ils ne suivaient pas la liturgie et les enseignements romains. Apparemment, l'un des hommes de Wulfric a engagé une discussion avec ce moine concernant les mérites comparés des liturgies de Colomba et de Rome. La conversation s'est transformée en dispute, la dispute en colère et le moine s'est échauffé. Ses mots ont été jugés insultants.

Sœur Fidelma, incrédule, considéra le thane :

— Et pour cela, cet homme a été tué ? Pour de simples paroles ?

Wulfric, qui se caressait la barbe, impassible, se mit à sourire en hochant la tête quand Taran lui répéta la question.

— Il a insulté le thane de Frihop. Il a été exécuté. Un homme du peuple ne peut offenser un noble de naissance. C'est la loi. Et cette loi veut qu'il demeure pendu ici pendant une pleine lune à compter de ce jour.

La colère se peignait maintenant clairement sur les traits de la jeune sœur. Elle connaissait mal la loi saxonne qui, à son opinion, était parfaitement injuste, mais elle avait assez de sagesse pour ne pas manifester son indignation. Elle se retourna, remonta sur son cheval avec aisance et dévisagea le guerrier.

— Sachez, Wulfric, que je suis en route pour Streoneshalh, où je rencontrerai Oswy, roi de cette terre de Northumbrie. Et je l'informerai de la manière dont vous avez traité ce serviteur de Dieu, qui était sous sa protection, lui qui est roi chrétien de ce pays.

Si ces mots étaient censés faire naître la moindre appréhension chez Wulfric, ce fut un échec.

Depuis le début de l'échange, les yeux perçants de sœur Fidelma n'avaient cessé de surveiller non seulement Wulfric mais aussi ses compagnons, qui manipulaient leurs arcs, en jetant de temps à autre des coups d'œil à leur chef, comme pour anticiper ses ordres. Elle sentait que le temps de la circonspection était venu. Elle fit avancer son cheval d'un coup de talon ; frère Taran, soulagé, fit de même, suivi par ses compagnons. Elle maintint sa monture au pas, à dessein. La hâte trahirait la peur et c'était la dernière chose à montrer à une brute telle que Wulfric.

À sa surprise, il n'y eut aucune tentative pour les empêcher de partir. Wulfric et ses hommes se contentèrent de les regarder s'éloigner, certains riant entre eux. Quelque temps après, quand une distance suffisante les sépara des hommes en armes, Fidelma se retourna vers Taran en secouant la tête :

— Quel étrange pays païen ! Je croyais qu'Oswy régnait sur la Northumbrie dans la paix et le contentement !

Sœur Gwid, comme frère Taran, était une Cruithne du Nord ; elle répondit à Fidelma. Elle connaissait un peu les coutumes et le langage de Northumbrie, ayant passé, comme elle l'avait mentionné, plusieurs années en captivité sur ces terres.

— Vous avez beaucoup à apprendre sur cette contrée sauvage, ma sœur.

La condescendance dans sa voix s'éteignit au regard irrité que lui jeta Fidelma.

— Racontez-moi donc, lança celle-ci, la voix claire et glaciale.

— Eh bien... commença Gwid, penaude. La Northumbrie a été colonisée par les Angles. Dans le sud de ce pays, ils ne sont pas si différents des Saxons, leur langue est la même et ils vénéraient les mêmes dieux bizarres jusqu'à ce que nos missionnaires viennent prêcher la parole du Dieu véritable. Deux royaumes ont été instaurés, la Bernicie au nord et la Deira au sud. Il y a soixante ans, les deux territoires se sont unis pour former celui-ci, qui est désormais régi par Oswy. Mais il permet à son fils, Alhfrith, d'être sous-roi de la province du Sud, Deira. N'est-ce pas, frère Taran ?

Celui-ci acquiesça amèrement.

— Maudit soit Oswy et sa maison, murmura-t-il. Quand son frère Oswald était roi, il a pris la tête des Northumbriens pour envahir notre pays. Je n'étais alors qu'un nouveau-né. Mon père, qui était chef des Gododdins[1], a péri sous leurs coups, et ma mère a été coupée en morceaux devant lui tandis qu'il agonisait. Je les hais tous !

Fidelma haussa un sourcil.

— Pourtant, vous êtes un frère du Christ, un homme de paix. La haine ne devrait point habiter votre cœur.

Taran soupira.

— Vous avez raison, ma sœur. Parfois notre foi est exigeante.

— Néanmoins, poursuivit-elle, je croyais qu'Oswy avait été éduqué à Iona et qu'il favorisait la liturgie de

1. Habitants d'un ancien royaume gallois. *(N.d.T.)*

l'Église de Colum-Cille. Pourquoi son fils serait-il disciple de Rome et ennemi de notre cause ?

— Ces Northumbriens appellent le bienheureux Colum-Cille par le nom de Colomba, intervint sœur Gwid d'un ton pédant. Ils ont moins de mal à le prononcer.

Frère Taran répondit à la question de Fidelma.

— Je crois Alhfrith hostile à son père, qui s'est remarié. Alhfrith craint que son père ne le déshérite en faveur d'Ecgfrith, le fils né de son actuelle épouse.

Fidelma soupira profondément.

— Je n'entends rien à cette loi saxonne de succession. On me dit qu'ils acceptent comme héritier le fils aîné plutôt que de permettre au plus digne de la famille d'être élu par libre choix, comme chez nous.

Sœur Gwid laissa soudain échapper un cri et pointa le doigt au loin.

— La mer ! Je vois la mer ! Et cette maison noire à l'horizon, ce doit être l'abbaye de Streoneshalh.

Sœur Fidelma arrêta son cheval et scruta la lointaine étendue, les yeux plissés.

— Qu'en dites-vous, frère Taran ? Vous connaissez cette partie du pays. Approchons-nous du terme de notre voyage ?

Le soulagement envahit le visage de Taran.

— Sœur Gwid a raison. C'est bien notre destination — Streoneshalh, l'abbaye de la bienheureuse Hilda, cousine du roi Oswy.

CHAPITRE II

Les cris angoissés d'une voix rauque forcèrent l'abbesse, contrariée d'être dérangée, à lever les yeux du vélin enluminé qu'elle étudiait.

Elle était assise dans une pièce sombre, dallée de pierre, éclairée par des chandelles placées sur des supports de bronze fixés aux murs élevés. Il faisait jour, mais l'unique et haute fenêtre laissait pénétrer peu de lumière ; ce lieu était froid et austère, malgré les quelques tapisseries aux couleurs éclatantes qui dissimulaient les aspects les plus sinistres de la maçonnerie. Quant au feu qui se consumait dans le vaste foyer à une extrémité de la pièce, il ne procurait guère de chaleur.

L'abbesse se tint un instant immobile. À son froncement de sourcils, de profondes rides se formèrent sur son large front, soulignant ses traits fins et anguleux. Ses yeux sombres, aux pupilles presque impossibles à discerner, brillèrent d'un éclat courroucé et elle pencha légèrement la tête pour écouter. Puis elle arrangea sa riche cape de laine tissée autour de ses épaules, laissant sa main glisser au passage sur le crucifix d'or finement ouvragé qui ornait son collier de minuscules perles d'ivoire. Il était évident, d'après son habit et ses parures, que cette femme était fortunée et de haut rang.

Le raffut continuait derrière la porte ; elle se leva, réprimant un soupir d'agacement. Bien que de taille moyenne, elle avait une prestance qui lui donnait une présence imposante. La colère durcit ses traits.

Il y eut un coup brusque à la porte de chêne et celle-ci s'ouvrit presque au même instant, sans qu'elle ait eu le temps de répondre.

Sur le seuil se tenait une femme apeurée, vêtue de l'habit brun des sœurs de l'ordre.

Derrière elle, un mendiant en haillons se débattait entre deux frères vigoureux. La posture et le visage empourpré de la sœur trahissaient son agitation ; elle semblait incapable d'articuler les mots qu'elle cherchait si visiblement.

— Que signifie tout ceci ?

La mère supérieure s'exprima d'une voix douce, mais pleine d'autorité.

— Ma mère... commença la religieuse avec appréhension.

Mais avant qu'elle pût terminer sa phrase, le mendiant reprit ses hurlements incohérents.

— Parlez ! exigea l'abbesse avec impatience. Que signifie cette scandaleuse interruption ?

— Ma mère, cet indigent réclame une entrevue avec vous. Quand nous avons voulu le chasser de l'abbaye, il s'est mis à crier et il s'en est pris aux frères.

Les mots étaient sortis au galop, sans que la sœur eût pris le temps de respirer.

L'abbesse serra les lèvres d'un air sombre.

— Qu'il approche, ordonna-t-elle.

La religieuse se tourna et fit signe aux frères de faire avancer le mendiant. L'homme avait cessé de lutter.

Il était d'une telle maigreur qu'il semblait plus un squelette qu'un homme de chair. Il avait des yeux gris, presque sans couleur, et sa tête était couverte d'une tignasse brune et sale. La peau tendue sur ses formes émaciées était jaune et parcheminée. Il était vêtu de guenilles. C'était manifestement un étranger au royaume de Northumbrie.

— Que voulez-vous ? demanda l'abbesse en le dévisageant avec dégoût. Pourquoi provoquer un tel émoi dans ce lieu de contemplation ?

— Ce que je veux ? répéta lentement le mendiant, avant de rebondir dans une autre langue et à un rythme si saccadé que l'abbesse pencha la tête en avant comme pour mieux le suivre. Parlez-vous ma langue, la langue des enfants d'Éireann ? dit-il.

Tout en traduisant mentalement ses mots, elle acquiesça. Cela faisait trente années maintenant que le royaume de Northumbrie recevait l'enseignement chrétien, l'érudition et la lecture des moines irlandais de la sainte île d'Iona.

— Je parle assez bien votre langue, concéda-t-elle.

L'indigent fit une pause et hocha rapidement la tête plusieurs fois comme pour signifier son accord.

— Êtes-vous l'abbesse Hilda de Streoneshalh ?

Celle-ci eut une moue d'impatience.

— Je suis Hilda.

— Alors, entends-moi, Hilda de Streoneshalh. Une calamité se prépare. Le sang sera versé en ces murs avant que la semaine se termine.

L'abbesse observa le mendiant avec stupéfaction. Il lui fallut quelques secondes pour se remettre du choc causé par cette prédication, prononcée sur un ton monocorde et détaché. L'homme n'était plus en proie à l'agitation ; il se tenait calmement devant elle, la dévisageant de ses yeux qui avaient l'opacité grise d'un lourd ciel d'hiver.

— Qui êtes-vous ? voulut-elle savoir, se ressaisissant. Et comment osez-vous faire des prophéties dans la maison de Dieu ?

Un sourire vint flotter sur les lèvres minces du mendiant.

— Je suis Canna, fils de Canna, et j'ai lu cela dans les cieux nocturnes. Dans cette abbaye se rassembleront bientôt nombre de grands hommes et d'érudits, venus d'Irlande à l'ouest, de Dál Riada au nord, de Cantorbéry au sud et de Rome à l'est. Chacun viendra débattre des mérites de sa voie propre vers la compréhension du seul Dieu Véritable.

L'abbesse agita sa main fine, dans un geste d'exaspération.

— Même un serf saurait cette nouvelle, devin, répliqua-t-elle, agacée. Tout le monde sait que le roi Oswy a convoqué les plus éminents savants pour examiner lequel des enseignements, de Rome ou de Colomba, devait être suivi dans ce royaume. Pourquoi venir nous ennuyer avec ce babillage de cuisine ?

Le mendiant sourit cruellement.

— Mais ce qu'on ne sait point, c'est que la mort rôde. Écoutez-moi bien, abbesse Hilda : avant que la semaine ne se termine, le sang aura coulé sous le toit de cette grande abbaye. Le sang tachera la pierre froide de son sol.

— Et je suppose que, contre une certaine somme, vous détourneriez le cours de cette malédiction ? enchaîna-t-elle, se permettant une raillerie.

À sa surprise, le mendiant fit non de la tête.

— Vous devez savoir, fille d'Hereri de Deira, qu'on ne peut détourner le cours des étoiles dans les cieux. En aucune façon. Une fois leur chemin distingué, rien ne peut les faire dévier. Le jour où le soleil sera occulté dans le ciel, le sang sera versé ! Je suis venu vous prévenir, c'est tout. J'ai rempli mon obligation envers le fils de Dieu. Tenez compte de mon avertissement.

Hilda dévisagea son interlocuteur, qui pinça fermement la bouche et tendit son menton en avant avec défi. Elle se mordit la lèvre un moment, troublée tant par les manières de l'homme que par son message, mais bientôt sur ses traits réapparut l'expression d'agacement. Elle jeta un coup d'œil à la sœur qui l'avait dérangée.

— Emmenez cet insolent et faites-le fouetter, lui ordonna-t-elle sèchement.

Les deux moines resserrèrent leur prise sur les bras du mendiant, qui se débattit, et l'entraînèrent hors de la pièce.

Comme la religieuse s'apprêtait à les suivre, Hilda leva la main pour la retenir. La sœur s'arrêta, dans l'expectative. L'abbesse se pencha vers elle et, baissant la voix, lui dit :

— Dites-leur de ne point le fouetter trop fort et, quand ils en auront terminé, donnez-lui un morceau de pain des cuisines, puis laissez-le aller en paix.

La sœur haussa les sourcils, hésita un instant comme pour contester ces ordres puis acquiesça avec empressement et se retira sans un mot de plus.

Derrière les portes closes, Hilda entendait encore hurler la voix stridente du fils de Canna :

— Prenez garde, abbesse ! Le jour où le soleil sera occulté dans le ciel, le sang sera versé dans votre abbaye !

L'homme, penché en avant dans le vent cinglant, était appuyé contre la haute proue de chêne du navire, cherchant des yeux la côte, au loin. Le vent gémissait doucement, il ébouriffait ses cheveux foncés, rougissait ses joues et s'engouffrait dans son habit de laine brune naturelle. L'homme agrippa la rambarde des deux mains, bien que sous ses pieds le pont tanguât plutôt faiblement, sur les vagues agitées par le vent côtier. La mer clapotait, de petites plumes blanches d'écume semblaient danser sur les flots gris. Haussant la voix, il interpella le vieux marin robuste qui se tenait juste derrière lui :

— Y sommes-nous, capitaine ?

L'homme grimaça ; il avait les yeux brillants et les traits noueux, la peau tannée d'avoir été toute une vie exposée aux vents du large.

— Oui-da, frère Eadulf. C'est notre destination. La côte du royaume d'Oswy.

Le jeune moine se retourna pour observer le rivage, l'enthousiasme se lisait sur son visage.

Le vaisseau longeait la côte depuis deux jours maintenant, il se dirigeait lentement vers le septentrion en tentant d'éviter les eaux les plus tempétueuses de la mer du Nord. Son capitaine s'était contenté de le gouverner en direction des baies et criques les plus protégées tandis qu'il cherchait un port plus sûr dans les tranquilles eaux côtières. Mais il avait été forcé de repartir vers le large pour contourner un vaste promontoire orienté vers le nord-est et battu par les bourrasques marines.

Stuf, le capitaine du vaisseau, originaire du royaume des Saxons du Sud, s'approcha du jeune homme et tendit le doigt.

— Vous voyez ces falaises, là-bas ?

Curieux, frère Eadulf parcourut des yeux les parois de grès sombres, hautes de quatre cents pieds environ et qui donnaient l'impression d'être formidablement escarpées. Elles étaient protégées par une étroite ceinture de sable ou une cicatrice de rocs rugueux.

— Je les vois.

— Alors, voyez-vous cette forme noire au-dessus ? Eh bien, c'est l'abbaye d'Hilda, Streoneshalh.

À cette distance, frère Eadulf ne pouvait distinguer guère plus que la petite silhouette noire que l'homme avait indiquée. Elle s'élevait juste avant ce qui semblait être une fissure dans la falaise.

— C'est notre port, expliqua le capitaine, comme s'il avait lu dans ses pensées. La vallée de l'Esk, la petite rivière qui vient se jeter dans la mer juste sous l'abbaye. Un petit bourg s'est établi là il y a une dizaine d'années. À cause de la proximité de l'abbaye de mère Hilda, on l'a déjà baptisé Witebia, la « ville des purs ».

— Quand l'atteindrons-nous ?

— Dans l'heure peut-être, dit le capitaine en haussant les épaules. Tout dépend de cette brise qui souffle vers la côte et de la marée galopante. À l'entrée du port, un mauvais écueil fend la mer sur près de dix encablures. Rien de dangereux — quand on est bon marin.

Il n'eut pas besoin d'ajouter « comme moi », Eadulf avait compris.

À regret, ce dernier quitta les falaises des yeux.

— Je ferais bien d'en informer monseigneur.

Tournant les talons, il tituba un peu et étouffa le juron qui lui était monté spontanément aux lèvres : lui qui en était venu à se croire marin ! N'avait-il point traversé à deux reprises la grande mer qui séparait la Bretagne[1] de la terre d'Éireann et, récemment encore, celle qui baignait la Gaule, au retour d'un pèlerinage de deux ans à Rome ? Cependant il avait découvert qu'à chaque nouvelle traversée il avait besoin de s'adapter entre la terre et la mer. Sur les trois jours qu'avait duré le voyage depuis le royaume du Kent, il en avait fallu un entier à frère Eadulf pour recouvrer le pied marin. En effet, le moine avait d'abord été rudement éprouvé. Le premier jour, allongé sur sa paillasse, il avait gémi et vomi, à croire qu'il mourrait sûrement de nausée et d'épuisement. Il lui avait fallu

1. Le terme « Bretagne » désigne ici l'actuelle Grande-Bretagne. *(N.d.T.)*

attendre le troisième jour pour être capable de se tenir debout ; les odorantes brises marines avaient alors éclairci sa tête et ses poumons et l'avaient aidé à se sentir relativement humain de nouveau. Mais parfois, une vague capricieuse le faisait encore tituber, au grand amusement de Stuf et de ses hommes.

Stuf tendit une solide main tannée et calleuse pour retenir le jeune moine, qui avait failli perdre l'équilibre.

Penaud, frère Eadulf lui adressa un sourire de remerciement et fit demi-tour.

Le capitaine le regarda s'éloigner, amusé par sa démarche malhabile. Une semaine de plus et le jeune religieux aurait peut-être fait un marin passable, pensa-t-il. Avec l'exercice, ses muscles auraient bientôt retrouvé leur vigueur. Ils s'étaient visiblement atrophiés par trop d'années de prière dans des cloîtres sombres, à l'écart du soleil. Le jeune moine avait une carrure de guerrier. Stuf secoua la tête d'un air désapprobateur. Le christianisme transformait les guerriers saxons en femmes.

Le vieux capitaine avait transporté bien des cargaisons le long de ces côtes, mais c'était la première fois qu'il voyageait avec des chrétiens. Curieux passagers que ceux-là, par le souffle d'Odin. Stuf ne cachait pas sa préférence pour le culte des anciens dieux, ceux de ses ancêtres. Son pays, celui des Saxons du Sud, venait d'ailleurs seulement de permettre, à contrecœur, à ceux qui enseignaient la religion du Dieu sans nom et de son fils, qu'on appelait Christ, d'entrer et de prêcher dans le royaume. Stuf aurait préféré que le roi des Saxons du Sud continue à les en empêcher. Il ne pouvait souffrir ces chrétiens ni leurs enseignements.

Quand son heure serait venue, il voulait aller au paradis des guerriers, épée à la main, en criant le nom sacré d'Odin, comme d'innombrables générations d'ancêtres l'avaient fait avant lui, plutôt que de rendre l'âme paisiblement dans son lit en murmurant le nom d'un dieu étranger dans une langue bizarre. Ce n'était pas ainsi qu'un guerrier saxon passait dans l'au-delà : il se voyait d'ailleurs refuser toute forme de vie après la mort s'il ne se rendait pas au paradis des guerriers en brandissant son arme.

D'après ce que Stuf comprenait, ce Christ était censé être un dieu de paix, d'esclaves, de vieillards et de femmes.

Mieux valait un dieu viril, un dieu guerrier, comme Tyr ou Odin, Thor, Freyr ou Saxnot, qui châtiaient leurs ennemis, accueillaient les combattants et pourfendaient faibles et chétifs.

Cependant, il était un homme de commerce. Capitaine d'un bateau de quatre-vingts pieds. Et l'or des chrétiens n'était pas moins bon que celui des autres, peu lui importait donc que son chargement consistât en un groupe de religieux chrétiens.

Il se mit dos au vent et cracha par-dessus bord. Il leva les yeux, délavés mais vifs, vers la grand-voile au-dessus de lui ; il était temps maintenant de l'affaler et d'ordonner aux trente-huit esclaves manœuvrant les rames de mettre le cap vers la côte. Il cria ses ordres en cheminant vers l'arrière de son embarcation.

Frère Eadulf rejoignit à la poupe ses compagnons, une demi-douzaine d'hommes maintenant étendus sur leur paillasse, et s'adressa à un homme replet aux cheveux grisonnants :

— Witebia est en vue, frère Wighard. Le capitaine estime que nous devrions arriver dans moins d'une heure. Dois-je prévenir monseigneur ?

L'homme secoua la tête.

— Monseigneur ne se sent pas mieux, répondit-il mélancoliquement.

Frère Eadulf eut l'air inquiet.

— Mieux vaudrait le faire monter à la proue, l'air pourrait lui rendre la santé.

Frère Wighard fit un non énergique de la tête.

— Je sais que vous avez étudié l'art de l'apothicaire, Eadulf. Mais de tels remèdes tuent parfois. Laissons monseigneur prendre encore un peu de repos.

Eadulf hésita, partagé entre sa foi en ses propres connaissances et le fait qu'on ne pouvait passer outre les ordres d'un homme tel que Wighard, secrétaire auprès de Deusdedit, archevêque de Cantorbéry. Et Deusdedit était le sujet de leur conversation.

L'archevêque était âgé, il avait été désigné par Eugène Ier, évêque de Rome et père de l'Église universelle, pour être à la tête de la mission romaine dans les royaumes anglo-saxons en Bretagne.

Mais personne ne pouvait converser avec Deusdedit sans l'approbation de Wighard. Les traits de chérubin, l'air avenant du secrétaire cachaient un esprit froidement calculateur et une ambition aussi acérée qu'une épée, ainsi qu'Eadulf l'avait découvert durant les quelques jours passés en sa compagnie. Wighard se montrait extrêmement jaloux de sa position de secrétaire et de confident de l'archevêque.

Deusdedit avait l'honneur d'être le premier Saxon à avoir jamais hérité de l'office inauguré par Augustin de Rome à Cantorbéry quelque soixante-dix ans auparavant, lorsqu'il était arrivé pour convertir au Christ les Saxons païens. Jusqu'alors, seuls des missionnaires de Rome avaient été affectés à la conversion des Angles et des Saxons. Mais Deusdedit, Saxon de l'Ouest dont le nom d'origine était Frithuwine, s'était montré érudit, patient et zélé dans son apprentissage des enseignements romains. Frithuwine avait été baptisé dans la nouvelle foi comme celui à qui l'on a donné, *deditus*, un nouveau Dieu, *Deus*. Le Saint-Père n'avait pas eu la moindre hésitation à faire de lui son porte-parole dans les royaumes anglo-saxons, et, depuis neuf années maintenant, Deusdedit présidait à la destinée de ces chrétiens qui trouvaient en Rome leur autorité spirituelle.

Mais depuis le début du voyage, sa santé n'avait pas été des meilleures ; il avait passé la plus grande partie de son temps à l'écart, aux seuls soins de son secrétaire, Wighard.

Eadulf hésita encore, se demandant s'il devait être opiniâtre dans l'application de sa connaissance de la médecine, puis il haussa les épaules.

— Avertirez-vous monseigneur que nous accosterons bientôt ? demanda-t-il.

Wighard acquiesça d'un air rassurant.

— Ce sera fait. Faites-moi savoir si vous percevez le moindre signe d'une réception de bienvenue sur la laisse.

Frère Eadulf inclina la tête. La grand-voile était amenée et ferlée, et les esclaves tiraient en geignant sur les grandes pièces de bois qui propulsaient en avant l'élégant navire. Pendant quelques instants, Eadulf s'abîma dans la contemplation de l'activité à bord, tandis que le vaisseau semblait ricocher sur les eaux en direction de la rive. C'était sur un bateau comme celui-ci que ses ancêtres, il y avait si peu de temps, avaient traversé les mers infinies pour attaquer cette île féconde de la Bretagne et finalement s'y établir.

Les surveillants parcouraient les rangées d'esclaves qui ahanaient et tiraient de toutes leurs forces sur les rames, les encourageant à accroître leurs efforts avec maints claquements de fouet et jurons. De temps à autre survenait un brusque cri de douleur, quand la mèche d'un fouet entrait en contact avec la chair à nu. Eadulf observa les marins courant de-ci, de-là, s'affairant à leurs incompréhensibles tâches avec un sentiment d'envie mal dissimulé. Il se ressaisit à cette pensée.

Il ne devrait envier quiconque, car, à son vingtième anniversaire, il avait tourné le dos à la charge de *gerefa* héréditaire, magistrat des terres du thane de Seaxmund's Ham. Il avait renié les anciens dieux du South Folk, dans le royaume des Angles de l'Est, pour suivre le Dieu nouveau, dont les enseignements étaient venus d'Irlande. Jeune et enthousiaste, il avait fait la connaissance d'un Irlandais, Fursa, qui parlait un saxon épouvantable mais était parvenu à ses fins. Il avait non seulement enseigné à Eadulf la lecture et l'écriture de son saxon natal, une langue qu'Eadulf n'avait jamais vue écrite auparavant, mais il lui avait également transmis sa connaissance de l'irlandais et du latin, tout en le convertissant au savoir du Christ, le fils du Dieu sans nom.

Eadulf s'était montré un disciple si doué que Fursa l'avait envoyé, avec des lettres d'introduction, sur sa terre natale d'Irlande, au monastère de Durrow où l'on enseignait et formait des étudiants des quatre coins du monde. Pendant une année, Eadulf avait étudié parmi les frères pieux qui s'y trouvaient, mais, éprouvant de l'intérêt pour les remèdes et pouvoirs curatifs des apothicaires irlandais, il avait passé quatre autres années à la fameuse école de médecine de Tuaim Brecain. Là, il avait reçu les enseignements du légendaire Midach, fils de Diancecht, qui avait été tué : sur les trois cent soixante-cinq articulations, tendons et membres de son corps avaient poussé trois cent soixante-cinq herbes, chacune ayant la vertu de guérir la partie du corps qui l'avait développée.

Cet apprentissage avait éveillé en lui une soif de savoir et il découvrit qu'il était capable de résoudre des énigmes ; les problèmes qui pour certains étaient comme une langue étrangère se révélaient pour lui limpides. Il supposait que cette habileté lui venait de la connaissance orale de la loi des Saxons qu'avait sa famille, détentrice de la position héréditaire de magistrat. Il lui arrivait, quoique peu souvent, de songer avec regret que s'il n'avait point renié Odin et Saxnot, lui aussi serait devenu *gerefa* du thane de Seaxmund's Ham.

Comme tant d'autres moines saxons, il avait suivi les préceptes de ses mentors irlandais sur les usages liturgiques de leur Église, la date de la célébration de Pâques, si essentielle à la foi chrétienne, et même le style de leur tonsure, cette tête rasée attestant incontestablement que leur vie était vouée au Christ. Jamais, avant son retour d'Irlande, Eadulf n'avait rencontré ces religieux tournés vers l'archevêque de Cantorbéry et l'autorité de Rome. Ainsi, il avait découvert que les coutumes de Rome n'étaient pas celles des Irlandais, ni celles, évidemment, des Bretons. La liturgie était autre, la date de Pâques et même la tonsure différaient nettement des us irlandais.

Eadulf, décidé à élucider ce mystère, avait entrepris un pèlerinage à Rome, où il passa deux années à étudier sous la direction des maîtres de la ville éternelle. Il était revenu au royaume de Kent portant sur le crâne la *corona spinea*, la tonsure romaine figurant la couronne d'épines, et désireux d'offrir ses services à Deusdedit, qui se consacrait aux principes romains.

Mais les années de dispute entre les dogmes des moines d'Irlande et ceux de Rome étaient sur le point d'être résolues.

Oswy, le puissant souverain de Northumbrie dont le royaume avait été converti par les religieux irlandais du monastère de Colomba, sis en la sainte île d'Iona, avait décrété un grand rassemblement à l'abbaye de Streoneshalh. Là, des partisans des deux pratiques, romaine et irlandaise, viendraient plaider leur cause et Oswy jugerait et trancherait, une fois pour toutes, si son royaume suivrait les Irlandais ou bien Rome. Et chacun savait que, quel que soit le choix de la Northumbrie, les autres royaumes anglo-saxons suivraient, de la Mercie à l'East Anglia, du Wessex au Sussex.

Venus des quatre coins de la terre, les hommes d'Église se réunissaient à Witebia et bientôt ils seraient engagés dans un débat dans la grand-salle du monastère de Streoneshalh, perché au-dessus du minuscule port.

Eadulf contempla avec émotion le paysage, tandis que le navire approchait des imposantes falaises et que la noire silhouette de l'impressionnante abbaye d'Hilda de Streoneshalh se faisait plus nette.

CHAPITRE III

À Streoneshalh, l'abbesse Hilda se tenait à sa fenêtre, abîmée dans la contemplation du petit port à l'embouchure de la rivière, au pied de la falaise. Il y régnait un tourbillon d'activités, de minuscules silhouettes s'agitaient en tous sens, courbées par l'effort du déchargement de plusieurs bateaux à l'ancre.

— Monseigneur l'archevêque de Cantorbéry et ses compagnons débarquent sains et saufs, remarqua-t-elle lentement. Et j'ai ouï dire que mon cousin le roi arriverait à midi, demain. Cela signifie que les célébrations peuvent commencer comme il était prévu, demain soir.

Derrière elle, assis devant l'âtre de la sombre chambre où brûlait un feu, se trouvait un homme au visage de faucon et au teint mat qui arborait une expression légèrement autoritaire. Il paraissait habitué à commander et, qui plus est, à être obéi. Vêtu comme un abbé, il portait le crucifix et l'anneau des évêques. Sa tonsure, l'avant de la tête rasé jusqu'à une ligne allant d'une oreille à l'autre, révélait son observance des lois d'Iona et non de celles de Rome.

— Fort bien, dit-il dans un saxon lent, avec un accent étranger. Il est prometteur de commencer nos délibérations le premier jour d'un mois nouveau.

Hilda s'éloigna de la fenêtre et lui lança un sourire nerveux.

— Jamais on n'a vu rassemblement d'une telle importance, monseigneur Colmán.

Il y avait dans sa voix une note d'excitation contenue.

Sur les fines lèvres de Colmán apparut un sourire un peu méprisant.

— J'imagine qu'il en est ainsi pour la Northumbrie. Pour ma part, je me souviens de moult synodes et assemblées d'importance. Druim Ceatt, par exemple, présidé par le saint Colum-Cille, fut une réunion essentielle à notre foi en Irlande.

L'abbesse décida d'ignorer le ton légèrement condescendant de l'abbé de Lindisfarne. Trois années s'étaient écoulées depuis que Colmán était arrivé d'Iona pour succéder à Finán en tant qu'évêque de Northumbrie. Les deux hommes avaient des attitudes à l'opposé l'une de l'autre. Le saint Finán, quoique considéré par certains comme un caractère fougueux, était sincère, courtois et enthousiaste dans ses enseignements, traitant chacun avec égalité. Lui seul avait su convertir et baptiser le farouche roi païen Peada des Angles du Centre, fils du fléau de tous les chrétiens, Penda de Mercie. Le tempérament de Colmán différait de celui de Finán. Il semblait traiter Angles et Saxons avec la même morgue. Son ton et ses propos soulignaient souvent leur récente introduction aux enseignements du Christ, insinuant que, pour cette raison, ils devaient approuver ses paroles sans mot dire. Il affichait aussi sa fierté que les moines d'Iona aient dû enseigner aux Angles de Northumbrie l'art des caractères, ainsi que la lecture et l'écriture. Le nouvel évêque de Northumbrie était autoritaire et faisait immédiatement sentir son aversion pour quiconque remettait en cause sa supériorité.

— Qui s'acquittera de l'argument inaugural pour les préceptes de Colum-Cille ? demanda Hilda.

L'abbesse ne cachait point son observance des enseignements de Colum-Cille ni son désaccord avec ceux de Rome. Hilda était jeune fille quand elle avait été baptisée par Paulin, moine bénédictin envoyé de Cantorbéry pour amener les Northumbriens au Christ et à Rome alors qu'elle n'était qu'une enfant au berceau. Mais c'était Aidán, le premier saint missionnaire d'Iona, qui était parvenu à convertir cette terre où Paulin avait échoué, et qui avait convaincu Hilda d'entrer dans la vie religieuse. Son aptitude à la piété et à l'enseignement était telle qu'Aidán l'avait ordonnée abbesse d'une communauté à Heruteu. Son enthousiasme dans la foi la poussa à bâtir une nouvelle abbaye, appelée Streoneshalh, « la grande maison près de la mer », il y avait maintenant sept années. Depuis, un ensemble de bâtisses splendides s'était élevé sous son impulsion. Jamais la Northumbrie n'avait connu structure aussi impressionnante. Streoneshalh était désormais considérée comme l'un des hauts lieux de l'instruction du royaume. Ce renom avait incité le roi, Oswy, à l'élire pour accueillir le débat entre les disciples d'Iona et ceux de Rome.

Colmán croisa les mains devant lui avec suffisance.

— J'ai rassemblé ici, comme vous le savez, maintes personnes d'érudition et de talent pour défendre notre Église, dit-il. La plus grande entre toutes est l'abbesse Étain de Kildare. En des temps comme ceux-ci, je m'estime bien trop direct, de peu de ruses et de savoir. Lors de tels débats, l'homme franc est désavantagé face à ceux qui manient esprit et humour pour convaincre leur auditoire. L'abbesse Étain est une femme de grande sagesse et elle ouvrira les débats en notre nom.

Hilda approuva d'un signe de tête.

— J'ai déjà conversé avec Étain de Kildare. Son esprit est aussi vif et acéré qu'elle est charmante.

Colmán eut une moue désapprobatrice. De sa main délicate, Hilda dissimula un sourire. Elle savait le peu d'importance que l'évêque accordait aux femmes. Il était de ces ascètes qui arguaient que le mariage était incompatible avec la vie spirituelle. Pour la majeure partie du clergé chrétien d'Irlande et pour les Bretons, mariage et procréation n'étaient pas considérés comme un péché. Et maintes maisons religieuses consistaient en des communautés de frères et sœurs dans le Christ qui cohabitaient et travaillaient ensemble à répandre la foi. Le propre couvent d'Hilda à Streoneshalh était un de ces « monastères doubles » dans lesquels hommes et femmes vivaient côte à côte, consacrant leur vie et leurs enfants à l'œuvre de Dieu. Mais si Rome acceptait que le grand apôtre Pierre eût été marié et que l'apôtre Philippe eût non seulement été marié mais eût également engendré quatre filles, il était de notoriété publique que les évêques de Rome préconisaient pour tous leurs religieux la préférence de saint Paul pour le célibat. Paul n'avait-il point écrit aux Corinthiens que si le mariage et la procréation n'étaient pas des péchés, ils n'étaient pas aussi bons que le célibat chez les frères ? Pourtant, les membres du clergé romain, évêques, prêtres, abbés et diacres, demeuraient largement mariés à la manière traditionnelle. Seuls les ascètes cherchaient à se refuser toutes les tentations de la chair et Colmán était de ceux-là.

— Je suppose que, malgré la présence en ces lieux de Deusdedit de Cantorbéry, Wilfrid de Ripon ouvrira le débat pour la faction romaine. On me dit que Deusdedit est un piètre orateur, fit l'évêque, préférant changer de sujet.

L'abbesse Hilda hésita et secoua la tête.

— J'ai entendu dire qu'Agilbert, l'évêque franc du Wessex, sera à la tête de leur conseil.

Colmán afficha sa surprise d'un haussement de sourcils.

— Je croyais qu'Agilbert, offensé par le roi du Wessex, était parti pour les terres franques.

— Non, il séjourne avec Wilfrid à Ripon depuis plusieurs mois. Après tout, c'est lui qui a converti et baptisé Wilfrid. Ce sont de proches amis.

— On m'a parlé d'Agilbert, c'est un aristocrate. Son cousin Adon est le prince franc qui a fondé une maison religieuse à Jouarre, avec pour abbesse Telchide, la sœur d'Agilbert. Celui-ci est de bonne famille et puissant. Un homme dont il faut se méfier.

Colmán semblait sur le point d'amplifier son avertissement quand on frappa à la porte, qui s'ouvrit sur un mot d'Hilda.

Une jeune religieuse apparut, les mains modestement jointes devant elle. Elle était grande, sa silhouette bien proportionnée palpitait d'une exubérance juvénile, que ne manqua pas l'œil aguerri de l'abbesse. Des mèches rebelles de cheveux roux s'échappaient de sa coiffe. Elle avait un visage séduisant — pas vraiment beau, pensa Hilda, mais plein de charme. L'abbesse remarqua soudain que les yeux brillants de la sœur lui rendaient son regard scrutateur. Elle ne parvenait pas à savoir s'ils étaient bleus ou verts tant la lueur qui semblait en émaner était changeante.

— Qu'y a-t-il, mon enfant ? s'enquit l'abbesse.

La jeune femme releva le menton un peu hardiment et se présenta en irlandais.

— Je viens d'arriver, ma mère, et l'on a requis que je vous annonce ma présence, ainsi qu'à l'évêque Colmán. Je suis Fidelma de Kildare.

Avant que l'abbesse eût le temps de répondre et de l'interroger sur ce qui méritait qu'une jeune religieuse irlandaise dût venir se présenter, l'évêque Colmán s'était levé de sa chaise et avançait vers la jeune femme, main tendue en signe de bienvenue. Hilda le dévisagea, la bouche légèrement ouverte sous l'effet de la surprise. Se lever pour accueillir une simple sœur, voilà qui allait curieusement à l'encontre de la hautaine misogynie de Colmán.

— Sœur Fidelma ! s'exclama celui-ci, avec animation. Votre réputation vous a précédée. Je suis Colmán.

La jeune religieuse prit sa main et inclina légèrement la tête par déférence à son rang. Hilda était depuis longtemps accoutumée au manque de servilité dont faisaient preuve les Irlandais vis-à-vis de leurs supérieurs, contrairement aux Saxons, qui les gratifiaient de profondes révérences.

— Quel honneur vous me faites, monseigneur ! Je ne me savais point détentrice d'une réputation.

Hilda perçut un sourire amusé sur les lèvres de la jeune femme. Il était difficile de savoir si elle se montrait modeste ou simplement moqueuse. Ses yeux brillants — Hilda était bien certaine désormais qu'ils étaient verts — se tournèrent dans sa direction d'un air interrogateur.

Colmán pivota vers l'abbesse, un peu embarrassé d'avoir oublié de s'acquitter des présentations.

— Voici l'abbesse Hilda de Streoneshalh.

Sœur Fidelma fit un pas en avant et inclina la tête au-dessus de sa bague.

— Soyez la bienvenue céans, Fidelma de Kildare. Mais je confesse que Mgr l'évêque de Lindisfarne a sur moi un avantage. Je suis ignorante de votre réputation.

Hilda glissa un regard à l'homme au visage de faucon, comme en quête d'un commentaire.

— Sœur Fidelma est *dálaigh* de droit brehon en Irlande, expliqua Colmán.

L'abbesse eut un froncement de sourcils.

— Je n'ai pas connaissance de ce terme — *dálaigh*, répéta-t-elle en prononçant le terme du mieux qu'elle pouvait.

Elle jeta à la jeune fille un regard qui semblait la sommer de lui fournir une explication.

Les joues de sœur Fidelma s'empourprèrent un peu et elle se lança dans son exposé, la voix haletant imperceptiblement.

— Je suis avocate, qualifiée pour plaider devant les tribunaux de mon pays, poursuivre et défendre ceux qui sont convoqués pour répondre de leur conduite devant nos juges, que l'on appelle les brehons.

Colmán renchérit :

— Sœur Fidelma a la compétence d'*anruth*, soit seulement un degré en deçà de la plus haute qualification dans notre pays. Et sa résolution d'un mystère qui accablait le haut roi à Tara est parvenue jusqu'à nous, frères de Lindisfarne.

Fidelma haussa les épaules sobrement.

— Monseigneur me fait trop d'honneur. Chacun aurait pu résoudre cette énigme, en prenant le temps.

Point de fausse modestie dans sa voix, rien qu'une simple affirmation de son opinion.

Hilda la contempla avec curiosité.

— Ainsi, vous qui êtes si jeune et femme, vous êtes avocate ? Hélas, chez nous, une femme ne pourrait aspirer à une telle position, qui est réservée aux hommes.

Sœur Fidelma hocha doucement la tête.

— Je crois, ma mère, que les femmes chez les Angles et les Saxons souffrent de nombreux désavantages en comparaison avec leurs sœurs irlandaises.

— Il en est peut-être ainsi, Fidelma, l'interrompit Colmán, avec un air condescendant. Mais souvenez-vous de ce que disent les Saintes Écritures : « Pourquoi battez-vous la campagne ? Pour voir un homme portant des vêtements raffinés ? »

Hilda jeta un regard courroucé à Colmán. Sa comparaison de la Northumbrie à la campagne battue était encore une démonstration de sa suffisance, qui l'avait davantage irritée au fil des ans. Elle faillit répliquer, mais préféra se retourner vers Fidelma. Elle fut décontenancée de voir ses yeux verts fixés sur elle de manière pénétrante, comme si la jeune fille pouvait lire en elle.

Leurs regards se croisèrent un instant, comme en défi. Ce fut Colmán qui brisa le silence.

— Votre voyage s'est-il déroulé sans incident, ma sœur ?

Fidelma le regarda, la mémoire lui revenant soudain.

— Hélas, non. Non loin d'ici, sur un domaine dont un certain Wulfric se dit être le seigneur...

— Je connais l'homme et l'endroit, dit Hilda en fronçant les yeux. Wulfric de Frihop, sa maison est à six lieues d'ici à l'est. Qu'en est-il, ma sœur ?

— Nous avons découvert un frère pendu à un arbre au carrefour. Wulfric prétend que le moine a été exécuté pour l'avoir insulté. Le frère portait la tonsure de notre Église, monseigneur, et il venait de votre propre maison à Lindisfarne, selon Wulfric.

Colmán ouvrit la bouche dans une exclamation silencieuse.

— Il doit s'agir de frère Aelfric. Il s'en retournait d'une mission en Mercie, nous l'attendions céans d'un jour à l'autre.

— Mais pourquoi Aelfric insulterait-il le thane de Frihop ? voulut savoir l'abbesse.

— Avec votre permission, ma mère, intervint Fidelma. J'ai eu l'impression qu'il ne s'agissait là que d'une excuse. La querelle concernait les différences entre Iona et Rome. Il semblerait que Wulfric et ses compères soient en faveur de Rome. Frère Aelfric a été manipulé, poussé à l'insulte et pendu pour cette raison.

Hilda jeta un regard dur à la jeune fille.

— Votre esprit juridique et inquisiteur ne fait pas de doute, Fidelma de Kildare. Cependant, comme vous le savez fort bien, l'hypothèse est une chose. Prouver votre assertion en est une autre.

Sœur Fidelma laissa échapper un doux sourire.

— Je ne voulais pas présenter mon impression comme un argument de droit, ma mère. Je pense simplement que vous feriez bien de prêter grande attention à Wulfric de Frihop. S'il demeure impuni après l'assassinat légal d'un religieux pour la simple raison que celui-ci soutient la liturgie de Colum-Cille, alors chacun de ceux qui sont présents en ces murs pour débattre de ce thème est peut-être en danger.

— Nous connaissons Wulfric de Frihop. Il est le bras droit d'Alhfrith, le roi de Deira, répondit sèchement Hilda, avant de soupirer, de hausser les épaules et de reprendre, avec plus de douceur : Êtes-vous ici pour contribuer au débat, Fidelma de Kildare ?

La jeune religieuse laissa échapper un petit rire modeste.

— Oserais-je élever la voix parmi tant d'orateurs éloquents réunis, que ce serait une impertinence. Non, ma mère, je ne suis présente que pour apporter mon aide juridique. Notre Église, dont votre couvent suit les enseignements, est soumise aux lois de notre peuple. L'abbesse Étain, qui parlera pour nous, m'a demandé d'assister aux discussions au cas où l'on aurait besoin d'un conseil ou d'une explication dans cette affaire. C'est tout.

— Alors soyez véritablement la bienvenue en ces lieux, car votre avis nous aidera à parvenir à l'unique vérité, répondit Hilda. Et votre sentiment concernant Wulfric sera noté, n'ayez crainte. Je m'entretiendrai à ce propos avec mon cousin, le roi Oswy, dès son arrivée demain. D'Iona ou de Rome, chacun est sous la protection de la maison royale de Northumbrie.

Sœur Fidelma eut un sourire narquois. La protection royale n'avait en rien aidé frère Aelfric. Elle préféra, cependant, changer de sujet.

— J'oubliais une des raisons de mon intrusion, dit-elle en plongeant la main dans son habit pour en ressortir deux lettres. Je suis venue d'Irlande en passant par Dál Riada et la sainte île d'Iona.

Les yeux d'Hilda s'embuèrent.

— Vous avez séjourné sur l'île sainte où a vécu et œuvré le grand Colomba ?

— Eh bien, dites-nous, avez-vous rencontré l'abbé ? demanda Colmán, intéressé.

Fidelma acquiesça.

— J'ai vu Cummene le Juste, il vous envoie ses salutations et ces missives, dit-elle en tendant les lettres. Il fait un puissant plaidoyer pour que la Northumbrie adhère à la liturgie de Colum-Cille. De plus, en offrande à l'abbaye de Streoneshalh, Cummene Finn envoie un présent par mon entremise. Je l'ai laissé au frère bibliothécaire, c'est une copie de son ouvrage sur les pouvoirs miraculeux de saint Colum-Cille.

L'abbesse Hilda prit le pli des mains de Fidelma.

— L'abbé d'Iona est sage et généreux. Comme je vous envie votre visite en ce lieu béni ! Nous devons tant à ce miraculeux îlot. J'ai grand-hâte d'étudier ses écrits, mais cette lettre demande mon attention...

Sœur Fidelma inclina la tête.

— Je me retire donc et vous laisse à votre lecture.

Colmán, déjà plongé dans sa lettre, leva à peine les yeux quand elle salua avant de s'en aller.

À l'extérieur, dans le cloître dallé de grès, sœur Fidelma s'arrêta un instant et sourit toute seule. Elle se trouvait d'humeur curieusement enthousiaste malgré le long périple et l'épuisement. Elle n'avait jamais voyagé au-delà des confins de l'Irlande jusqu'alors et non seulement avait-elle traversé la mer tempétueuse et grise vers Iona, mais elle avait aussi cheminé dans le pays de Rheged, jusqu'à la terre de Northumbrie — trois pays différents. Il y avait tant à observer, tant à considérer...

Arriver à Streoneshalh la veille d'un débat hautement attendu entre les clercs de Rome et ceux de sa propre Église requérait pour l'instant son attention; elle allait certes en être témoin, mais de plus elle y prendrait part. Sœur Fidelma était sensible à l'esprit du temps, à l'histoire et à la place de l'humanité dans son déroulement. Elle estimait souvent que si elle n'avait pas étudié le droit avec le grand brehon Morann de Tara, elle aurait étudié l'histoire. Mais ce fut le droit. S'il n'en avait pas été ainsi, l'abbesse Étain ne l'aurait peut-être pas conviée à se joindre à sa délégation, partie pour Lindisfarne à l'invitation de l'évêque Colmán.

L'injonction était arrivée alors que Fidelma était en pèlerinage à Armagh. Elle avait été surprise, car à son départ de la maison de Kildare, Étain n'était pas encore abbesse. Elle connaissait Étain depuis de nombreuses années, sa réputation d'érudite et d'oratrice; à la réflexion, elle constituait d'ailleurs le meilleur choix pour succéder à la défunte abbesse. À la nouvelle qu'Étain était déjà en route pour le royaume des Saxons, Fidelma avait décidé d'avancer d'abord jusqu'au monastère de Bangor, puis de franchir le tumultueux détroit vers Dál Riada. Puis, d'Iona, elle avait rejoint frère Taran et ses compagnons, en route pour une mission en Northumbrie.

Une seule autre femme s'était jointe à la troupe, une Picte comme frère Taran, sœur Gwid. C'était une grande fille décharnée dont les mains et les pieds paraissaient démesurés, et qui dégageait une impression de gaucherie. Cependant, elle semblait toujours désireuse de bien faire et ne rechignait point à s'atteler aux corvées, peu importait la lourdeur de la tâche. Fidelma avait été étonnée d'apprendre qu'après sa conversion, sœur Gwid avait d'abord étudié à Iona puis passé une année en Irlande, à l'abbaye d'Emly, à l'époque où Étain y était simple enseignante. Fidelma avait eu la grande surprise de découvrir que Gwid s'était tournée vers le grec et l'étude des écrits des apôtres.

Sœur Gwid avait confié à Fidelma que lors de son voyage de retour vers Iona, elle aussi avait reçu un message de l'abbesse Étain lui demandant de la rejoindre en Northumbrie pour lui servir de secrétaire durant le débat qui allait avoir lieu. Personne n'avait donc objecté à ce que Gwid et Fidelma se joignent à la troupe menée par Taran dans le dangereux périple vers le sud, entre Iona et le royaume d'Oswy.

Le voyage en compagnie de frère Taran avait confirmé l'aversion de Fidelma pour ce religieux picte. C'était un homme vaniteux, d'une beauté ténébreuse selon certains canons, mais dont l'allure faisait penser Fidelma à un coquelet prétentieux qui se pavanait en lissant ses plumes. Cependant, avec sa connaissance des us des Angles et des Saxons, elle ne niait pas qu'il avait facilité leur progression en ces terres hostiles. Mais elle le considérait comme un homme faible et hésitant ; voulant impressionner un instant, désespérément incompétent le suivant — comme lors de leur confrontation avec Wulfric.

Fidelma secoua mentalement la tête. Voilà pour Taran. Il y avait d'autres choses sur quoi méditer pour l'heure. De nouveaux paysages, de nouveaux sons et de nouvelles personnes.

Soudain, au détour d'une bâtisse, elle heurta quelqu'un, un jeune moine bien charpenté ; elle laissa échapper une exclamation de surprise.

Il fallut l'intervention de la main solide du jeune homme pour lui éviter de chuter à la renverse.

Pendant quelques secondes, ils se dévisagèrent. Ce fut un instant d'osmose : un courant d'empathie passa des yeux sombres de l'inconnu aux prunelles vertes de Fidelma. Puis elle remarqua la tonsure romaine sur son crâne et en déduisit qu'il devait sûrement être saxon et appartenir à la délégation de Rome.

— Pardonnez-moi, dit-elle froidement, choisissant de s'adresser à lui en latin.

S'apercevant qu'il agrippait toujours son avant-bras, elle se dégagea doucement.

Le jeune homme la lâcha immédiatement et recula, combattant avec succès la confusion qui se peignait sur son visage.

— *Mea culpa*, répondit-il gravement, en se frappant le côté gauche de la poitrine de son poing droit serré, mais avec l'ombre d'un sourire dans le regard.

Fidelma hésita, le salua de la tête, puis poursuivit sa route, tout en se demandant pourquoi le visage de ce jeune Saxon l'intriguait tant. Peut-être était-ce ce discret humour dans son regard ? Son expérience des Saxons était limitée, mais l'humour n'était pas une qualité qu'elle avait attribuée à ce peuple. En rencontrer un qui ne soit ni maussade ni sombre et ne s'offusque pas pour rien, voilà qui l'intriguait. Car selon son expérience, les Saxons se vexaient facilement, elle les avait trouvés généralement moroses et irascibles ; c'était un peuple qui vivait par l'épée et, à quelques exceptions près, croyait en ses dieux de guerre bien plus qu'au Dieu de paix.

Elle s'agaça soudain de ses pensées. Étrange qu'une si brève rencontre puisse faire naître d'aussi sottes idées !

Elle pénétra dans l'aile de l'abbaye consacrée à l'accueil des visiteurs qui assisteraient au débat, le *domus hospitale*, l'hôtellerie. La plupart des religieux étaient hébergés dans de vastes dortoirs, mais pour les nombreux abbés, abbesses, évêques et autres prélats, une série de *cubicula* avait été réservée en guise de quartiers individuels. Sœur Fidelma elle-même avait eu la chance de se voir attribuer une de ces chambres, de six pieds sur huit, avec une simple couche, une table et une chaise. Fidelma supposa qu'elle devait une telle hospitalité à l'intercession de l'évêque Colmán. Elle ouvrit la porte de son *cubiculum* et, de surprise, s'immobilisa sur le seuil.

Une jolie femme menue se leva de la chaise, mains tendues.

— Étain ! s'exclama sœur Fidelma, reconnaissant l'abbesse de Kildare.

C'était une femme ravissante d'une petite trentaine d'années. Fille d'un roi du clan eoghanacht de Cashel, elle avait abandonné cette société d'oisiveté et de plaisirs après la mort au combat de son mari. Sa réputation avait grandi rapidement, car on avait bien vite reconnu en elle un don et une connaissance oratoires tels qu'elle avait été capable de discuter théologie sur un pied d'égalité avec l'archevêque d'Armagh et tous les évêques et abbés d'Irlande. En hommage à sa réputation, elle avait été nommée abbesse de la fameuse communauté de sainte Brigitte à Kildare.

Fidelma s'approcha, tête baissée, mais Étain saisit ses deux mains pour une chaleureuse accolade. Elles étaient amies de longue date avant qu'Étain fût promue à sa présente position et ne s'étaient point retrouvées depuis, car Fidelma sillonnait l'Irlande.

— Qu'il est bon de te revoir, même dans cette étrange contrée !

Étain possédait une voix douce et riche que Fidelma avait souvent comparée à un instrument de musique, capable de s'aiguiser dans la colère, de vibrer d'indignation ou de jouer mélodieusement, comme en ce moment.

— Je suis contente que ton voyage jusqu'ici se soit bien passé, Fidelma.

Celle-ci eut une grimace malicieuse.

— Aurait-il pu en être autrement, quand nous cheminons au nom du seul Dieu véritable et sous sa protection ?

Étain lui rendit son sourire et répondit :

— Pour ma part, je me suis déplacée avec une assistance temporelle. J'étais accompagnée de moines venus de Durrow. Nous sommes arrivés à Rheged où nous avons été rejoints par un groupe de frères de ce royaume breton. Puis sur les confins de Rheged et de Northumbrie, nous avons été officiellement reçus par Athelnoth et une troupe de guerriers saxons qui nous ont escortés jusqu'ici. As-tu déjà rencontré Athelnoth ?

Fidelma fit signe que non.

— Je ne suis arrivée ici que depuis une heure, ma mère, dit-elle.

Étain fit une moue désapprobatrice.

— Athelnoth a été mandé par le roi Oswy et l'évêque de Northumbrie pour m'accueillir et me protéger. Il a critiqué sans détours les enseignements irlandais et notre influence en Northumbrie, au point de nous insulter. C'est un prêtre ordonné, mais il est de ceux qui défendent Rome. J'ai même dû retenir un de nos frères de l'agresser physiquement, tant sa critique de notre liturgie était directe.

Fidelma haussa les épaules avec indifférence.

— D'après ce que j'ai ouï, ma mère, le débat sur nos liturgies respectives cause grand nombre de tensions et disputes. Je n'aurais pas cru possible que tant d'émotions soient attisées par une discussion sur la date correcte de la cérémonie pascale...

Étain eut une grimace.

— Tu dois apprendre à en parler ici sous le nom d'*Easter*[1].

— *Easter ?* répéta Fidelma en fronçant les sourcils.

— Les Saxons ont accepté la plupart de nos préceptes sur la foi chrétienne, mais ils insistent pour nommer la fête pascale d'après le nom de leur déesse païenne de la fertilité, Eostre, dont les rituels ont lieu à l'équinoxe de printemps. Cette terre reste très païenne. Tu verras que beaucoup suivent encore les rites de leurs anciens dieux et déesses et que leur cœur est empli de haine et de combats.

L'abbesse Étain frissonna subitement.

— Il règne céans une atmosphère oppressante, Fidelma. Oppressante et lourde de menaces.

— Tout conflit d'opinions augmente la tension entre les hommes et ils cèdent à la peur, dit Fidelma avec un sourire rassurant. Je ne crois pas qu'il faille s'inquiéter. Il y aura beaucoup d'affectation durant la joute verbale. Mais lorsque nous serons parvenus à une résolution, tout sera oublié et pardonné. Quand commence le débat ?

— Le roi Oswy et sa suite n'arriveront pas à l'abbaye avant demain midi. L'abbesse Hilda m'a confié que si tout allait bien elle permettrait la tenue des arguments inauguraux en fin d'après-midi. L'évêque Colmán a souhaité que je m'en charge pour notre Église.

Fidelma crut voir une certaine anxiété se peindre sur les traits de son amie.

1. *Easter* signifie Pâques en anglais moderne. *(N.d.T.)*

— Cela te soucie-t-il ?

Étain sourit soudain et secoua la tête.

— Non, je me délecte des débats et argumentations. Et je suis entourée de bons conseillers, comme toi.

— D'ailleurs, sœur Gwid faisait partie de mes compagnons de voyage, répondit Fidelma. C'est une fille intelligente malgré les apparences. Elle me dit qu'elle sera ta secrétaire et traductrice de grec ?

Pendant une fraction de seconde, une expression indéfinissable apparut sur le visage de l'abbesse. Fidelma ne parvint pas à déterminer s'il s'agissait de colère ou d'un sentiment moins fort.

— La jeune Gwid peut être importune. Un peu comme un chiot, mal assurée et flagorneuse parfois. Cependant elle maîtrise excellemment le grec, bien que selon moi elle consacre trop de temps à admirer les poèmes de Sapho et pas assez à interpréter les Évangiles.

La désapprobation sourdait dans ses paroles. Elle haussa les épaules.

— Oui, c'est vrai, j'ai de bons conseillers. Mais il y a autre chose qui me met mal à l'aise. Il règne une atmosphère d'hostilité et d'aversion, qui émane du parti romain. Agilbert le Franc, par exemple, qui a étudié de nombreuses années en Irlande, mais a une profonde dévotion pour Rome, et ce Wilfrid, qui a même refusé de me saluer quand Hilda nous a présentés...

— Qui est Wilfrid ? J'ai du mal à retenir ces noms saxons.

Étain soupira.

— C'est un homme jeune, il dirige la faction romaine, ici en Northumbrie. Je le crois fils de nobles. Au dire de tous, il a un tempérament acéré. Il est allé à Rome et à Cantorbéry, et a été guidé vers la foi par Agilbert, qui l'a ordonné prêtre. Il s'est vu attribuer le monastère de Ripon par le sous-roi de la région, qui a mis dehors deux de nos frères, Eata et Cuthbert, qui en étaient les abbés conjoints. Ce Wilfrid semble être un de nos plus farouches ennemis, c'est un avocat passionné de la liturgie romaine. Hélas, je crains que nous n'ayons beaucoup d'ennemis céans.

Sœur Fidelma revit soudain le visage du jeune moine saxon qu'elle venait de heurter.

— Ceux qui soutiennent Rome ne sont sûrement pas tous nos ennemis ?

L'abbesse eut un sourire songeur.

— Tu dois avoir raison, Fidelma. Je suis peut-être seulement nerveuse, après tout.

— Tant de choses dépendent de ton argument inaugural, demain, renchérit celle-ci.

— Il faut que je te dise... hésita Étain.

Fidelma attendit patiemment, observant l'expression sur le visage de l'abbesse. Apparemment, elle avait du mal à formuler ce qu'elle avait en tête.

— Fidelma, annonça-t-elle avec une soudaine précipitation, je suis disposée à prendre un époux.

La sœur écarquilla les yeux, mais ne dit mot. Les membres du clergé se mariaient, évêques compris ; même les religieux des communautés, qu'elles soient mixtes ou non, pouvaient avoir femmes et maris, selon le droit et les us brehons. Mais la position d'abbé et d'abbesse appartenait à une catégorie différente, normalement tenue au célibat. Telle était la règle à Kildare. La coutume irlandaise voulait que le *coarb*, le successeur du fondateur d'un monastère, soit toujours choisi parmi sa parenté. Abbés et abbesses n'étant pas censés avoir de descendance directe, le successeur était choisi dans une branche collatérale de sa famille. Mais si dans ces branches aucun religieux n'était jugé digne d'être élu, alors un membre séculier de la famille du *coarb* devenait abbé ou abbesse lai. Étain était une descendante de Brigitte de Kildare.

— Cela signifie abandonner Kildare et redevenir religieuse ordinaire, souligna Fidelma en fin de compte, comme Étain ne rajoutait rien.

— J'y ai longuement réfléchi pendant le voyage. Cohabiter avec un étranger sera difficile, surtout après tant d'années de solitude. Pourtant, à mon arrivée ici, j'ai su que ma décision était prise. Nous avons échangé les cadeaux de fiançailles, comme le veut la tradition. L'affaire est donc décidée.

Instinctivement, Fidelma saisit la main fine de son amie et la serra dans la sienne.

— Alors, je suis heureuse pour toi, Étain ; heureuse de ta certitude. Qui est donc cet étranger ?

L'abbesse sourit avec embarras.

— Si je me sentais capable de le dire à une seule personne, ce serait toi, Fidelma. Mais je crois que cela doit rester mon secret, et le sien, tant que ce débat ne sera pas clos. À la fin de cette grande assemblée, alors tu sauras, car j'annoncerai ma démission de Kildare.

Elles furent distraites par des éclats de voix grandissants qui leur parvenaient par la fenêtre de la cellule.

— Que se passe-t-il donc ? s'interrogea tout haut Fidelma, fronçant les sourcils au tapage. Une sorte de bagarre semble avoir lieu au pied du mur de l'abbaye.

Étain laissa échapper un soupir.

— J'ai été témoin de tant de querelles entre nos religieux et les frères de Rome depuis que je suis arrivée... Je présume que c'en est une de plus. Des hommes adultes qui en viennent à échanger des insultes personnelles sur l'interprétation de la parole de Dieu... Quelle tristesse que des ecclésiastiques, hommes et femmes, se transforment en enfants méchants quand ils ne peuvent être d'accord !

Sœur Fidelma s'approcha de la fenêtre et se pencha. Non loin, un indigent était entouré d'une foule, surtout composée de paysans, à en juger par leurs vêtements, bien que quelques habits monacaux fussent également visibles. Tous semblaient railler et ridiculiser l'homme, un mendiant d'après ses guenilles, dont la voix rauque s'élevait, semblant couvrir leurs moqueries.

— Ce pauvre homme me paraît être un de nos compatriotes, ma mère, dit sœur Fidelma en haussant un sourcil.

L'abbesse Étain la rejoignit.

— Écoutons ce qu'il dit.

Les deux femmes tendirent l'oreille pour saisir les accents âpres du mendiant, dont la voix s'élevait avec force.

— Je vous le dis, demain le soleil sera occulté dans les cieux, et quand ce temps sera venu, le sang maculera le sol de cette abbaye. Prenez garde, je vous le dis ! Je vois le sang dans ce lieu !

CHAPITRE IV

On sonna la grande cloche de l'abbaye pour annoncer l'approche de l'ouverture officielle du synode. Au moins, songea Fidelma, les deux partis étaient-ils d'accord pour accepter le terme grec de *synodos* pour décrire cette assemblée de prélats chrétiens. Le synode de Streoneshalh promettait d'être l'un des rassemblements les plus importants pour les deux Églises, Iona et Rome.

Sœur Fidelma prit un siège dans le *sacrarium* du monastère. En effet, la chapelle, qui était aussi la salle la plus vaste, était réservée à l'assemblée. Une rumeur générale y bourdonnait, comme si d'innombrables personnes parlaient toutes à la fois. Le spacieux *sacrarium* aux murs de pierre, avec son haut plafond voûté, contribuait à amplifier le bruit par son écho. En dépit de ces grandes dimensions, Fidelma eut un bref sentiment de claustrophobie à la vue et à l'odeur des nombreux religieux entassés là. À gauche, assis en rangs sur des bancs de chêne foncé, s'étaient assemblés tous ceux qui soutenaient la règle de Colomba. À droite se tenaient les défenseurs de Rome.

Fidelma n'avait encore jamais vu d'aussi grand rassemblement de prélats de l'Église du Christ. Aux côtés des religieux portant leur habit distinctif, l'on trouvait nombre de nobles, issus de divers royaumes, tous richement vêtus.

— Impressionnant, n'est-ce pas ?

Fidelma leva les yeux et vit frère Taran se glisser sur le siège à côté d'elle. Elle soupira intérieurement. Elle avait espéré échapper à ce prétentieux, dont elle trouvait la compagnie un peu trop éprouvante après leur long voyage depuis Iona.

— Je n'ai point vu de réunion aussi vaste depuis la grande assemblée de Tara, l'an dernier, répondit-elle froidement quand il lui demanda ce qu'elle pensait du rassemblement.

Tout aussi impressionnante, ajouta-t-elle silencieusement pour elle-même, était la puanteur des effluves corporels qui envahissaient le *sacrarium,* malgré les encensoirs stratégiquement placés, dans lesquels brûlait l'encens qui devait purifier les lieux. « Triste reflet de l'hygiène des religieux de Northumbrie », pensa-t-elle avec réprobation. Chez les frères irlandais, le bain était quotidien et tous les neuf jours l'on se rendait au *tigh 'n alluis*, la loge à sudation commune où l'on venait suer près d'un feu de tourbe, avant de plonger dans l'eau froide et de se faire frictionner pour se réchauffer.

Elle se surprit soudain à penser au moine saxon qu'elle avait rencontré la veille. Il respirait la propreté ; autour de lui flottait un parfum d'herbes aromatiques. De tous les Saxons, lui au moins savait comment rester propre. Elle fronça le nez avec désapprobation en parcourant des yeux l'assemblée, se demandant si elle pourrait repérer le frère sur les bancs romains.

Sœur Gwid fit son apparition, le visage rougeaud, comme si elle avait couru, et se glissa sur le banc, de l'autre côté de Fidelma.

— Vous avez failli manquer l'ouverture du synode, dit Fidelma en souriant tandis que la maladroite s'efforçait de reprendre son souffle. Mais ne devriez-vous point être assise aux côtés de l'abbesse Étain, parmi les avocats, pour lui tenir lieu de secrétaire ?

D'une grimace, sœur Gwid répondit par la négative.

— Elle a dit qu'elle m'appellerait si elle avait besoin de moi aujourd'hui.

Fidelma tourna à nouveau son attention vers l'avant du *sacrarium*. Un dais avait été dressé, à une extrémité duquel on avait installé un trône. Vide, il était à l'évidence destiné au roi Oswy en personne. Plusieurs sièges de plus petite taille étaient regroupés autour, un peu en retrait ; ils étaient déjà occupés par un ensemble d'hommes et de femmes dont vêtements et bijoux témoignaient de leur richesse et de leur position sociale.

Fidelma se rendit soudain compte que frère Taran, malgré tous ses défauts, pouvait se montrer utile, en identifiant pour elle les personnes présentes. Après tout, c'était là sa seconde mission en Northumbrie, il était sûrement bien informé.

— C'est assez simple, répondit le Picte quand elle désigna les personnes installées autour du roi. Ce sont tous des membres de la famille immédiate d'Oswy. Voici la reine qui s'installe en ce moment même.

Fidelma observa la femme au visage sévère qui prenait place à côté du trône. C'était donc Eanflaed. Taran n'était pas avare de détails. Le père d'Eanflaed avait été roi de Northumbrie, mais sa mère étant une princesse du Kent, elle y avait été conduite pour être élevée selon les usages romains. Jamais bien loin d'elle se trouvait son chapelain personnel, un prêtre du Kent nommé Romanus, qui suivait strictement les ordres de Rome. C'était un homme petit, à la peau foncée, aux cheveux noirs et bouclés ; son visage transpirait la méchanceté, estima Fidelma. Ses yeux étaient trop rapprochés, ses lèvres trop fines. En fait, confia Taran d'un air entendu, la rumeur prétendait que c'était sous l'influence d'Eanflaed, soutenue par Romanus, qu'Oswy avait lancé ce débat.

Eanflaed était la troisième femme d'Oswy ; il l'avait épousée juste après son accession au trône quelque vingt années plus tôt. Sa première épouse était une Bretonne, Rhiainfellt, princesse de Rheged, dont le peuple suivait les coutumes et les rites de l'Église d'Iona. Elle était décédée. En secondes noces, il s'était marié avec Fín, fille de Colmán Rimid, haut roi d'Irlande, du clan des Uí Néill du Nord.

Sœur Fidelma exprima sa surprise en apprenant cette information, car elle n'avait jamais entendu parler des liens entre Oswy et le haut roi.

— Qu'est-il arrivé à cette femme ? Morte elle aussi ? demanda-t-elle.

Sœur Gwid avait la réponse.

— Il y a eu divorce, dit-elle en paraissant approuver. Fín s'est rendu compte à quel point elle haïssait la Northumbrie et Oswy. Elle avait eu avec lui un fils, Aldfrith, qu'elle a emmené avec elle en Irlande. Son enfant a été éduqué au monastère du bienheureux Comgall, ami de Colum-Cille, à Bangor. Aldfrith s'est aujourd'hui fait une assez bonne réputation de poète de langue irlandaise, sous le nom de Flann Fína. Il a renoncé à tout droit sur la couronne de Northumbrie.

Fidelma secoua la tête.

— Les Saxons ont une loi dite « de primogéniture », selon laquelle les premiers-nés héritent. Aldfrith est donc l'aîné ?

Sœur Gwid haussa les épaules avec indifférence, mais Taran désigna le dais.

— Voyez-vous le jeune homme assis juste en face d'Eanflaed, qui a des cheveux blonds et une cicatrice au visage ?

Fidelma jeta un coup d'œil dans la direction indiquée. Sans bien comprendre pourquoi, elle ressentit une aversion immédiate pour le jeune homme en question.

— Il s'agit d'Alhfrith, le fils d'Oswy et de Rhiainfellt, sa première femme. Il est maintenant sous-roi de la province méridionale de Deira, nous avons parlé de lui hier. Le bruit court qu'il est proromain, par réaction à la préférence de son père pour Iona. Il a déjà expulsé du monastère de Ripon les moines fidèles à la règle de Colum-Cille pour octroyer les lieux à son ami, Wilfrid.

— Et Wulfric de Frihop est son bras droit, murmura Fidelma.

Le jeune homme semblait revêche, agressif. Peut-être cela suffisait-il à lui faire détester la façon arrogante avec laquelle il était vautré sur sa chaise.

La femme à l'air grave aux côtés d'Alhfrith était apparemment son épouse Cyneburh, fille aigrie de feu Penda de Mercie, mort au combat sous la lame d'Oswy. À côté d'elle et, semblait-il, d'un naturel tout aussi amer, se trouvait Alhflaed, sœur d'Alhfrith, qui avait épousé Peada, fils de Penda de Mercie. Taran se mit alors à fournir des explications très animées. Alhfrith, selon lui, était responsable du meurtre de Peada, un an après que celui-ci avait accepté de devenir sous-roi de Mercie, conséquence de son allégeance à Oswy. La rumeur voulait qu'Alhfrith, lui aussi, ait convoité d'un œil ambitieux le royaume de Mercie.

Près de l'actuelle épouse d'Oswy, Eanflaed, était assis leur fils aîné, Ecgfrith. Âgé de dix-huit ans, c'était un jeune homme renfrogné et sombre ; ses yeux noirs étaient agités et il ne cessait de remuer dans son siège. Taran conta que son ambition était de s'emparer avant longtemps du trône d'Oswy, et qu'il était empli de jalousie pour son demi-frère aîné, Alhfrith, héritier du trône selon la loi. Le seul autre enfant d'Oswy présent était Aelflaed. Née l'année de la grande victoire d'Oswy sur Penda, elle avait été vouée à Dieu en guise d'action de grâce, et confiée à l'abbesse Hilda pour qu'elle l'élève à Streoneshalh comme une vierge au service du Christ.

Frère Taran informa Fidelma qu'Oswy avait deux autres enfants, tous deux trop jeunes pour être présents — une fille, Osthryth, âgée maintenant de cinq ans, et un fils, Aelfwine, trois ans.

Sœur Fidelma interrompit enfin le monologue enthousiaste du frère sur les protagonistes.

— Ce savoir est bien trop vaste pour que je le retienne à la première séance. J'apprendrai à connaître les uns et les autres au fil du débat. Mais il y a tant de monde !

Frère Taran acquiesça avec suffisance.

— C'est une polémique d'importance, ma sœur. Non seulement la famille royale de Northumbrie est présente, mais regardez, voici Domangart de Dál Riada, ainsi que Drust, le roi des Pictes. Il y a également des princes et des représentants de Cenwealh du Wessex, Eorcenberht du Kent, Wulfhere de Mercie et...

— Assez ! protesta Fidelma. Je ne maîtriserai jamais tous ces noms bizarres. Je ferai appel à vous quand j'aurai besoin de vos connaissances.

Tandis que Fidelma étudiait l'océan de visages devant elle, les portes s'ouvrirent et un homme entra portant une bannière. Cela, l'informa promptement Taran, était le *thuff*, l'étendard qui précédait toujours le roi et annonçait sa présence. À sa suite arriva un homme de haute taille, séduisant, de belle musculature, aux cheveux de lin et aux longues moustaches, vêtu d'habits riches et sophistiqués, un cercle d'or sur la tête.

Ainsi Fidelma, pour la première fois, aperçut le roi de Northumbrie, Oswy. Il avait été couronné à la mort de son frère Oswald, tué par Penda et ses alliés bretons à Maserfeld et, en quelques années, s'était vengé de Penda en le tuant, lui et ses affidés. Depuis, Oswy avait été proclamé *bretwalda*, titre, selon Taran, qui faisait de lui le suzerain de tous les royaumes angles et saxons.

Fidelma observa l'homme avec la plus grande attention. Elle connaissait bien son histoire. Oswy et ses frères avaient été chassés de Northumbrie pendant leur enfance et leur père, le roi, avait été tué par Edwin, qui avait usurpé le trône. Les enfants royaux exilés avaient grandi dans le royaume de Dál Riada et s'étaient convertis du paganisme au christianisme sur la sainte île d'Iona. Quand le frère aîné d'Oswy, Oswald, avait reconquis le trône et fait revenir sa famille d'exil, il avait fait mander des missionnaires à Iona, pour qu'ils viennent enseigner à son peuple, qu'ils le fassent sortir du paganisme et lui apprennent à former des lettres, à lire et à écrire. Il semblait à Fidelma qu'Oswy prendrait naturellement le parti de l'Église d'Iona.

Cependant, se souvint-elle, si Oswy était grand juge durant les débats, il subirait certainement la pression de ses héritiers et des représentants royaux des souverains moins importants composant le jury.

Derrière Oswy, dans la procession qui traversait la salle pour se diriger vers le dais, venait d'abord Colmán, en tant qu'évêque du roi et grand abbé ; derrière lui, Hilda et une autre femme dont les traits rappelaient ceux d'Oswy.

— C'est la sœur aînée du roi, Abbe, murmura Gwid dans le silence qui s'était abattu sur la salle. Elle était en exil à Iona, c'est une adepte convaincue de la liturgie de Colum-Cille. Elle est abbesse à Coldingham, au nord. C'est un monastère double où hommes et femmes peuvent mener leur vie et leur famille sur la voie du Christ. Ce lieu a une douteuse réputation, ai-je entendu dire.

Sa voix baissa encore d'un ton pour marquer sa désapprobation :

— On dit que l'abbaye s'adonne aux festins, à la boisson et autres amusements.

Sœur Fidelma s'abstint de répondre. Il existait de nombreux *conhospitae*, ou monastères doubles. Il n'y avait rien de mal à cela. Elle n'appréciait pas la façon dont sœur Gwid semblait blâmer ce mode de vie. Elle savait que certains ascètes le désapprouvaient et arguaient que toute personne vouant sa vie au service du Christ devait demeurer célibataire. Elle avait même entendu dire que certains groupes d'ascètes cohabitaient sans contact sexuel, pour démontrer la force de leur foi et le caractère surnaturel de leur chasteté, une pratique contre laquelle s'était élevé Jean Chrysostome d'Antioche.

Fidelma n'était pas contre la cohabitation religieuse. Comme la majorité des disciples de Rome, des Églises bretonne et irlandaise et même de l'Église d'Orient, elle partageait l'idée que les ecclésiastiques devaient se marier et procréer. Seuls les ascètes croyaient au célibat et exigeaient la ségrégation des sexes chez les religieux. Elle n'avait pas soupçonné Gwid d'être une ascète ni de soutenir leur cause. Fidelma, de son côté, acceptait l'idée que le temps viendrait où elle trouverait quelqu'un avec qui partager ses tâches. Mais rien ne pressait, et elle n'avait, à ce jour, rencontré nul homme qui l'ait attirée assez pour qu'elle éprouvât le besoin de prendre une décision. Peut-être cela n'arriverait-il jamais, d'ailleurs. La vie était ainsi. D'une certaine façon, elle enviait la certitude de son amie Étain, qui avait choisi de renoncer à Kildare pour se remarier.

Elle se concentra à nouveau sur la procession.

Ensuite venait un homme âgé au teint jauni, le visage ruisselant de sueur. Il s'appuyait lourdement sur le bras d'un homme plus jeune dont les traits évoquèrent immédiatement à Fidelma la ruse du loup, malgré sa rondeur joufflue de chérubin. Ses yeux très rapprochés scrutaient sans cesse alentour, comme à l'affût d'ennemis.

Le vieil homme était clairement malade. Elle se tourna vers Taran.

— Deusdedit, archevêque de Cantorbéry, et son secrétaire, Wighard, dit-il avant même qu'elle eût énoncé sa question. Ils entrent ici en tant que représentants principaux de nos opposants.

— Et le très vieil homme qui clôt la procession ?

Elle venait d'apercevoir le dernier membre du groupe, qui semblait avoir cent ans avec son dos courbé et son corps squelettique.

— C'est l'homme qui peut faire basculer les Saxons contre nous, remarqua Taran.

Fidelma haussa un sourcil.

— Est-ce Wilfrid ? Je le croyais jeune ?

Taran secoua la tête.

— Pas Wilfrid. Jacobus, que les Saxons appellent Jacques le Diacre. Il y a plus de soixante ans, Rome, qui cherchait à renforcer la mission d'Augustin de Cantorbéry dans le Kent, a envoyé un groupe de missionnaires mené par un certain Paulin. Ce Jacques était du voyage — ce qui lui fait plus de quatre-vingts ans, aujourd'hui. Quand Edwin de Northumbrie a épousé Aethelburh du Kent, la mère de la reine Eanflaed ici présente, Paulin l'a accompagnée en tant que chapelain et il s'est lancé dans une vaine tentative pour convertir les Northumbriens à la doctrine de Rome. Mais les païens se sont rebellés et il s'est enfui pour le Kent avec Aethelburh et Eanflaed encore bébé. Il y est mort, il y a une vingtaine d'années.

— Et Jacques ? A-t-il lui aussi pris la fuite ? pressa Fidelma.

— Il est resté derrière, à Catraeth — Catterick pour les Saxons —, vivant en ermite, essayant parfois de convertir les natifs au Christ. Je ne doute pas qu'il sera convoqué pour prouver que Rome a tenté de convertir la Northumbrie avant Iona et ainsi avancer l'argument que la Northumbrie devrait être à Rome. Il est vénérable, il est romain et a connu à la fois Paulin et Augustin, tout cela jouera en notre défaveur.

Sœur Fidelma était impressionnée, malgré elle, par le savoir de frère Taran.

La procession était maintenant terminée et l'abbesse Hilda fit signe à tous de se lever.

L'évêque Colmán avança d'un pas et traça le signe de la croix en l'air. Puis il leva la main et bénit l'assemblée, selon le rite d'Iona, avec l'index, l'annulaire et l'auriculaire pour désigner la Trinité, contrairement à Rome qui utilisait le pouce, l'index et le majeur. À ce geste, il y eut quelques murmures dans les rangs proromains, mais Colmán les ignora, demandant la bénédiction en grec, langue dans laquelle se disait le service dans l'Église d'Iona.

Ensuite, on aida Deusdedit à s'approcher et d'une voix faible, qui soulignait son apparente maladie, il marmonna sa bénédiction en latin selon le rite romain.

Chacun s'assit, à l'exception de l'abbesse Hilda.

— Frères et sœurs dans le Christ, le débat est donc ouvert. Notre Église de Northumbrie suivra-t-elle les enseignements d'Iona, qui permirent à cette terre de passer des ténèbres à la lumière du Christ, ou ceux de Rome, d'où cette lumière se répand jusqu'ici, aux confins du monde ? La décision vous appartient.

Elle jeta un coup d'œil sur sa droite.

— Nous allons maintenant entendre les arguments inauguraux. Agilbert du Wessex, êtes-vous prêt à faire votre discours préliminaire ?

— Non ! dit une voix rauque.

Il y eut un silence, suivi d'un murmure grandissant. L'abbesse leva la main.

Un homme mince se mit debout, il avait la peau mate, les traits fins et hautains, un nez aquilin.

— Agilbert est un Franc, marmonna Taran. Il a étudié de nombreuses années en Irlande.

— Il y a bien longtemps, commença Agilbert — dans un saxon hésitant teinté d'un fort accent, que Fidelma dut demander à Taran de traduire —, Cenwealh du Wessex m'a invité à devenir évêque en son royaume. Pendant dix années, j'ai rempli cet office, mais Cenwealh en a conçu un certain mécontentement, clamant que je ne parlais pas assez bien son dialecte saxon. Il a nommé Wine évêque au-dessus de moi. J'ai quitté la terre des Saxons de l'Ouest. Maintenant, l'on me demande de soutenir l'observance de Rome. Ma maîtrise de la langue ne satisfaisant point Cenwealh et les Saxons de l'Ouest, je ne puis m'exprimer en ces lieux. C'est donc mon disciple Wilfrid de Ripon qui ouvrira le débat pour Rome.

Fidelma fronça les sourcils et commenta :

— Ce Franc me semble très susceptible.

— On le dit sur le point de rentrer en terres franques, parce qu'il s'est pris d'aversion pour tous les Saxons.

Un homme petit et trapu, au visage rougeaud et aux manières brusques, s'était levé, l'air pugnace.

— Moi, Wilfrid de Ripon, je suis prêt à présenter mes remarques préliminaires.

L'abbesse inclina la tête en signe de reconnaissance.

— Et pour la cause d'Iona, l'abbesse Étain de Kildare est-elle prête ?

Hilda s'était tournée vers les bancs où étaient installés les tenants de l'Église d'Iona.

Il n'y eut pas de réponse.

Fidelma tendit le cou et se rendit soudain compte qu'elle n'avait pas vu Étain dans le *sacrarium*. Le murmure se fit clameur.

D'une voix caverneuse, l'abbesse Abbe annonça :

— L'abbesse de Kildare n'est apparemment pas dans l'assistance.

Un vacarme se fit entendre près de l'une des portes de la chapelle et Fidelma aperçut la silhouette d'un frère. Blême, haletant, il s'arrêta sur le seuil.

— Catastrophe ! Oh, mes frères, catastrophe ! lança-t-il d'une voix haut perchée.

Mère Hilda le contempla avec colère.

— Frère Agatho ! Vous vous oubliez !

Le moine se précipita. Même à distance, Fidelma pouvait lire la panique sur son visage.

— Ce n'est pas moi ! Allez aux fenêtres et regardez le soleil ! La main de Dieu le fait disparaître du ciel... Il s'obscurcit. *Domine dirige nos*[1] *!* C'est un mauvais présage sur cette assemblée.

Frère Taran avait traduit ces mots à Fidelma dans la hâte, car elle ne pouvait comprendre le débit rapide du Saxon.

L'agitation gagna la salle et nombreux furent ceux qui se précipitèrent aux fenêtres pour regarder à l'extérieur.

L'austère Agilbert se tourna vers ceux qui n'avaient pas quitté leur siège.

— Comme frère Agatho l'a dit, le soleil a disparu du ciel. C'est un funeste présage.

1. Seigneur, guide-nous ! *(N.d.T.)*

CHAPITRE V

Sœur Fidelma se tourna vers Taran, une expression d'incrédulité sur le visage.

— Ces Saxons sont donc si superstitieux ? Ne savent-ils rien en astronomie ?

— Très peu, répondit-il d'un air méprisant. Notre peuple leur en a enseigné quelques rudiments, mais ils apprennent lentement.

— Quelqu'un devrait les informer qu'il ne s'agit pas d'un phénomène surnaturel.

— Ils ne vous en remercieraient point, cracha sœur Gwid avec désapprobation, de l'autre côté.

— Mais nombre de nos frères ici présents sont versés dans l'astronomie, ils connaissent les éclipses et les autres phénomènes célestes, fit remarquer Fidelma.

Frère Taran lui fit signe de se taire, car Wilfrid, le porte-parole de la faction romaine, venait de se lever.

— Certainement, cette disparition du soleil est un mauvais présage, mes frères. Mais que signifie-t-elle ? Elle porte ce simple message : à moins que les hommes et femmes d'Église de ce pays ne se détournent des erreurs de Colomba pour adopter l'unique et véritable Église universelle de Rome, le christianisme disparaîtra de la terre comme Dieu a fait disparaître le soleil du ciel. Quel signe, en effet !

Les applaudissements du camp romain déclenchèrent un tumulte de protestations parmi les représentants de l'Église de Colomba, qui crièrent leur refus de ce qu'ils considéraient comme une affirmation scandaleuse.

Un homme d'une trentaine d'années portant la tonsure de Colomba se mit debout, défiguré par la colère.

— Comment Wilfrid de Ripon peut-il savoir ? Dieu s'est-il directement adressé à lui pour lui expliquer ce phénomène dans nos cieux ? Ne peut-on aussi sûrement clamer que le présage signifie qu'il faut suivre Colomba ? À moins que ceux qui soutiennent les révisions de Rome sur la foi véritable ne changent d'avis, le christianisme disparaîtra de la terre.

Des huées scandalisées résonnèrent dans les rangs proromains.

— Cuthbert de Melrose, confia Taran en souriant, appréciant clairement l'argument. Wilfrid, sur ordre d'Alhfrith, l'a expulsé de Ripon, parce qu'il suit les rites de Colomba.

Mais Oswy, le roi, se dressa à son tour. La clameur s'éteignit sur-le-champ.

— Cet argument ne nous mènera nulle part. L'assemblée est suspendue jusqu'à...

Un cri inarticulé l'empêcha de terminer sa phrase.

— Le soleil revient ! s'exclama un des observateurs à la fenêtre.

Il s'ensuivit un autre mouvement général autour des ouvertures, chacun tendait le cou vers le ciel bleu.

— En effet. La forme noire s'en va, lança un autre. Voilà le soleil.

Le gris crépusculaire se dissipa soudain et la lumière se déversa de nouveau par les fenêtres du *sacrarium*.

Sœur Fidelma secoua la tête, étonnée par cet incident. Chez elle, la science observait et consignait depuis longtemps le mouvement des étoiles.

— Il est difficile de croire que ces gens peuvent être dans une telle ignorance des mouvements célestes. Dans nos écoles monastiques et bardiques, chaque instructeur qualifié est capable de décrire le parcours du Soleil et de la Lune. Et toute personne intelligente devrait connaître le jour du mois lunaire, l'âge de la Lune, l'heure des marées, le jour de la semaine — et les jours d'éclipses ne sont point secrets.

Frère Taran eut un sourire moqueur.

— Vous oubliez que vos compatriotes et les Bretons sont renommés dans maints pays pour leurs connaissances astronomiques. Mais ces Saxons restent des barbares.

— Mais ils ont sûrement lu le traité du grand Dallán Forgaill, qui explique à quelle fréquence la Lune se trouve devant le Soleil, occultant ainsi sa lumière ?

Taran haussa les épaules.

— Seuls quelques-uns de ces Saxons savent lire et écrire. Et ils n'étaient même pas capables de ces prouesses avant que saint Aidán arrive sur cette terre. Ils ne savaient point écrire leur propre langue, encore moins interpréter celles des autres.

L'abbesse Hilda donnait des coups de crosse sur le sol de pierre pour attirer l'attention. À contrecœur, les membres de l'assemblée regagnèrent leurs bancs. La rumeur s'affaiblit peu à peu.

— La lumière est revenue, nous pouvons donc poursuivre. L'abbesse de Kildare a-t-elle rejoint les lieux ?

L'esprit de sœur Fidelma revint à l'affaire qui les occupait ; avec la plus grande perplexité, elle constata que l'espace assigné à l'abbesse Étain était toujours vide.

Wilfrid de Ripon se leva, avec un sourire en coin.

— Si le porte-parole de l'Église de Colomba ne souhaite pas se joindre à nous, peut-être devrions-nous poursuivre sans elle ?

— Maints autres parleront en notre nom ! rétorqua en criant Cuthbert, sans se donner la peine de se lever, cette fois.

À nouveau, Hilda fit claquer sa crosse.

Et pour la seconde fois, l'assemblée fut brutalement interrompue par l'ouverture des grandes portes. Une jeune sœur livide, les yeux hagards, pénétra dans le *sacrarium*. Il était évident qu'elle avait couru — des cheveux en désordre s'échappaient de sa coiffe. Elle marqua un temps d'arrêt, parcourut la foule des yeux, puis se dirigea directement vers l'endroit où se tenait Hilda, stupéfaite, juste aux pieds du roi.

Fidelma, étonnée, la regarda s'approcher et murmurer quelque chose à l'oreille de l'abbesse, qui se pencha pour mieux entendre. Fidelma ne pouvait distinguer le visage d'Hilda, mais elle la vit se lever et avancer immédiatement vers le roi, puis s'incliner pour lui répéter le message qu'on venait de lui transmettre, quel qu'il fût.

Dans le *sacrarium*, ecclésiastiques et délégués assistaient, silencieux, à ce nouvel incident.

Le roi se leva et sortit, suivi peu de temps après par Hilda, Abbe, Colmán, Deusdedit, Wighard et Jacques le Diacre.

Un tonnerre de protestations éclata dans la salle, chacune des personnes assemblées se tournant avec excitation vers les autres pour voir si d'aucuns savaient expliquer cette étrange conduite. Des voix s'élevaient pour spéculer.

Deux religieuses northumbriennes de Coldingham, assises derrière Fidelma, étaient d'opinion qu'une armée de Bretons avait envahi le royaume, profitant de la préoccupation du roi pour le synode. Elles se souvenaient de la fatale année de l'invasion de Cadwallon ap

Cadfan, roi de Gwynedd, qui avait ravagé le royaume et causé le massacre de beaucoup. Mais un frère d'une communauté de Gilling, assis devant, les interrompit en estimant qu'une attaque des Merciens était plus probable : Wulfhere, fils de Penda, n'avait-il point juré d'arracher l'indépendance de la Mercie à la Northumbrie et déjà commencé à réaffirmer sa domination au sud de la rivière Humber ? Les Merciens cherchaient toujours une occasion de se venger d'Oswy, qui avait tué Penda et régné sur la Mercie pendant trois ans. Wulfhere avait beau avoir envoyé un représentant royal au synode, c'était bien là le genre de félonie qu'on pouvait attendre des Merciens.

Fidelma était intriguée par ces spéculations politiques, mais pour qui n'était point au fait de la position des royaumes saxons, tout cela était très obscur. Les choses étaient tellement différentes dans son pays natal, où semblaient régner la loi et l'ordre, et où le haut roi et sa cour constituaient l'autorité suprême. Si quelques sous-rois lui cherchaient querelle, ils reconnaissaient la domination nominale de Tara. Les Saxons semblaient toujours batailler entre eux et tenir l'épée pour seul arbitre en matière de loi.

Une main se posa sur son épaule ; une jeune religieuse se pencha vers elle.

— Sœur Fidelma ? La mère abbesse requiert votre présence à son logis immédiatement.

Surprise, ignorant les regards de curiosité affichée de sœur Gwid et frère Taran, Fidelma se leva et suivit la jeune religieuse hors de la cacophonie et de la confusion du *sacrarium*, pour emprunter les couloirs plus calmes menant au logis de l'abbesse. Hilda se tenait devant l'âtre, les mains jointes. Elle avait le visage blême et grave. L'évêque Colmán était assis dans le fauteuil à côté de la cheminée qu'il occupait la veille au soir. Lui aussi avait un air de solennité, comme accablé d'un fardeau trop lourd.

Tous deux paraissaient presque trop préoccupés pour remarquer son entrée.

— Ma mère, vous m'avez envoyé quérir ?

Hilda sembla se ressaisir dans un soupir et jeta un coup d'œil à Colmán qui lui répondit par un curieux geste de la main, comme pour lui indiquer de poursuivre.

— Monseigneur me rappelle que vous êtes avocate dans votre pays, Fidelma.

Celle-ci fronça les sourcils.

— En effet, confirma-t-elle, se demandant ce qui allait venir.

— Il m'a précisé que vous avez acquis une réputation pour dénouer les mystères, pour résoudre les crimes.

Fidelma attendit.

— Sœur Fidelma, reprit l'abbesse après une pause. J'ai grand besoin de talents tels que le vôtre.

— Je suis prête à mettre mes maigres dons à votre disposition, répondit-elle lentement, curieuse de connaître le problème qui était survenu.

Hilda se mordit la lèvre, luttant pour formuler ses phrases.

— J'ai de mauvaises nouvelles, ma sœur. L'abbesse Étain de Kildare a été trouvée dans sa cellule tout à l'heure. Elle a eu la gorge tranchée — tranchée d'une façon qui ne laisse pas place au doute. Étain a été sauvagement assassinée.

CHAPITRE VI

Sœur Fidelma était toujours en état de choc quand la porte s'ouvrit sans cérémonie. Elle eut vaguement conscience que Colmán s'extirpait de son fauteuil et se retourna pour voir qui pouvait faire lever l'évêque.

Oswy de Northumbrie venait d'entrer dans la pièce.

Les événements s'étaient beaucoup trop précipités pour que Fidelma accepte aussi vite le meurtre cruel de celle qui était son amie et sa consœur depuis plusieurs années, puis était devenue plus récemment son abbesse. Elle fit un effort pour contenir le chagrin qu'elle ressentait, car cette nouvelle l'avait profondément affectée. Pourtant, la peine ne serait pas d'une grande aide à Étain. L'esprit de Fidelma travaillait rapidement : on faisait appel à son éducation et à ses talents, la douleur ne ferait que brouiller son discernement. Elle pourrait donner libre cours à son chagrin plus tard.

Elle essaya de concentrer ses pensées sur le nouveau venu dans la pièce.

De près, le roi de Northumbrie ne semblait pas aussi beau qu'il lui avait paru de loin. Il était grand et bien bâti, mais ses cheveux clairs étaient d'un gris jaunâtre et il approchait visiblement de la soixantaine. Il avait le teint jaune, et de petits vaisseaux sanguins qui s'étaient rompus sur son nez et ses joues avaient tracé sur sa peau des lignes rouge vif. Il avait les yeux caves, des rides profondes sur le front. Fidelma avait entendu dire que tous les rois de Northumbrie avaient été emportés par une mort violente sur le champ de bataille. Ce n'était pas un legs très enviable.

Oswy parcourut la pièce du regard, une expression presque tourmentée sur le visage, et ses yeux vinrent se poser sur Fidelma.

— J'ai ouï dire que vous étiez *dálaigh* dans les tribunaux de droit brehon en Irlande.

À la surprise de Fidelma, il parlait l'irlandais comme un natif. Puis elle se souvint qu'il avait grandi en exil à Iona. Elle ne devait donc pas s'étonner d'une telle maîtrise de sa langue.

— J'ai la qualification d'*anruth*.

Colmán s'empressa de vouloir expliquer :

— Cela signifie...

Oswy se retourna dans sa direction avec un geste d'impatience.

— Je sais exactement ce que cela signifie, monseigneur. Une personne qui a la qualification d'*anruth* maîtrise les savoirs les plus nobles et peut discourir sur un pied d'égalité avec les rois, jusqu'au haut roi en personne.

Il gratifia l'évêque embarrassé d'un sourire plein de contentement avant de se retourner vers Fidelma.

— Je suis néanmoins surpris de trouver une tête aussi pleine sur d'aussi jeunes épaules.

Fidelma réprima un soupir.

— J'ai passé huit années à étudier avec le brehon Morann de Tara, l'un des plus grands juges de mon pays.

Oswy acquiesça distraitement.

— Je ne remets point en cause vos qualifications, Mgr Colmán m'a mis au fait de votre réputation. Vous savez ce que l'on attend de vous ?

Sœur Fidelma inclina la tête.

— Je sais qu'Étain de Kildare a été tuée. Elle n'était pas seulement mon abbesse, elle était aussi mon amie. Je suis prête à apporter mon aide.

— Elle devait ouvrir le débat au nom de l'Église d'Iona, comme vous le savez. Ma terre connaît maintes dissensions, sœur Fidelma. L'affaire est délicate. Déjà des rumeurs se murmurent au-delà des frontières, la spéculation fait rage. Si l'abbesse a été assassinée par la faction romaine, comme il est probable, alors le fossé sera tel entre les peuples que la vérité du Christ risque de souffrir un coup fatal sur cette terre. La guerre civile déchirerait les pays. Comprenez-vous ?

— Parfaitement, répondit Fidelma. Pourtant il est une chose plus grave à considérer.

Surpris, Oswy haussa les sourcils.

— Plus grave que des répercussions politiques qui s'étendront d'Iona à la primatie d'Armagh, à Rome même peut-être ? voulut-il savoir.

— Oui, plus grave que tout cela, l'assura-t-elle avec calme. Le meurtrier d'Étain de Kildare, quel qu'il soit, doit être traduit en justice. Car le droit et la morale doivent prévaloir. Ce que les autres en font est leur affaire. La recherche de la vérité est plus importante que toute autre considération.

Pendant quelques instants, Oswy demeura interdit. Puis il sourit d'un air triste.

— Voilà bien la parole d'une représentante de la loi. Cela fait longtemps que je n'ai plus entendu les discours des brehons de votre pays, ces juges qui sont au-dessus du roi et de sa cour. Ici, le roi est la loi et personne ne peut le juger.

Fidelma grimaça, indifférente.

— J'ai entendu parler des défauts de votre système saxon.

L'abbesse Hilda parut choquée.

— Mon enfant, souvenez-vous que vous vous adressez au roi.

Mais Oswy souriait.

— Cousine Hilda, ne la rabrouez pas. En Irlande, le souverain n'est point un faiseur de lois, il ne règne pas non plus de droit divin, il n'est que l'administrateur de lois transmises de génération en génération. Tout avocat, qu'il soit *anruth* ou *ollamh*, est autorisé à débattre du droit avec le haut roi du pays. N'est-ce pas, sœur Fidelma ?

Cette dernière eut un petit sourire.

— Vous maîtrisez notre système à la perfection, Oswy de Northumbrie.

— Et vous semblez avoir l'esprit vif et ne craindre aucune des factions, remarqua celui-ci. C'est bien. Ma cousine Hilda vous a sans nul doute demandé de découvrir le meurtrier d'Étain de Kildare ? Que répondez-vous ? Le ferez-vous ?

La porte s'ouvrit violemment.

Sœur Gwid se tenait dans l'encadrement, son grand corps gauche étrangement déformé. Échevelée, elle avait la lèvre tremblante, les yeux rougis et injectés de sang ; des larmes ruisselaient le long de ses joues flasques et blafardes. Pendant un instant, elle resta là à sangloter en scrutant avec agitation tous les visages les uns après les autres.

— Que diantre... ? commença Oswy, abasourdi.

— Est-ce la vérité ? Oh, mon Dieu, dites-moi qu'il n'en est rien ! L'abbesse Étain est-elle morte ? geignit la religieuse, en tordant ses mains rougeaudes et osseuses, en proie à un extrême désarroi.

Sœur Fidelma fut la première à reprendre ses esprits ; elle se précipita vers sœur Gwid et la prit par le bras pour la faire sortir de la pièce. À l'extérieur, dans le couloir, elle rassura d'un signe la religieuse attachée au service d'Hilda, qui, d'après son air inquiet, avait sûrement tenté d'empêcher sœur Gwid d'entrer dans le logis de l'abbesse.

— C'est la vérité, Gwid, annonça d'une voix douce Fidelma, qui était navrée pour la grande fille.

Elle la conduisit vers la religieuse, restée à proximité.

— Cette sœur va vous raccompagner à votre dortoir. Allez vous étendre un peu, je viendrai vous voir dès que possible.

Ses larges épaules secouées par un regain de douleur, la sœur picte se laissa guider dans le couloir.

Fidelma hésita un instant avant de revenir dans la pièce.

— Sœur Gwid était une étudiante d'Étain à Emly, expliqua-t-elle en réponse aux regards interrogateurs de la compagnie. Elle était présente en qualité de secrétaire de l'abbesse. Je crois qu'elle avait conçu une sorte d'adulation pour Étain. Sa mort est un choc profond. Chacun fait face à sa manière.

Hilda laissa échapper un murmure compatissant et enchaîna :

— J'irai tout à l'heure réconforter la pauvre fille. Mais mettons-nous d'accord sur cette affaire pour commencer.

— Que dites-vous de cette proposition, Fidelma de Kildare ? réitéra Oswy.

Fidelma se mordit la lèvre et acquiesça.

— Mère Hilda a déjà indiqué qu'elle souhaitait que je mène l'enquête. Je le ferai, non pour des raisons politiques, mais pour la moralité de la loi et parce qu'Étain était mon amie.

— Bien dit, remarqua Oswy. Néanmoins, la politique intervient dans cette affaire. Le meurtre d'une personne aussi éminente pourrait bien être un stratagème pour perturber notre débat. L'interprétation la plus évidente est qu'Étain, principale représentante de la foi de Colum-Cille, a été la victime d'un crime félon commis par un proromain. D'un autre côté, le meurtrier espère peut-être que, par compassion, l'assemblée préférera suivre Iona contre Rome.

Sœur Fidelma dévisagea Oswy d'un air pensif. Point de simplification hâtive dans son esprit. Ce roi régnait d'une main de fer depuis plus d'une vingtaine d'années sur les Northumbriens et avait repoussé chaque tentative des autres souverains saxons pour envahir, conquérir sa terre et l'évincer. Aujourd'hui, la plupart des rois saxons, nominalement au moins, le considéraient comme leur suzerain et même l'évêque de Rome le gratifiait du titre de « roi des Saxons ». Elle pouvait prendre la mesure de la vivacité de son esprit.

— Ce sera à moi de le découvrir, donc, remarqua-t-elle d'une voix tranquille.

Oswy hésita et secoua la tête.

— Pas entièrement.

Fidelma haussa un sourcil interrogateur.

— Il y a une condition.

— Je suis avocate de droit brehon. Je ne peux suivre que mon devoir de mettre au jour la vérité.

Dans son œil était apparu un dangereux éclat.

L'abbesse Hilda affichait un visage scandalisé.

— Ma sœur, vous oubliez réellement que vous ne vous trouvez point dans votre pays : ses lois ne s'étendent pas jusqu'ici. Vous devez traiter le roi avec respect.

Mais Oswy eut un nouveau sourire et regarda sa cousine en secouant la tête.

— Sœur Fidelma et moi nous comprenons bien, Hilda. Nous nous respectons, j'en suis certain. Néanmoins, je dois insister sur une condition, car comme je l'ai dit, c'est une affaire politique ; l'avenir de nos royaumes et de leur religion dépend de sa résolution.

— Je ne comprends pas... commença Fidelma, légèrement déconcertée.

— Laissez-moi éclaircir les choses, l'interrompit Oswy. Deux rumeurs circulent déjà dans l'abbaye. L'une est que le clan romain a eu recours à cette épouvantable méthode pour faire taire l'une des avocates de Colum-Cille les plus érudites. L'autre, que c'est une rouerie des partisans d'Iona pour que le synode échoue et que Iona et non Rome préside à la liturgie de Northumbrie.

— Oui, ceci, je peux le concevoir.

— Ma fille Aelflaed, qui a suivi l'enseignement des sœurs d'Iona, parle déjà de lever une armée pour frapper ceux qui s'opposent à son Église. Mon fils Alhfrith et sa femme, Cyneburh, conspirent pour renverser les tenants d'Iona à l'aide de la force militaire. Et mon jeune fils...

Il fit une pause et laissa échapper un rire amer.

— ... mon fils Ecgfrith, qui n'a d'intérêt que pour le pouvoir, espère que sa chance viendra, qu'une faiblesse apparaîtra dont il se servira pour s'emparer du trône. Voyez-vous pourquoi l'affaire est d'importance ?

Sœur Fidelma eut un haussement d'épaules.

— Mais je ne comprends pas quelle condition vous voulez m'imposer. Je suis capable d'enquêter sur ce mystère.

— Pour démontrer aux deux parties que moi, Oswy de Northumbrie, suis impartial et équitable dans l'exercice de la loi, je ne puis permettre que l'enquête sur le décès de l'abbesse Étain ne soit confiée qu'à une personne appartenant à l'Église de Colum-Cille. Pas plus que je ne pourrais permettre qu'elle le soit à un membre du clergé romain seul.

Fidelma prit un air interrogatif.

— Alors, que proposez-vous ?

— Que vous, ma sœur, joigniez vos forces à celles d'un partisan de Rome. Si vous enquêtez conjointement, personne ne pourra nous accuser de partialité quand le résultat sera rendu public. Seriez-vous d'accord avec ce principe ?

Fidelma dévisagea le roi un long moment.

— C'est la première fois que j'entends attaquer un *dálaigh* de droit brehon sur la partialité de sa décision. La devise de notre profession est : « La vérité contre le monde. » Que ce crime soit le fait d'un partisan de mon Église ou de celle de Rome, l'issue sera la même. J'ai juré de faire respecter la vérité, aussi inconfortable soit-elle.

Elle marqua un temps d'arrêt et, haussant les épaules, reprit :

— Et pourtant... je vois une logique dans votre suggestion. Je suis d'accord. Mais avec qui travaillerai-je ? Je confesse ma quasi-ignorance du saxon et je sais que rares sont ceux de votre peuple qui connaissent le latin, le grec ou l'hébreu, langues que je parle couramment.

Le visage d'Oswy se détendit et laissa apparaître un sourire.

— En cela, il n'y a pas de problème. Parmi les compagnons de l'archevêque de Cantorbéry, il est un jeune homme qui conviendra à merveille.

Visiblement intéressée, l'abbesse Hilda se tourna vers son cousin.

— De qui s'agit-il ?

— Un frère du nom d'Eadulf de Seaxmund's Ham, du royaume d'Ealdwulf, dans l'East Anglia. Il a passé cinq années en Irlande et deux autres à Rome. Il parle donc l'irlandais, le latin et le grec, ainsi que le saxon, sa langue maternelle. Il connaît la loi. En fait, s'il n'était point entré dans les ordres, il aurait hérité de la position de *gerefa* — ceci, Fidelma, est notre officier de loi. L'archevêque Deusdedit m'informe qu'il est versé dans la résolution d'énigmes. Objecteriez-vous à travailler avec un tel homme, sœur Fidelma ?

Elle n'avait pas d'opinion.

— Tant que la vérité est notre objectif commun. Mais lui, qu'en dit-il ?

— Nous allons pouvoir lui poser la question, car j'ai envoyé un messager pour lui demander de venir céans et d'attendre à l'extérieur. Il doit être là, maintenant.

Oswy alla le chercher.

Sœur Fidelma ouvrit la bouche sous le coup de la surprise : elle vit entrer le jeune moine qu'elle avait rencontré la veille dans le cloître. Il s'inclina devant le roi puis, relevant les yeux, aperçut Fidelma. Pendant un instant, son visage refléta à son tour l'étonnement, puis il redevint un masque impassible.

Oswy fit les présentations, toujours en irlandais :

— Voici frère Eadulf. Frère Eadulf, voici le *dálaigh* dont je vous ai déjà parlé, sœur Fidelma. Êtes-vous d'accord pour travailler avec elle, en gardant à l'esprit ce que je vous ai dit de l'importance de résoudre ce mystère le plus tôt possible ?

Les yeux bruns de frère Eadulf captèrent l'ardente étincelle émeraude qui habitait ceux de Fidelma.

Celle-ci ressentit à nouveau le curieux frisson qu'elle avait éprouvé la veille au soir.

— J'accepte, dit-il de sa voix chaude. Si j'ai l'agrément de sœur Fidelma.

— Ma sœur ? pressa Oswy.

— Nous devrions commencer sur-le-champ, répondit-elle d'un ton uni, dissimulant son sentiment de confusion au regard du Saxon.

— En cela, je suis d'accord, conclut Oswy. Vos recherches seront conduites en mon nom. Vous pouvez interroger quiconque, quelle que soit sa position, à votre guise. Mes guerriers se tiennent prêts à agir selon vos ordres. J'ajouterai simplement, avant de partir, que l'urgence est la priorité. À chaque heure écoulée où rumeurs et spéculations se répandent de manière incontrôlée en ces lieux, les ennemis de la paix gagnent en pouvoir et la guerre civile menace un peu plus.

Oswy les regarda l'un après l'autre, eut un petit sourire et quitta la pièce.

L'esprit de Fidelma travaillait à toute vitesse. Il y avait tant à assimiler, à commencer par la mort d'Étain.

Soudain, elle se rendit compte qu'Hilda, Colmán et Eadulf avaient les yeux fixés sur elle.

— Pardon ? fit-elle, consciente qu'on avait dû lui poser une question.

L'abbesse fit une moue.

— Je vous ai demandé comment vous souhaitiez procéder.

— Le mieux serait de voir les lieux du crime, dit précipitamment frère Eadulf.

Fidelma serra les dents, agacée que l'on ait répondu à sa place.

Le Saxon avait raison, bien sûr, mais elle refusait qu'on lui donne des ordres. Elle essaya de concevoir un autre parti qui fût utile, juste pour le contredire. Mais elle n'en vit pas.

— Oui, enchaîna-t-elle à contrecœur. Nous allons nous rendre au *cubiculum* de l'abbesse Étain. Y a-t-il eu quoi que ce soit de dérangé depuis que l'on a découvert le corps ?

— Pas que je sache, dit Hilda en secouant la tête. Dois-je vous accompagner ?

— Nul besoin, répliqua prestement Fidelma, au cas où frère Eadulf déciderait encore de répondre à sa place. Nous vous ferons savoir si et quand votre aide nous sera nécessaire.

Elle se tourna et sortit de la pièce, sans un regard pour Eadulf.

Celui-ci salua l'abbesse puis l'évêque et se précipita à sa suite.

Quand la porte se referma derrière eux, Colmán fit une moue désapprobatrice.

— C'est comme allier un loup et un goupil pour blesser un lièvre, dit-il lentement.

L'abbesse Hilda le gratifia d'un sourire pincé.

— Il serait intéressant de savoir qui vous comparez au loup et qui au goupil.

CHAPITRE VII

Fidelma s'arrêta sur le seuil du *cubiculum hospitale* qui avait été attribué à Étain. Elle n'avait pas adressé le moindre mot au moine saxon depuis qu'ils avaient quitté le logis de l'abbesse pour traverser les sombres cloîtres et couloirs menant aux quartiers des hôtes. Elle avait du mal à trouver la détermination pour entrer dans la pièce. Frère Eadulf avait déduit du manque de communication et de l'hésitation de Fidelma qu'elle était dépitée de devoir travailler avec lui, et se contentait de laisser le temps faire son œuvre. Fidelma se trouvait maintenant confrontée à cet instant tant redouté : celui où elle serait obligée de voir le corps de son amie Étain dans la mort.

Elle devait encore affronter le choc personnel de ce meurtre. Étain était une bonne amie. Pas la plus proche, mais une amie néanmoins. Fidelma se remémora son entrevue avec elle la veille seulement, lorsqu'elle lui avait confié qu'elle allait abandonner la position d'abbesse de Kildare pour se marier et poursuivre son bonheur personnel. Fidelma fronça les sourcils. Épouser qui ? Comment pouvait-elle contacter le fiancé d'Étain pour lui annoncer la tragique nouvelle ? Était-il un chef de clan eoghanacht ou un religieux rencontré en Irlande? Elle aurait bien le temps de le découvrir à son retour au pays.

Elle prit plusieurs grandes inspirations pour essayer de se préparer.

— Si vous ne souhaitez pas voir le corps, ma sœur, je peux me charger de cette tâche à votre place.

Eadulf s'était exprimé sur un ton apaisant, prenant certainement son hésitation pour une appréhension à voir un cadavre. C'étaient les premiers mots que le Saxon lui adressait directement.

Fidelma se trouva partagée entre deux réactions.

La première était la surprise devant son aisance en irlandais et devant son choix de cette langue pour s'adresser à elle. La seconde était une irritation provoquée par son ton un peu condescendant, qui témoignait de son évident raisonnement.

L'irritation l'emporta et lui donna la force dont elle avait besoin.

— Étain était abbesse de ma communauté de Kildare, frère Eadulf, répliqua-t-elle fermement. Je la connaissais bien. C'est ce qui me fait hésiter, comme toute personne civilisée.

Frère Eadulf se mordit la lèvre. La sœur était irascible et susceptible, pensa-t-il; ses yeux verts étaient comme deux brasiers jumeaux.

— Raison de plus pour vous épargner cette épreuve, déclara-t-il avec douceur. Je suis compétent dans l'art des apothicaires, j'ai étudié à votre fameuse école de médecine de Tuaim Brecain.

Mais ces mots, loin de l'apaiser, accentuèrent son agacement.

— Et je suis *dálaigh* de droit brehon, répondit-elle avec froideur. Je présume que je n'ai nul besoin de vous expliquer l'obligation inhérente à cet office?

Elle ouvrit la porte avant qu'il puisse répondre.

La chambre était lugubre, bien qu'il fît encore jour dehors. La nuit ne tomberait pas avant deux heures, mais la grisaille du ciel était comme un crépuscule précoce qui rendait impossible de discerner le moindre détail, l'ouverture censée éclairer la pièce étant trop petite dans le sombre mur de pierre.

— Trouvez une lampe, mon frère, ordonna-t-elle.

Eadulf hésita. Il n'avait pas l'habitude d'être commandé par une femme. Mais, haussant les épaules, il se tourna vers une lampe à huile accrochée à l'entrée, prête à servir dès la tombée de la nuit. Il lui fallut un moment pour frotter l'amadou et ajuster la mèche.

La lampe à la main, Eadulf pénétra à son tour dans la chambre.

Le corps de l'abbesse Étain n'avait pas été bougé, il gisait toujours étalé sur le dos, tel qu'il était tombé dans la mort, en travers de la couche de bois qui tenait lieu de lit. Elle était entièrement vêtue, à l'exception de sa coiffe. Ses longs cheveux tressés, blonds comme de l'or, étaient retombés autour de sa tête. Les yeux grands ouverts regardaient vers le plafond. Une grimace atroce tordait sa bouche béante. La partie inférieure du visage, le cou et les épaules étaient couverts de sang.

Serrant les lèvres, sœur Fidelma avança d'un pas et se força à regarder vers le bas, évitant les glaçants yeux ouverts sur la mort. Elle fit une génuflexion et murmura une prière pour sa défunte abbesse.

— *Sancta Brigita intercedat pro amica mea*[1]...

Puis, se penchant pour fermer ses yeux, elle enchaîna avec la prière pour les morts.

— *Requiem aeternam dona ei Domine*[2]...

1. Sainte Brigitte, intercède pour mon amie... *(N.d.T.)*
2. Donne-lui le repos éternel, Seigneur... *(N.d.T.)*

Quand elle eut terminé, elle se retourna vers son compagnon, qui avait attendu sur le pas de la porte.

— Puisque nous devons travailler ensemble, mon frère, annonça-t-elle froidement, mettons-nous d'accord sur ce que nous voyons.

Eadulf vint la rejoindre, tenant toujours haut la lampe. Fidelma énonça d'une voix calme :

— L'entaille est irrégulière, il s'agit presque d'une déchirure, allant de l'oreille gauche au centre de la base du cou. Il y a une autre coupure de l'oreille droite au centre également, formant un « V » sous le menton. Vous êtes de mon avis ?

— Oui, ma sœur, répondit Eadulf en hochant lentement la tête. Deux plaies séparées, c'est clair.

— Je ne vois aucune autre lésion.

— Pour infliger de telles blessures, l'agresseur a dû retenir la tête de l'abbesse en arrière, peut-être en la tenant par les cheveux, avant d'enfoncer son arme rapidement dans le cou près de l'oreille et de recommencer la même attaque de l'autre côté.

Sœur Fidelma était plongée dans ses pensées.

— Le couteau n'était pas bien aiguisé. La chair est déchirée plus que coupée. Il s'agit d'une personne qui ne manque pas de force.

Frère Eadulf eut un petit sourire.

— On peut donc écarter toutes les sœurs de notre liste de suspects.

— Pour l'instant, nous n'excluons personne, répliqua Fidelma avec cynisme. La force, comme l'intelligence, n'est pas l'apanage des hommes.

— Fort bien. Mais l'abbesse devait connaître son agresseur.

— À quoi le voyez-vous ?

— Il n'y a pas trace de lutte. Regardez autour de vous. Tout paraît à sa place. Rien ne semble dérangé. Et observez comme la coiffe de l'abbesse est toujours soigneusement pendue à la patère. Je ne vous l'apprendrai pas, les sœurs ne doivent point se séparer de leur voile.

Fidelma dut reconnaître qu'il était observateur.

— Vous soutenez qu'Étain avait ôté sa coiffe avant que son agresseur entre dans sa cellule ou au moment où il l'a fait. Et vous suggérez qu'elle le connaissait assez pour ne pas la remettre.

— Exactement.

— Mais s'il avait pénétré céans avant qu'elle sache de qui il s'agissait, elle n'aurait peut-être pas eu le temps d'atteindre son voile avant d'être attaquée.

— C'est une possibilité que j'ai exclue.

— Comment cela ?

— Parce que le dérangement serait visible. Si l'abbesse avait été surprise par l'intrusion d'un inconnu, soit elle aurait tenté de saisir sa coiffe, soit elle se serait défendue contre lui. Non, tout est en ordre, bien rangé, même les couvertures sur le lit ne sont point défaites. La seule chose qui vient perturber cette tranquillité, c'est l'abbesse en travers du lit, la gorge tranchée.

Sœur Fidelma serra les lèvres. Eadulf avait raison. Il avait l'œil.

— Cela semble logique, admit-elle après un moment de réflexion. Mais pas tout à fait concluant. Je pense que je réserverais mon jugement quant à sa connaissance de l'agresseur. Même si vous avez sans doute raison.

Elle se tourna vers lui et le dévisagea d'un regard pénétrant.

— Vous avez dit être médecin ?

— Non, fit-il en secouant la tête. Bien que j'aie étudié à l'école de médecine de Tuaim Brecain, comme je l'ai dit, et que j'en sache beaucoup, je ne suis pas qualifié dans l'art de la médecine.

— Je comprends. Aussi vous ne verrez aucune objection, je pense, à ce que nous demandions à l'abbesse Hilda d'enlever le corps d'Étain pour l'emporter au *mortuarium* et le faire examiner par le médecin de l'abbaye au cas où il y aurait d'autres blessures que nous ayons manquées.

— Effectivement, confirma-t-il.

Fidelma hocha la tête d'un air absent.

— Je doute que nous puissions apprendre quoi que ce soit d'autre de cette misérable cellule...

Elle s'interrompit soudain pour se pencher vers le sol ; elle se releva avec lenteur, une mèche de cheveux dorés à la main.

— Qu'est-ce ? demanda Eadulf.

— La confirmation de votre théorie, répondit-elle d'une voix égale. Vous disiez que l'agresseur avait attrapé les cheveux d'Étain par-derrière pour tenir son cou pendant qu'il l'égorgeait. Une telle poigne aurait arraché des cheveux : les voici. Il ou elle les aura laissés tomber en quittant la pièce.

Immobile, sœur Fidelma observa la petite chambre, ses yeux se déplaçant avec la plus grande attention de façon à ne rien manquer d'important. Elle ressentait un curieux fourmillement, comme si quelque chose lui échappait. S'approchant de la table de chevet, elle passa en revue les ustensiles de toilette et les biens personnels. Parmi eux se trouvaient un petit missel et un crucifix, unique bijou présent. Fidelma avait déjà remarqué que l'anneau, insigne de sa fonction, était encore à son doigt. Pourquoi, alors, avait-elle le sentiment qu'il manquait quelque chose ?

Eadulf interrompit ses pensées :

— Il y a bien peu d'indications pouvant nous suggérer qui peut être ce mécréant, ma sœur. Nous pouvons exclure le vol pour motif, ajouta-t-il en désignant le crucifix et l'anneau.

— Le vol ? Mais nous sommes dans la maison de Dieu.

Elle devait confesser que c'était là la dernière motivation qui lui serait venue à l'esprit.

— On a déjà vu mendiants et voleurs s'attaquer à des monastères et à des églises, lui fit remarquer Eadulf. Mais pas dans ce cas, il n'y en a aucun signe.

— La scène d'un méfait est comme un parchemin sur lequel le transgresseur laisse son empreinte. Cette trace est là, c'est à nous de la repérer et de l'interpréter.

Eadulf lui jeta un regard curieux.

— La seule trace ici est le corps de l'abbesse, lui dit-il doucement.

Fidelma se tourna vers lui et lui jeta un regard plein de mépris.

— Alors, selon votre propre parole, il s'agit bien d'une trace, la seule à interpréter.

Frère Eadulf se mordit la lèvre, la réprimande touchait juste.

Il se demandait si la religieuse irlandaise était toujours aussi cinglante ou s'il s'agissait d'une réaction contre lui.

Étrangement, lorsqu'il l'avait bousculée par accident dans le cloître la veille, il aurait juré qu'une lueur de compréhension, d'empathie, était passée entre eux — une sorte d'osmose. Pourtant, aujourd'hui, c'était comme si cette rencontre ne s'était jamais produite, cette femme était une inconnue hostile.

Certes, une telle animosité n'aurait pas dû le surprendre. Elle soutenait la règle de Colomba tandis que lui, ainsi qu'en témoignait sa stricte *corona spinea*, s'était déclaré en faveur de Rome. Les inimitiés de ceux assemblés à l'abbaye étaient assez évidentes à interpréter, même pour le moins perspicace d'entre eux.

Ses pensées furent interrompues par un léger raclement de gorge. Comme un seul homme, Fidelma et Eadulf se tournèrent vers la porte ; une religieuse âgée se tenait sur le seuil.

— *Pax vobiscum*[1], les salua-t-elle. Êtes-vous Fidelma de Kildare ?

Cette dernière acquiesça.

— Je suis sœur Athelswith, *domina*[2] du *domus hospitale* de Streoneshalh.

Elle gardait les yeux rivés sur Fidelma, en faisant un effort évident pour ne pas regarder vers le lit où se trouvait le corps.

— La révérende mère a pensé que vous désireriez peut-être vous entretenir avec moi, car je suis chargée de toutes les dispositions concernant l'hébergement de nos frères durant le synode.

— Parfait ! l'interrompit Eadulf, s'attirant un nouveau regard irrité de Fidelma. Vous êtes exactement la personne avec qui nous devrions discuter...

— Mais pas dans l'immédiat, siffla Fidelma avec hargne. D'abord, sœur Athelswith, nous aimerions que le médecin de votre abbaye examine le corps de notre pauvre sœur dès que possible. Nous nous entretiendrons avec lui aussitôt l'examen terminé.

Sœur Athelswith jetait des regards nerveux à Fidelma et frère Eadulf tour à tour.

— Très bien, dit-elle à contrecœur. Je préviens tout de suite frère Edgar, notre médecin.

— Puis nous vous retrouverons à la porte nord de l'abbaye, dès que nous en aurons terminé ici.

Les yeux troublés de la vieille sœur scrutèrent à nouveau le visage de Fidelma puis celui d'Eadulf. Fidelma trouvait ses hésitations agaçantes.

1. Que la paix soit avec vous. *(N.d.T.)*
2. Maîtresse de maison. *(N.d.T.)*

— Le temps presse, sœur Athelswith, dit-elle d'un ton brusque.

D'un air hésitant, la maîtresse des quartiers des hôtes fit un signe de tête et se hâta d'aller s'acquitter de sa commission.

Fidelma se retourna pour faire face à Eadulf. Elle se maîtrisait, mais ses yeux lançaient des éclairs irrités.

— Je ne suis pas habituée... commença-t-elle, mais il la désarma d'un sourire.

— ... à travailler avec quelqu'un d'autre ? Oui, je comprends. Moi non plus. Je crois que nous devrions concevoir un plan qui nous permettrait de poursuivre notre enquête sans conflit. Nous devrions décider qui est chargé de la conduire.

Fidelma dévisagea le Saxon avec surprise. Les mots lui manquaient pour exprimer sa contrariété, ils se présentaient de façon décousue dans son esprit, aussi s'abstint-elle de tout commentaire.

— Puisque nous nous trouvons en terre saxonne, peut-être devrais-je être responsable, poursuivit Eadulf, ignorant la tempête qui semblait sur le point d'éclater. Après tout, je connais la loi, les coutumes et la langue de ce pays.

Dans son effort pour se dominer et trouver les mots qu'elle cherchait, Fidelma avait les lèvres pincées.

— Je concède que votre connaissance est indiscutable, dit-elle. Néanmoins, le roi Oswy, avec l'appui de l'abbesse Hilda et de Colmán, évêque de Northumbrie, a suggéré que je me charge de cette enquête à cause de mon expérience dans ce domaine. Vous avez été nommé par opportunité politique, pour que l'enquête parût impartiale.

Frère Eadulf refusait visiblement de se vexer, il se contenta de rire.

— Quelle que fût la raison, j'ai été choisi, ma sœur.

— Bien, puisque nous ne sommes pas d'accord, je pense que nous devrions aller voir la révérende mère pour lui demander qui a sa préférence en tant que responsable.

Les yeux bruns et chaleureux d'Eadulf défièrent les farouches yeux verts de Fidelma pendant quelques longues secondes.

— Peut-être, dit-il lentement, mais peut-être pas.

Ses traits s'illuminèrent soudain d'un sourire.

— Pourquoi ne pourrions-nous pas décider entre nous ?

— Vous semblez avoir déjà déterminé que la charge vous revenait, répondit Fidelma sur un ton glacial.

— Je vais faire un compromis. Nous apportons des dons et des talents différents à cette affaire. Convenons que personne ne dirige.

Fidelma se rendit soudain compte que l'homme l'avait peut-être mise à l'épreuve à dessein, pour sonder sa détermination et sa confiance en elle.

— Ce serait la solution la plus logique, reconnut-elle à regret. Mais pour travailler ensemble, nous devrions avoir une certaine compréhension de l'autre et savoir comment fonctionne son esprit.

— Et comment le découvrir sinon en travaillant ensemble ? Que dites-vous d'essayer ?

Sœur Fidelma plongea son regard dans les yeux bruns du moine saxon et se surprit à rougir. Elle éprouvait à nouveau cette curieuse attirance qu'elle avait ressentie la veille au soir.

— Très bien, répliqua-t-elle d'un air distant, essayons. Nous partagerons nos idées et notre savoir dans cette affaire. Maintenant, rejoignons sœur Athelswith. Je trouve ce bâtiment étrangement oppressant, j'aimerais marcher à l'air libre et sentir la brise marine sur mon visage.

Elle fit demi-tour sans un autre regard pour la cellule ni pour le corps d'Étain. En concentrant son esprit sur le mystère que représentait ce meurtre, elle avait déjà commencé à faire son deuil.

Fidelma et Eadulf se tenaient aux abords d'une foule amassée derrière le portail nord des bâtiments de l'abbaye. L'on avait organisé un marché et une foire, les marchands locaux tentant de tirer profit du rassemblement de ces illustres prélats et princes des royaumes angles et saxons.

À la porte nord, ils avaient trouvé une foule débonnaire entourant un mendiant, un Irlandais à en juger par sa voix et son apparence. L'assistance se gaussait, tandis qu'il allait clamant sa sinistre prophétie de mort. Fidelma secoua la tête en reconnaissant l'homme qu'elle avait aperçu par la fenêtre la veille.

Partout, prophètes et devins s'étaient multipliés récemment, prédisant désastres et tragédies. Personne ne croyait vraiment aux prédictions, sauf s'il y avait à craindre, sauf celles qui annonçaient ruine et damnation. L'esprit humain demeurait un mystère.

Fidelma et Eadulf s'arrêtèrent un instant, mais leur attention fut attirée par les étals et les tentes et, sans y penser, ils s'éloignèrent du portail pour se joindre à la foule bigarrée. Ils firent le tour des tentes et éventaires de foire, qui avaient surgi au pied des imposantes murailles de grès de Streoneshalh.

Une revigorante senteur marine flottait dans l'air. Malgré l'heure déjà avancée, le commerce était florissant. Ils virent des groupes à l'opulence ostentatoire, nobles, barons, princes et sous-rois, qui parcouraient la foire avec une arrogance imposante. Plus loin, sur les deux flancs de la vallée où une large rivière coulait vers la mer, les collines sombres accueillaient d'innombrables tentes, dont les bannières proclamaient la noblesse des occupants.

Fidelma se souvint qu'à en croire frère Taran le synode attirait des représentants royaux venus non seulement des royaumes angles et saxons, mais aussi des royaumes bretons contre lesquels les Saxons étaient constamment en guerre. Eadulf était capable d'identifier les pennons appartenant aux nobles francs ayant traversé la mer. Elle en reconnut certains de Dál Riada et des terres cruithnes. C'était réellement un débat d'importance, pour qu'il attire tant de nations. Oswy avait raison — la décision prise à Streoneshalh tracerait la voie du christianisme, non seulement en Northumbrie, mais dans tous les royaumes saxons, pour les siècles à venir.

Il leur sembla qu'une ambiance de carnaval régnait dans tout le village de Witebia. Ménestrels itinérants, amuseurs de toutes sortes, marchands et chalands avaient envahi le bourg. Frère Eadulf, qui s'était renseigné, fit remarquer à Fidelma que les prix étaient exorbitants et qu'ils pouvaient remercier le Seigneur d'être accueillis sous le patronage de l'abbaye.

Sur les étals, pièces d'argent et d'or changeaient rapidement de mains. Un marchand frison profitait d'être en présence d'une riche clientèle de thanes et de sous-rois, et de leurs serviteurs, pour vendre une pleine cargaison d'esclaves. Mis à part les acheteurs potentiels, des grappes de manants, des hommes libres, se pressaient pour observer l'échange avec une curiosité morbide. Il arrivait si souvent que, dans le sillage d'une guerre ou de quelque révolte, une famille soit faite prisonnière et ses membres vendus comme esclaves par les vainqueurs !

Fidelma observait cela avec un dégoût affiché.

— Cela me dérange de voir des êtres humains vendus comme du bétail.

Pour la première fois, Eadulf se trouvait tout à fait du même avis qu'elle.

— Nous, les chrétiens, condamnons depuis longtemps le fait qu'un individu soit la propriété d'un autre. Nous avons même mis des fonds de côté pour acheter l'émancipation des esclaves reconnus comme chrétiens. Mais nombre de ceux qui se disent chrétiens ne soutiennent pas l'abolition de l'esclavage et l'Église n'a pas de vues claires à ce sujet.

Fidelma était heureuse de le savoir d'accord.

— J'ai même ouï dire que votre archevêque saxon de Cantorbéry, Deusdedit, a soutenu que les esclaves de bonnes maisonnées sont mieux nourris et logés que les travailleurs libres et les manants, dont la liberté serait plus relative qu'absolue. De tels discours ne pourraient être tenus par un évêque d'Irlande, où l'esclavage est interdit par la loi.

— Pourtant, vous détenez des otages, que vous ne considérez pas comme des hommes libres, remarqua Eadulf.

Il s'était soudain senti obligé de défendre le système d'esclavage saxon, bien qu'il le désapprouvât, simplement parce qu'il était saxon. Il n'aimait pas l'idée qu'une étrangère se montre aussi arrogante et critique.

Agacée, Fidelma s'empourpra.

— Vous avez étudié en Irlande, frère Eadulf. Vous connaissez notre système. Nous n'avons pas d'esclaves. Il arrive que ceux qui enfreignent nos lois perdent leurs droits pour des périodes variables, mais ils ne sont pas exclus de notre société. On les fait concourir au bien-être du peuple le temps qu'ils payent pour leur crime. Certains de ces hommes non libres peuvent travailler leur terre et s'acquitter de leur impôt. Les otages et les prisonniers de guerre travaillent au service de notre société jusqu'à ce que le tribut ou la rançon soit versé. Mais, comme vous le savez, Eadulf, même le dernier de nos hommes non libres est traité en être intelligent, en humain avec des droits et non en simple possession, comme vous Saxons, vous le faites avec vos esclaves.

Frère Eadulf s'apprêtait à répliquer avec colère par une défense émotionnelle du système, oubliant tout à fait sa condamnation intellectuelle, quand il fut interrompu par une voix essoufflée.

— Frère Eadulf ! Sœur Fidelma !

Ils se retournèrent. Fidelma éprouva soudain un sentiment de culpabilité en voyant la vieille sœur Athelswith se hâter pour les rattraper.

— Je croyais que vous aviez dit que vous seriez à la porte nord, protesta la religieuse hors d'haleine.

— Je suis désolée, dit Fidelma, contrite. Nous nous sommes laissé emporter par les scènes et les bruits du marché.

Sœur Athelswith fit une grimace dégoûtée.

— Il vaudrait mieux éviter de tels lieux de dépravation, ma sœur. Mais il est vrai que pour vos yeux d'étrangère, nos marchés de Northumbrie constituent sûrement une curiosité.

Elle fit demi-tour et, les guidant hors de la partie des terres abbatiales où s'était installée la foire, elle se dirigea vers l'est, longeant l'arête des sombres falaises dominant le port de Witebia. Le soleil était déjà bas dans le ciel d'ouest et leurs ombres s'étiraient devant eux.

— Dites-moi, sœur Athelswith... commença Fidelma.

Mais la *domina* des quartiers des hôtes l'interrompit précipitamment.

— J'ai vu frère Edgar, notre médecin. Il pratiquera l'examen du corps dans l'heure.

— Bien, approuva Eadulf. Je doute que nous apprenions quoi que ce soit de nouveau, mais il vaut mieux en passer par là.

— En tant que maîtresse de l'hôtellerie, enchaîna Fidelma, comment attribuez-vous les *cubicula* aux visiteurs ?

— La plupart ont établi leur campement autour de notre maison. Tant de personnes viennent assister au débat que nos dortoirs sont pleins. Les *cubicula* sont réservés aux hôtes de marque.

— C'est vous-même qui en avez attribué un à l'abbesse Étain ?

— En effet.

— Sur quelle base ?

Sœur Athelswith fronça les sourcils.

— Je ne comprends pas.

— Y avait-il une raison pour que ce *cubiculum* échût spécialement à Étain de Kildare ?

— Non, l'affectation suit le rang des hôtes. L'évêque Colmán, par exemple, en a requis un pour vous, en raison de votre rang.

— Je vois. Et à qui sont les chambres de chaque côté de celle de l'abbesse ?

Sœur Athelswith n'eut aucun mal à répondre.

— Eh bien, d'une part, l'abbesse Abbe de Coldingham et de l'autre, l'évêque Agilbert, le Franc.

— L'une ardente disciple de Colomba et l'autre tout aussi farouche partisan de Rome, nota Eadulf.

Fidelma leva un sourcil et lui jeta un regard interrogateur. Il répondit à son évidente question par un haussement d'épaules indifférent.

— Je souligne ceci, sœur Fidelma, au cas où vous chercheriez un coupable proromain dans cette affaire.

Irritée, elle se mordit la lèvre.

— Je ne cherche que la vérité, frère Eadulf.

Puis, se retournant vers la sœur Athelswith interloquée, elle reprit :

— Tient-on un registre des personnes qui se rendent dans les *cubicula* des hôtes ? Ou chacun est-il libre d'aller et venir dans l'hôtellerie ?

Sœur Athelswith haussa les épaules et les laissa retomber de manière expressive.

— Pourquoi tenir un tel registre, ma sœur ? L'on peut se déplacer à sa guise dans la maison de Dieu.

— Hommes et femmes ?

— Streoneshalh est un monastère double. Hommes et femmes peuvent se rendre visite dans leurs *cubicula* comme bon leur semble.

— Il n'y a donc pas moyen de savoir qui a vu l'abbesse Étain aujourd'hui ?

— Je n'ai connaissance que de sept visiteurs aujourd'hui, répondit avec suffisance la vieille religieuse.

Sœur Fidelma fit de son mieux pour maîtriser son exaspération.

— Et de qui s'agit-il ? insista-t-elle.

— Le frère picte, Taran, et sœur Gwid, qui est la secrétaire de l'abbesse, sont venus ce matin. Ensuite, la révérende mère Hilda et l'évêque Colmán sont passés ensemble vers la mi-journée. Après est arrivé un mendiant, un de vos compatriotes, ma sœur, qui exigeait de la voir. Il a créé un tel tapage qu'il a dû être chassé. En fait, ce même mendiant a été fouetté hier matin sur ordre de mère Hilda pour avoir dérangé la quiétude de notre maison.

Elle se tut.

— Vous avez mentionné sept personnes, la relança doucement Fidelma.

— Les frères Seaxwulf et Agatho. Seaxwulf est le secrétaire de Wilfrid de Ripon.

— Et qui est cet Agatho ?

Ce fut Eadulf qui répondit.

— Agatho est un prêtre au service de l'abbé d'Icanho. On me l'a présenté ce matin comme un excentrique.

— Serait-il du clan romain? demanda Fidelma, faussement candide.

Eadulf lui répondit d'un signe de tête un peu sec.

— Alors, pouvez-vous estimer l'heure à laquelle ces visiteurs ont vu l'abbesse? Par exemple, qui fut le dernier à la rencontrer?

Sœur Athelswith se frotta le nez, comme si cette action l'aidait à se souvenir.

— Sœur Gwid est passée tôt ce matin. Je m'en souviens bien car elles se tenaient sur le seuil du *cubiculum* et elles se sont disputées violemment. Puis sœur Gwid a fondu en larmes et elle est passée devant moi en courant en direction de son dortoir. C'est une jeune femme fort émotive. D'après ce que j'ai compris, l'abbesse avait des raisons de la réprimander. Frère Taran est venu ensuite, puis la révérende mère Hilda et Mgr Colmán sont arrivés ensemble, comme je l'ai dit, et ils se sont tous rendus au réfectoire quand la cloche du *prandium*[1] a sonné. Le mendiant est arrivé après le déjeuner. Frère Seaxwulf est bien venu, mais je ne me souviens plus si c'était avant ou après le repas de midi. Le dernier visiteur, je m'en souviens, était Agatho, qui est arrivé en début d'après-midi.

Fidelma avait suivi l'énumération de sœur Athelswith avec un certain amusement. Visiblement, la vieille femme se mêlait de tout, se remémorant chacun des hôtes aperçus ainsi que ses intentions.

— Donc, cet Agatho, pour ce que vous en savez, est le dernier à avoir vu Étain vivante?

— S'il était le dernier visiteur du jour, l'interrompit précipitamment Eadulf, sur la défensive.

Sœur Fidelma sourit doucement.

— Tout à fait.

1. Repas de midi. *(N.d.T.)*

Sœur Athelswith jeta un regard malheureux à l'un puis à l'autre.

— Je n'ai vu personne d'autre après frère Agatho, réitéra-t-elle avec fermeté.

— Et êtes-vous en position de voir tous les visiteurs ? voulut savoir Eadulf.

— Seulement lorsque je suis dans mon *officium*, répondit-elle en rougissant un peu. J'ai beaucoup à faire. Être *domina* est une grande responsabilité. En temps normal, nous pouvons offrir l'hospitalité à quarante pèlerins à la fois. Un frère et trois sœurs m'aident dans cette tâche. Il faut nettoyer dortoirs et *cubicula*, préparer les couches et nous assurer que les besoins de nos hôtes les plus éminents sont pourvus. Je passe beaucoup de temps à l'hôtellerie pour faire en sorte que ces besognes soient accomplies. Mais quand je suis dans mon *officium*, je ne puis m'empêcher d'observer les allées et venues.

Fidelma lui adressa un sourire pour la tranquilliser.

— Et quelle chance pour nous que vous l'ayez fait !

— Pourriez-vous prêter serment, ma sœur, que nulle autre personne n'a rendu visite à l'abbesse Étain avant que son corps ne soit découvert ? la pressa Eadulf un peu agressivement.

Sœur Athelswith releva le menton d'un air têtu.

— Bien sûr que non. Comme je l'ai dit au début, nous sommes libres d'entrer à notre guise. Tout ce dont je suis certaine, c'est que ces personnes que j'ai nommées ont pénétré dans le *cubiculum* de l'abbesse de Kildare.

— Quand le corps a-t-il été découvert et par qui ?

— C'est moi-même qui l'ai trouvé, à cinq heures et demie, cet après-midi.

Fidelma ne cacha pas son étonnement.

— Comment pouvez-vous être aussi certaine de l'heure ?

Sœur Athelswith se rengorgea avec orgueil.

— À Streoneshalh, la *domina* du *domus hospitale* est en charge du garde-temps. Un de mes devoirs consiste à m'assurer que notre clepsydre fonctionne correctement.

Frère Eadulf exprima sa confusion :

— Votre... quoi ?

— Clepsydre est un mot grec, expliqua Fidelma, se permettant une pointe de condescendance.

— Un de nos frères l'a rapportée d'Orient, dit avec fierté sœur Athelswith. C'est un mécanisme qui mesure le temps grâce à l'écoulement de l'eau.

— Et comment avez-vous pu remarquer l'heure exacte de la découverte ? voulut savoir Eadulf.

— Je venais tout juste de faire ma marque sur la clepsydre quand un messager venu du *sacrarium* m'a informée que l'assemblée était ouverte, mais que l'abbesse de Kildare faisait défaut. Je me suis rendue à son *cubiculum* pour la convoquer. C'est alors que je l'ai vue et j'ai immédiatement renvoyé le messager auprès de la révérende mère. Selon notre clepsydre, il restait une demi-heure avant que sonne l'angélus du soir — c'est une tâche dont je m'acquitte aussi.

— Sans conteste, cela correspond au moment où la sœur est arrivée dans la salle pour informer Hilda, confirma Eadulf.

— J'étais présente, moi aussi, lui indiqua Fidelma. Et vous, sœur Athelswith, n'avez-vous rien dérangé ? Tout a été laissé exactement tel que vous l'avez trouvé dans la chambre d'Étain ?

La *domina* acquiesça énergiquement.

— Je n'ai rien touché.

Sœur Fidelma, pensive, se mordit la lèvre.

— Bien, les ombres s'allongent. Je crois que nous devrions revenir sur nos pas et rentrer à l'abbaye, dit-elle après un court silence. Il nous faudrait rencontrer ce prêtre, Agatho, pour savoir ce qu'il a à nous dire.

Une silhouette se hâtait dans leur direction à travers l'obscurité entourant le portail de l'abbaye. C'était un jeune religieux aux joues rondes.

— Ah, mon frère, mes sœurs. Mère Hilda m'a envoyé en grande hâte pour vous trouver.

Il marqua un temps d'arrêt pour reprendre son souffle.

— Eh bien ? demanda Fidelma.

— Je dois vous dire que le meurtrier de l'abbesse Étain a été démasqué et qu'il est maintenant sous les verrous à l'abbaye.

CHAPITRE VIII

Fidelma pénétra dans le logis de l'abbesse, suivie de près par Eadulf. Hilda était assise et devant elle se tenait un grand jeune homme blond, portant une cicatrice au visage. Fidelma le reconnut immédiatement ; dans le *sacrarium*, frère Taran l'avait identifié comme étant le fils aîné d'Oswy, Alhfrith. Elle eut la sensation immédiate, en l'observant de près, que la cicatrice était à sa place sur son visage, car ses traits, quoique racés, dénotaient une indéfinissable cruauté — peut-être due à ses lèvres fines et méprisantes, à ses yeux d'un bleu de glace, aussi dépourvus de vie que ceux d'un cadavre.

— Voici Alhfrith de Deira, annonça l'abbesse.

Immédiatement, frère Eadulf s'inclina très bas, à la manière dont les Saxons saluaient leurs princes, tandis que Fidelma demeurait droite, exprimant son respect d'un imperceptible signe de tête. Elle n'en faisait jamais plus, même lorsqu'elle rencontrait le souverain d'une province d'Irlande.

Alhfrith, fils d'Oswy, lança un bref coup d'œil indifférent à sœur Fidelma et entreprit de s'adresser à frère Eadulf en saxon. Fidelma avait une certaine connaissance de la langue, mais l'élocution d'Alhfrith était bien trop rapide et son accent trop fort pour qu'elle puisse comprendre le moindre mot. Elle leva la main pour interrompre le probable héritier de Northumbrie.

— Il vaudrait mieux parler dans une langue connue de tous, dit-elle en latin. Je ne maîtrise pas le saxon. Si nous n'avons point de langue commune, alors, Eadulf, il vous incombe de traduire.

Alhfrith, qui avait suspendu son compte rendu, lâcha un grognement traduisant son irritation de se voir interrompu.

Hilda réprima un sourire.

— Alhfrith ne connaissant point le latin, je suggère que nous poursuivions en irlandais, car c'est une langue que chacun comprend, dit l'abbesse dans cette langue.

Alhfrith se tourna vers Fidelma, sourcils froncés.

— Je connais un peu l'irlandais, enseigné par les moines de Colomba lorsqu'ils apportèrent le christianisme sur cette terre. Si vous ne connaissez point le saxon, je m'exprimerai en cette langue.

Il la parlait lentement, avec un accent prononcé, mais sa connaissance en était suffisante.

D'un geste de la main, Fidelma lui fit signe de poursuivre. À son irritation, il se tourna à nouveau vers Eadulf pour lui adresser ses remarques.

— Il n'est plus nécessaire que vous poursuiviez votre enquête. Nous avons emprisonné le coupable.

Eadulf était sur le point de répondre quand sœur Fidelma intervint :

— Allons-nous être informés de son nom ?

Alhfrith cligna des yeux de surprise. Les femmes saxonnes connaissaient leur place. Mais il avait une certaine expérience de l'impudence des Irlandaises ; il avait appris de sa belle-mère, Fín, qu'elles avaient l'arrogance de se considérer comme les égales des hommes. Il ravala la réponse cinglante qui lui montait aux lèvres et considéra Fidelma en plissant les yeux.

— Certainement. Un mendiant d'Irlande que l'on appelle Canna, fils de Canna.

— Comment l'a-t-on confondu ? s'enquit-elle, haussant un sourcil interrogateur.

Frère Eadulf ressentit un certain malaise en percevant le ton de défi avec lequel parlait sa consœur. Il était accoutumé aux us et manières des Irlandaises dans leur pays, mais pas à de telles attitudes parmi les siens.

— Ce fut assez facile, répondit froidement Alhfrith. L'homme allait prédisant le jour et l'heure de la mort de l'abbesse Étain. Soit c'est un grand sorcier, soit c'est un meurtrier. En tant que roi chrétien lié à Rome, ajouta-t-il avec emphase, je ne crois point en la sorcellerie. Donc la seule façon pour cet homme d'annoncer le jour et l'heure d'un crime est d'en être l'auteur.

Eadulf hochait la tête lentement à cette logique, mais Fidelma adressa un sourire sceptique au prince saxon.

— Y a-t-il des témoins attestant qu'il avait prédit l'heure exacte de la mort de l'abbesse Étain et la façon dont elle mourrait ?

Alhfrith désigna l'abbesse d'un geste un rien théâtral.

— Il y en a un, et il est au-delà de tout soupçon.

Sœur Fidelma se tourna vers Hilda d'un air interrogateur.

Celle-ci parut prise au dépourvu et un peu perturbée.

— Il est vrai qu'hier matin, on m'a amené cet indigent qui annonçait que le sang serait versé ce jour.

— Était-il précis ?

Comme Hilda secouait la tête, Alhfrith siffla d'irritation.

— En vérité, tout ce qu'il m'a dit était que le sang coulerait le jour où le soleil disparaîtrait du ciel. Un frère érudit d'Iona m'a confié que cet événement s'était produit cet après-midi, lorsque la lune est passée entre nous et le soleil.

Fidelma affichait une expression de plus en plus sceptique.

— Mais a-t-il nommé l'abbesse Étain et l'heure précise ? insista-t-elle.

— Pas à moi... commença Hilda.

— Mais d'autres témoins jurent qu'il le leur a dit, coupa Alhfrith. Pourquoi perdre notre temps ? Doutez-vous de ma parole ?

Sœur Fidelma se tourna vers le Saxon avec un sourire désarmant, dont la fausseté n'aurait pu être décelée, à moins d'une observation attentive.

— Votre parole ne suffit point, Alhfrith de Deira. Même selon le droit saxon, il doit y avoir une preuve directe du méfait, pas seulement des on-dit ou des conjectures. D'après ce que je crois comprendre, vous vous contentez de répéter ce que quelqu'un d'autre vous a dit. Vous n'avez pas entendu cet homme personnellement.

Alhfrith se mit à rougir, mortifié.

Eadulf s'exprima alors pour la première fois.

— Sœur Fidelma a raison. Votre parole n'est point en cause, parce que vous n'êtes pas témoin et ne pouvez donc attester ce qu'a dit cet homme.

Fidelma dissimula son étonnement à se voir soutenue par le frère saxon. Elle se tourna vers l'abbesse Hilda.

— Rien ne vient modifier notre mission sur cette affaire, ma mère, nous avons simplement un suspect. Est-ce correct ?

Hilda acquiesça, non sans afficher une certaine nervosité à s'opposer à son jeune parent.

Alhfrith laissa échapper un soupir d'agacement.

— Quelle perte de temps ! L'Irlandaise a été assassinée par l'un de ses compatriotes. Plus tôt cette nouvelle sera annoncée, mieux ce sera. Cela fera taire les rumeurs et les fausses accusations disant qu'elle a été tuée par un partisan de Rome pour l'empêcher de s'exprimer durant le débat.

— Si telle est la vérité, alors elle sera annoncée, l'assura Fidelma, mais nous devons encore voir s'il en est ainsi.

— Peut-être nous direz-vous qui sont les témoins contre cet homme et comment il a été arrêté ? s'empressa d'ajouter frère Eadulf en voyant les sourcils froncés du prince saxon.

Alhfrith hésita.

— Un de mes thanes, Wulfric, a surpris l'homme au marché qui se vantait d'avoir prédit la mort de l'abbesse. Il a trouvé trois personnes qui témoigneront qu'elles ont entendu le mendiant annoncer cela avant que la mort ne soit découverte. Wulfric garde en ce moment le prisonnier, avant que nous le brûlions sur le bûcher pour avoir osé se moquer des lois divines en prétendant prédire l'avenir.

Fidelma regarda Alhfrith de Deira droit dans les yeux.

— Vous avez déjà condamné l'homme avant qu'il soit entendu.

— Je l'ai entendu et il périra par le feu ! aboya Alhfrith.

Sœur Fidelma ouvrait la bouche pour protester, mais Eadulf la devança.

— C'est en accord avec notre coutume et notre droit, Fidelma, remarqua-t-il en toute hâte.

Elle avait un regard glacial.

— Mais ce Wulfric... souffla-t-elle lentement. J'ai déjà rencontré Wulfric de Frihop sur la route pour venir ici. Le thane de Frihop, qui a pendu un frère de Colomba à un arbre pour nulle autre raison que son bon plaisir... Il ferait un bon témoin contre quiconque appartient à notre nation et à notre foi.

Alhfrith écarquilla les yeux et ouvrit la bouche, mais aucun son n'en sortit, tant il était choqué par son audace.

Hilda, nerveuse, quitta son fauteuil. Même frère Eadulf semblait abasourdi.

— Sœur Fidelma !

L'abbesse fut la première à revenir de la surprise provoquée par ce que sous-entendait l'Irlandaise et elle s'adressa à celle-ci avec sévérité.

— Je sais que vous avez été bouleversée en découvrant le corps de frère Aelfric de Lindisfarne, mais, comme je vous en ai informée, l'affaire est en cours d'examen.

— Parfaitement, répliqua Fidelma sur un ton brusque. Et l'enquête repose sur la crédibilité du témoignage de Wulfric. Le thane de Frihop est loin d'être le plus honorable des témoins. Vous avez mentionné trois autres personnes. Sont-elles indépendantes ou bien ce thane les tient-il par la menace ? Ont-elles été soudoyées ?

Comme Alhfrith saisissait le sens de la question, ses traits se durcirent dans un accès de colère.

— Je ne demeurerai point ici à me faire insulter par une... femme, quel que soit son rang, cracha-t-il. Si elle n'avait pas la protection de mon père, je l'aurais déjà fait fouetter pour tant d'insolence. Pour ce qui me concerne, ce gueux brûlera sur le bûcher demain, dès l'aube.

— Qu'il soit coupable ou non ? répondit Fidelma avec véhémence.

— Il est coupable.

— Majesté...

La voix calme de frère Eadulf retint le sous-roi de Deira à mi-chemin de la porte.

— Peut-être, comme vous le dites, le mendiant est-il coupable. Mais nous devrions être autorisés à poursuivre notre enquête. Notre mission nous a directement été assignée par le roi, votre père. Toute la chrétienté a les yeux braqués sur cette petite abbaye de Witebia, l'enjeu est de taille. La culpabilité doit être établie sans l'ombre d'un doute, ou la guerre pourrait bien ravager le royaume. La Northumbrie connaîtra les ténèbres sous l'aile sanglante du grand corbeau[1]. Nous avons juré d'obéir au roi, votre père, tel est notre devoir.

Une certaine emphase venait appuyer cette dernière phrase.

Alhfrith s'arrêta; son regard alla de frère Eadulf à mère Hilda, ignorant résolument Fidelma.

— Vous avez jusqu'à demain, à l'aube, pour prouver l'entière innocence de ce gueux... sinon il ira au bûcher. Et prenez garde à cette femme, dit-il en désignant Fidelma d'un geste, sans lui accorder un regard. Il y a des limites à ne pas franchir avec moi.

La porte claqua derrière la grande silhouette du fils d'Oswy.

L'abbesse fixa Fidelma avec réprobation.

— Ma sœur, vous semblez oublier que vous ne vous trouvez point dans votre pays. Notre coutume et notre droit sont différents.

Fidelma inclina la tête.

— Je ferai de mon mieux pour m'en souvenir et j'espère que frère Eadulf ici présent saura me conseiller quand je serai en tort. Cependant, mon objectif

1. Pour les Celtes, le corbeau était, entre autres, le messager des ténèbres. *(N.d.T.)*

majeur est d'arriver à la vérité ; son service devrait primer sur celui des princes.

L'abbesse laissa échapper un profond soupir.

— J'informerai Oswy de ce développement mais, d'ici là, vous pouvez continuer. Cependant, n'oubliez pas qu'Alhfrith est roi de Deira, la province où est installée cette communauté, et que la parole d'un roi fait loi.

Dans le couloir, frère Eadulf fit halte et adressa à Fidelma un sourire empreint d'une certaine admiration.

— L'abbesse Hilda a raison, ma sœur. Vous ne progresserez pas avec nos rois saxons si vous ne reconnaissez pas leur statut. Je sais qu'il en va autrement en Irlande, mais vous êtes en Northumbrie. Néanmoins, vous avez donné du grain à moudre au jeune Alhfrith. Il me paraît bien vindicatif, je vais être obligé de vous surveiller.

Fidelma se surprit à lui retourner son sourire.

— Vous devez me rappeler à l'ordre quand je fais une faute, frère Eadulf. Mais il est difficile d'apprécier quelqu'un comme Alhfrith.

— Les rois et les princes ne sont pas placés sur des trônes pour être appréciés. Quelle est votre prochaine étape ?

— Voir le mendiant, répondit-elle vivement. Voulez-vous rencontrer Edgar, le médecin, pour avoir son avis suite à l'examen du corps ou m'accompagner ?

— Vous aurez peut-être besoin de moi, dit Eadulf avec sérieux. Je ne fais pas confiance à Alhfrith.

Ils croisèrent sœur Athelswith, qui les informa que frère Edgar avait déjà procédé à l'inspection du cadavre et n'avait rien appris de plus ; la dépouille avait été emmenée dans les catacombes de l'abbaye pour la mise au tombeau.

Ce fut encore sœur Athelswith qui les conduisit à l'*hypogeum* de l'abbaye, comme elle nommait les immenses caves. Un escalier de pierre en colimaçon menait à un espace dallé situé vingt pieds sous le sol du bâtiment principal, d'où partaient de multiples couloirs menant à des pièces caverneuses hautes de plafond. Avant de descendre, la sœur avait pris soin d'allumer une lampe à huile ; ce fut sa lumière qui les guida à travers le dédale de passages empestant le moisi. Ils atteignirent les catacombes. Là, dans des sarcophages de pierre alignés, étaient inhumés les morts de la communauté ; il y régnait une odeur curieusement morbide.

Sœur Athelswith ouvrait la marche avec une certaine hâte à travers le souterrain suintant, quand résonna un gémissement qui la cloua sur place. La main qui tenait la lampe se mit à trembler violemment et elle fit une génuflexion avec un empressement exagéré.

Sœur Fidelma toucha le bras de la nerveuse *domina*.

— Ce sont seulement des pleurs, la rassura-t-elle.

Tenant la lampe bien haut, sœur Athelswith reprit sa marche.

Ils ne tardèrent pas à découvrir d'où provenaient ces sanglots. Presque au fond des catacombes, dans une petite alcôve où brûlaient deux chandelles, le corps de l'abbesse Étain attendait d'être inhumé. Revêtue de son costume funéraire, elle était allongée sur une dalle de pierre, des bougies brûlant à sa tête. Au pied de la dépouille se découpait la silhouette d'une religieuse, prostrée. C'était sœur Gwid. Celle-ci se releva, sans cesser de sangloter, et se mit à frapper le sol en criant :

— *Domine miserere peccatrice*[1] !

Sœur Athelswith voulut s'approcher, mais Fidelma la retint.

1. Seigneur, prends pitié d'une pécheresse ! *(N.d.T.)*

— Laissons-la seule avec son chagrin pour l'instant.

La *domina* acquiesça d'un signe de tête et reprit sa progression.

— La pauvre sœur est bouleversée. Elle semblait être fort attachée à l'abbesse, observa-t-elle en poursuivant sa route.

— Chacun a sa manière d'affronter la peine, répondit Fidelma.

Au-delà des catacombes se trouvait une série de réserves et, encore au-delà, l'*apotheca*, la cave à vins, où étaient emmagasinés de grands fûts contenant des vins importés du royaume franc, de Gaule et d'Ibérie. Ici, Fidelma marqua un temps d'arrêt et huma l'air. Les vins dégageaient un puissant arôme, mais une autre odeur, douce-amère, semblait pénétrer dans ces pièces souterraines, une curieuse senteur qui provoqua chez elle une moue de dégoût.

— Nous nous trouvons sous les cuisines de l'abbaye, ma sœur, intervint Athelswith comme pour s'excuser. Les odeurs s'infiltrent jusqu'ici.

Fidelma s'abstint de tout commentaire et fit signe à la *domina* de continuer. Un peu plus loin, ils arrivèrent à une série de cellules, qui servaient d'ordinaire à garder les provisions, ainsi que le leur apprit sœur Athelswith, mais qui, dans des circonstances extrêmes, permettaient l'emprisonnement des mécréants. Des torches éclairaient ce souterrain gris et glacial.

Deux hommes jouaient aux dés dans la lumière blafarde.

Sœur Athelswith se chargea d'annoncer leur présence dans un saxon sec et autoritaire.

Les deux gardes se levèrent en grommelant et l'un d'entre eux saisit une clef qui était pendue à un crochet à côté d'une épaisse porte en chêne.

Sa tâche accomplie, sœur Athelswith fit demi-tour et s'enfonça dans les ténèbres.

L'homme tendit la clef à Eadulf. Soudain, il jeta un coup d'œil à Fidelma. Il sourit de façon obscène et dit quelque chose que son compagnon trouva amusant.

Eadulf s'adressa à eux sur un ton brusque. Les deux hommes haussèrent les épaules et le premier lança la clef sur la table. Fidelma savait assez de saxon pour comprendre qu'Eadulf demandait les noms des témoins accusant le condamné. Le premier guerrier grogna quelques noms, parmi lesquels Wulfric de Frihop. Puis ils se remirent à leur jeu de dés sans plus se préoccuper d'eux.

— Qu'a-t-il dit ? murmura Fidelma.

— J'ai demandé les noms des témoins.

— Cela, je l'ai compris. Mais qu'avait-il dit, avant ?

Eadulf parut gêné et haussa les épaules.

— Paroles d'ignare, répondit-il évasivement.

Fidelma n'insista pas, se contentant de le regarder ouvrir la porte.

Il n'y avait aucune lumière dans la geôle minuscule et nauséabonde.

Sur la paille, dans un coin, était assis un homme à la barbe en bataille et aux cheveux longs. Il avait manifestement été traité avec brutalité, car son visage était tuméfié et du sang tachait ses guenilles.

Il leva ses yeux creux et sombres vers Fidelma ; de sa gorge s'échappa un gargouillement ressemblant à un petit rire.

— Soyez mille fois les bienvenus dans cette demeure !

Il voulut donner à sa voix une expression sarcastique et assurée, mais ne réussit à produire qu'un son rauque et nerveux.

— Es-tu Canna ? demanda Fidelma.

— Je suis Canna, fils de Canna d'Ard Macha, confirma le mendiant sur le ton de la conversation. M'accorde-t-on les derniers sacrements de l'Église ?

— Nous ne sommes pas ici pour te les administrer, répondit sèchement Eadulf.

Pour la première fois, le mendiant se tourna vers lui.

— Eh bien ? Un frère saxon, qui soutient Rome avec ça. Il est inutile de me demander de me confesser. Je n'ai pas tué l'abbesse Étain de Kildare.

Fidelma baissa les yeux vers la loque humaine.

— Pourquoi crois-tu être en position d'accusé ?

Canna tourna les yeux vers elle ; ses yeux s'écarquillèrent quand il s'aperçut que la jeune sœur était une compatriote.

— Parce que j'excelle à mon art.

— Qui est ?

— Je suis astrologue. Je peux prédire des événements en interrogeant les étoiles.

Eadulf laissa échapper un grognement dubitatif.

— Admets-tu avoir annoncé la mort de l'abbesse ?

L'homme acquiesça d'un air sûr de lui.

— Il n'y a rien de surprenant à cela. Notre art est ancien en Irlande, comme le confirmera la bonne sœur.

Fidelma hocha la tête.

— Il est vrai que les astrologues ont ce don...

— Ce n'est pas un don, corrigea le mendiant. L'astrologie s'apprend, comme toute autre science. J'étudie depuis de nombreuses années.

— Soit, convint Fidelma. Les astrologues pratiquent leur art depuis maintes années en Irlande. C'était autrefois la prérogative des druides, mais l'art se perpétue : nombre de rois et de chefs font faire un horoscope pour connaître la meilleure période à laquelle bâtir une nouvelle maison, par exemple.

Eadulf fit une grimace désobligeante.

— Veux-tu nous dire que tu as dressé un horoscope où tu as vu la mort d'Étain ?

— Exactement.

— Tu l'as nommée et tu as annoncé l'heure de sa mort ?

— Oui.

— Et des gens t'ont entendu le dire avant son décès ?

— Oui-da.

Eadulf dévisagea l'homme avec incrédulité.

— Pourtant tu jures ne pas l'avoir tuée ni avoir joué le moindre rôle dans sa mort ?

Canna secoua la tête.

— Je suis innocent de son sang. Je le jure.

Eadulf se tourna vers Fidelma.

— Je suis un homme simple, qui ne s'adonne point aux idées fantaisistes. Canna a dû être le premier à connaître cet événement. Aucun homme ne peut voir l'avenir.

D'un signe de tête, sœur Fidelma le contredit fermement.

— Chez nous, l'astrologie est une science très avancée. Même les gens simples apprennent à connaître le ciel et à faire des observations astronomiques élémentaires pour la vie de tous les jours. La plupart connaissent l'heure de la nuit tout au long de l'année grâce à la position des étoiles.

— Mais prédire que le soleil disparaîtra du ciel à la minute près... commença Eadulf

— Facile, intervint Canna, contrarié par le ton du Saxon. Il m'a fallu de longues années d'études pour être compétent dans mon art.

— En Irlande, il ne serait pas difficile de prévoir une telle circonstance, renchérit Fidelma.

— Et d'annoncer qu'une personne sera tuée, insista Eadulf, est-ce aussi simple ?

— Plus difficile, hésita-t-elle. Mais je sais que ces gens en sont capables.

Canna l'interrompit d'un rire guttural.

— Voulez-vous savoir comment l'on procède ?

Sœur Fidelma l'y encouragea d'un signe de tête.

— Dis-nous comment tu es arrivé à ta conclusion, l'invita-t-elle.

Canna renifla bruyamment et sortit de ses oripeaux un morceau de vélin barré de lignes et de calculs, qu'il leur mit sous le nez.

— C'est aisé. Le premier jour de ce mois, qui en Irlande est dédié aux feux sacrés de Bel, la Lune vient se placer devant le Soleil à la dix-septième heure du jour, peut-être quelques minutes après l'heure juste, car nous ne sommes pas capables d'être précis à la minute. Ici, dans la huitième maison, celle de la mort, se trouve le Taureau. Il représente la terre d'Irlande, c'est aussi le signe qui gouverne la gorge. Cela indique donc une mort par strangulation, par pendaison, ou une gorge tranchée. Et du Taureau, j'ai également déduit qu'une telle tragédie frapperait un enfant d'Éireann.

Eadulf paraissait sceptique mais sœur Fidelma, qui semblait suivre la logique de l'astrologue, se contenta d'acquiescer et d'indiquer à Canna de poursuivre.

— Voyez, reprit celui-ci en désignant ses calculs. À cette époque, la planète Mercure est en réception mutuelle avec Vénus. Mercure ne domine-t-elle pas la douzième maison, qui représente le meurtre, le secret et la duperie ? Vénus n'est-elle point la planète maîtresse de la huitième maison, celle de la mort, qui est aussi celle de la femme ? Et Vénus se trouve dans la neuvième maison, gouvernée aussi par Mercure, qui domine la religion sur cette carte. Et si tous ces signes ne suffisaient pas, par une translation de la lumière, qui est pratiquée dans notre profession, Mercure est en conjonction avec le Soleil lors de l'éclipse.

Canna se redressa et leur jeta un regard triomphant.

— L'astrologie est à la portée d'un enfant.

Eadulf le railla pour masquer son ignorance.

— Eh bien, je n'en suis pas un. Dis-moi clairement ce que cela signifie.

De colère, Canna plissa les yeux.

— Je vais te le dire, car tout est clair. L'éclipse du Soleil a eu lieu peu après cinq heures cet après-midi. Les planètes montraient qu'une personne serait étranglée, ou aurait la gorge tranchée ; que la victime serait une femme, une Irlandaise, et qu'elle serait religieuse. Les planètes annonçaient que cette mort serait un meurtre. Suis-je assez clair ?

Eadulf dévisagea longuement le mendiant et leva les yeux vers Fidelma.

— J'ai longtemps étudié dans votre pays, ma sœur, mais je n'ai pas appris cette science. En avez-vous quelques notions ?

— Assez peu, concéda-t-elle avec une moue. Mais suffisamment pour savoir que Canna parle en accord avec les contraintes de son art.

Eadulf secoua la tête, sceptique.

— Je ne vois aucun moyen de lui éviter le bûcher d'Alhfrith demain. Même si ce qu'il dit est vrai et qu'il n'a pas tué Étain, mes compatriotes saxons craignent quiconque est capable de lire des présages dans le ciel de cette façon.

Un profond soupir échappa à Fidelma.

— Je commence à en savoir long sur vos mœurs saxonnes. Mais mon objectif est de découvrir le meurtrier, pas d'apaiser la superstition. Canna reconnaît avoir prédit la mort d'Étain. Nous devons maintenant quérir ces témoins qui l'ont entendu prononcer son nom et préciser l'heure. En un mot, nous devons découvrir exactement ce qu'il a dit. Je crains qu'il ne soit pétri de vanité.

Canna cracha avec colère.

— Je vous ai conté ce que j'avais dit et les raisons pour lesquelles je l'avais dit. Je ne crains ni les Saxons ni leurs châtiments, car mon nom restera à la postérité comme celui du plus grand voyant de son temps, grâce à cette prophétie lue dans les étoiles.

Sœur Fidelma marqua son mépris d'un haussement de sourcil.

— Est-ce ce que tu veux, Canna ? Te faire martyr pour avoir une place dans l'histoire ?

Il laissa échapper un rire rauque.

— Je me contenterai du jugement de la postérité.

Fidelma fit signe à Eadulf de se diriger vers la porte puis elle se retourna brusquement.

— Pourquoi as-tu rendu visite à l'abbesse Étain aujourd'hui ?

Canna sursauta.

— Eh bien... Pour la prévenir, bien sûr.

— De son propre meurtre ?

— Non...

Redressant le menton, il se reprit :

— Oui. Quelle autre raison aurais-je pu avoir ?

À l'extérieur de la geôle, Eadulf se tourna vers Fidelma.

— Cet homme a peut-être occis Étain pour accomplir sa prophétie, suggéra-t-il. Il reconnaît l'avoir prévenue et sœur Athelswith en est témoin.

En fait, Eadulf avait oublié que celle-ci avait mentionné un mendiant parmi les visiteurs de l'abbesse avant sa mort. Fidelma avait eu la présence d'esprit d'établir le lien.

— J'en doute. J'ai du respect pour son art, car c'est une profession ancienne et honorable dans mon pays. Personne ne pourrait façonner aussi parfaitement les étoiles selon son bon vouloir. Non, j'ai le sentiment que Canna a bien vu ce dont il parle dans les étoiles, mais la véritable question est : s'est-il montré aussi précis quant à la victime supposée ? Souvenez-vous, l'abbesse Hilda a dit que son discours n'était pas précis quand il l'a prévenue que le sang serait versé au moment de l'éclipse.

— Mais, si Canna ignorait tout de la victime, pourquoi est-il allé avertir Étain ?

— Il se fait tard. Si l'intention d'Alhfrith est de brûler cet homme demain à l'aube, il nous reste peu de temps. Allons questionner ces témoins et découvrir ce qu'ils ont à dire à propos des mots exacts de Canna. Mettez-vous en quête des trois Saxons et du thane de Frihop, obtenez leur témoignage pendant que je retourne voir sœur Athelswith pour lui parler de la visite de Canna à Étain. Retrouvons-nous à minuit à l'hôtellerie.

Ils quittèrent l'*hypogeum* pour remonter à l'abbaye, sœur Fidelma en tête. Elle était convaincue que Canna se présentait en victime consentante aux flammes des Saxons. Elle était certaine qu'il n'avait point commis le meurtre d'Étain. Sa culpabilité résidait en sa colossale vanité, car elle aurait juré qu'il recherchait l'immortalité par cette unique et grande prédiction que les chroniqueurs relateraient pendant les générations à venir.

Elle était en colère contre lui, car, aussi impressionnante que fût sa prophétie, il les retardait dans leur recherche du vrai coupable, de l'assassin de son amie et révérende mère, Étain de Kildare. Il constituait une distraction inutile.

Elle se rendait compte d'une chose : nombreux étaient ceux qui, à la grande assemblée, semblaient craindre les talents oratoires de l'abbesse de Kildare. Se pouvait-il qu'ils les craignent au point de la réduire au silence, à jamais ? Elle avait assisté à assez d'escarmouches entre les factions de Rome et de Colomba pour savoir que les inimitiés et les haines étaient profondes. Peut-être assez profondes pour causer la mort d'une femme.

CHAPITRE IX

Quand sœur Fidelma atteignit le cloître menant au *domus hospitale*, la cloche sonnait les prières de minuit. Frère Eadulf se trouvait déjà dans l'*officium* de sœur Athelswith ; la tête courbée sur son chapelet, il récitait l'Angélus à la manière romaine.

Angelus Domine nuntiavit Mariae.
L'ange du Seigneur fit son annonce à Marie.
Et concepit de Spiritu Sancto.
Et elle conçut du Saint-Esprit.

Fidelma attendit en silence qu'Eadulf terminât son oraison et rangeât son chapelet.

— Eh bien ? s'enquit-elle sans préambule.

Frère Eadulf fit une moue.

— Il semble que vous ayez raison. Seul Wulfric prétend avoir entendu Canna prononcer le nom de l'abbesse et le mode exact de son meurtre. Quant aux autres témoins, l'un affirme que c'est Wulfric qui lui a rapporté les paroles de Canna. Lui ne l'a pas même croisé. Les deux autres disent que Canna s'exprimait de manière vague, comme il le fit devant l'abbesse Hilda. En d'autres termes, seul le témoignage de Wulfric accable le mendiant.

Fidelma soupira doucement.

— Et de son côté, sœur Athelswith dit que Canna a averti l'abbesse Abbe et d'autres qu'une mort aurait lieu céans. Il ne désignait pas Étain en particulier. Cela a été confirmé par deux des frères appelés par sœur Athelswith pour chasser le mendiant du *cubiculum* d'Étain. Il semble décidé à sacrifier sa vie pour une gloire immortelle. Quel sot, quelle vanité !

— Qu'allons-nous faire ?

— Je crois que Canna n'a commis aucun crime, hormis celui de pécher par vanité. L'idée de le voir exécuté pour cette raison est intolérable. Nous devons le libérer dans l'instant. Il doit pouvoir être loin d'ici avant l'aube.

Eadulf écarquilla les yeux.

— Mais, et Alhfrith ? C'est le fils d'Oswy, il règne sur Deira.

— Et je suis *dálaigh* de droit brehon, répondit avec fougue Fidelma, agissant sur ordre d'Oswy, roi de Northumbrie. J'en assumerai la pleine responsabilité. Nous avons déjà perdu trop de temps à nous intéresser à Canna — temps que nous aurions pu mettre à profit pour suivre la trace du véritable meurtrier.

Eadulf se mordillait la lèvre.

— Il est vrai, mais libérer Canna ?...

Fidelma avait déjà tourné les talons et se dirigeait vers l'*hypogeum*. Son esprit s'activait à imaginer un moyen de faire sortir Canna malgré la présence des deux gardes devant sa porte. Eadulf, en se hâtant à sa suite, commençait à prendre la mesure de la détermination de Fidelma. Au prime abord, sa jeunesse et sa douceur séduisante l'avaient induit en erreur. Il comprenait seulement maintenant à quel point elle était résolue.

La chance fut avec eux : les gardiens dormaient tous deux profondément. La proximité de l'*apotheca* s'était avérée une tentation trop grande et ils s'étaient octroyé du vin en quantité. Ils ronflaient, plongés dans un sommeil d'ivrognes, vautrés sur la table devant la cellule, des jarres vides à côté de leurs mains inertes. Fidelma afficha un sourire triomphal en dérobant la clef sans le moindre problème à l'un des gardes endormis.

Elle se tourna vers Eadulf, qui avait l'air inquiet.

— Si vous ne souhaitez pas être complice de ce que je suis sur le point de faire, vous devriez partir maintenant.

Il secoua la tête et, malgré une certaine réticence, affirma :

— Nous sommes ensemble dans cette affaire.

— Le sorcier, Canna, est parti, annonça Alhfrith. Il a échappé à ses gardes.

Sœur Fidelma et frère Eadulf avaient à nouveau été convoqués au logis de l'abbesse, après le *jentaculum*, le repas qui rompait le jeûne de la nuit. Hilda, les traits tirés, était assise, tandis qu'Alhfrith, agité, faisait les cent pas devant la fenêtre. Le roi en personne était avachi dans un fauteuil non loin de l'âtre où se consumait le feu. Maussade, il fronçait les sourcils, les yeux perdus dans la tourbe fumante.

Alhfrith avait lancé son accusation implicite dès l'entrée de Fidelma et Eadulf.

Fidelma, imperturbable, déclara :

— Il ne s'est point enfui. Je l'ai laissé sortir. Il n'avait commis aucun crime.

Le sous-roi de Deira s'en décrocha la mâchoire d'étonnement. Quelle que fût la réponse à laquelle il s'attendait, celle-là n'en faisait pas partie. Même Oswy écarquilla les yeux et détacha son regard du foyer pour le poser sur la jeune religieuse, qu'il se mit à fixer avec effarement.

— Vous avez osé le libérer ?

La voix d'Alhfrith était comme un lointain grondement de tonnerre précédant la tempête, sur le point d'éclater dans toute sa sauvagerie.

— Osé ? Mais je suis *dálaigh*, qualifiée au niveau d'*anruth*. Si je crois une personne innocente, je suis autorisée à lui rendre sa liberté.

Le roi de Deira crispa la mâchoire.

Oswy se frappa la cuisse et laissa soudain échapper un fort éclat de rire, hilare.

— Par les plaies du Christ, Alhfrith ! Elle en a le droit !

— Sûrement pas ! jeta son fils. Elle n'a aucun droit d'appliquer les lois de son pays à notre royaume. Personne d'autre que moi ne pouvait ordonner la libération du gueux. Elle sera châtiée. Gardes !

L'expression d'Oswy passa de l'amusement à la colère froide avec la rapidité de l'éclair.

— Alhfrith ! Tu oublies que je suis ton suzerain autant que ton père. Tu es le simple gouverneur de cette province, après moi et sous mon autorité. Je suis donc céans l'arbitre de la loi et je décide qui mérite punition et qui ne le mérite point. J'ai missionné sœur Fidelma sur cette terre.

À l'appel de la garde, Wulfric avait fait son entrée, mais Oswy lui ordonna de sortir d'un signe féroce. Le thane au teint mat et à la mine de goupil jeta un rapide coup d'œil en direction d'Alhfrith comme pour demander la permission, mais en voyant le visage rouge et mortifié de son seigneur, il s'en fut sans tarder.

La figure d'Alhfrith était un modèle de rage contenue. Seule la cicatrice livide formait une curieuse trace blanche sur sa joue injectée de sang.

L'air gêné, Eadulf se balançait d'un pied sur l'autre.

— S'il doit y avoir un responsable à punir, sire, alors ce doit être moi, dit-il, prenant la parole pour la première fois. J'en assume la responsabilité. J'étais d'accord avec sœur Fidelma concernant la non-culpabilité de l'astrologue. J'ai soutenu sa décision de le libérer pour lui épargner une mort inutile et injuste sur le bûcher.

Les pupilles de Fidelma s'agrandirent sous l'effet de la surprise ; elle lança au moine saxon un bref regard de gratitude. Elle ne s'attendait pas à ce qu'il exprimât aussi fermement son soutien.

Alhfrith parut s'étrangler.

— Ainsi vous désirez être châtié ? gloussa Oswy en se tournant vers le frère saxon.

— Non, sire. Je veux simplement dire que je suis également responsable de la libération du mendiant.

Oswy secoua la tête, amusé, avant de revenir à Fidelma. Celle-ci lui rendit calmement son regard. Eadulf eut un léger frisson — un mot de mécontentement du roi de Northumbrie et ils étaient morts tous les deux.

— Quelle chance pour vous, Fidelma de Kildare, que je sois versé dans vos us et coutumes, et que je sois à même de contenir l'impétuosité de mon fils ici présent ! Mais vous avez exagéré. En mon royaume, vous n'avez point l'autorité de libérer des prisonniers, tant que je n'en donne pas l'ordre.

— Alors, je suis véritablement désolée, Oswy de Northumbrie, dit Fidelma en inclinant la tête. J'ai fait une erreur. J'ai estimé qu'en me missionnant en tant que *dálaigh* de droit brehon, dont vous connaissez fort bien les droits et devoirs, vous m'aviez donné permission d'exercer mon rôle exactement comme je l'aurais fait dans mon pays.

Oswy fronça les sourcils. Avait-il perçu le léger ton moqueur dans la voix de la religieuse ?

— Je pense que vous savez avoir agi sans autorité, lança-t-il en plissant les yeux. Je ne vous crois pas aussi ignorante des lois de ce pays que vous voulez le paraître.

Fidelma grimaça, feignant le manque d'assurance.

— Vraiment ? demanda-t-elle avec un air d'innocence béate.

— Non, tonnerre ! Je ne le crois pas.

Oswy marqua un temps d'arrêt et son visage se fendit d'un sourire :

— En fait, sœur Fidelma, je pense que vous êtes une personne fort sage et fort savante.

— Pour cela, je vous remercie, Oswy.

Alhfrith les interrompit avec colère.

— Et le sorcier ? Laissez-moi envoyer Wulfric et quelques guerriers à sa poursuite.

D'un geste, Oswy le réduisit au silence ; ses yeux bleus n'avaient pas quitté les pupilles aux reflets verts de Fidelma.

— Ce mendiant est innocent, selon vous ?

— Oui, confirma-t-elle. Il n'est coupable que du péché de vanité. Il est astrologue, il a prévu ces événements grâce aux étoiles. Mais nous avons interrogé ceux à qui il a parlé avant le meurtre. Il n'a jamais été précis ; ce n'est qu'a posteriori qu'il s'est vanté d'avoir annoncé avec exactitude la mort de l'abbesse, s'exposant ainsi à la suspicion.

Oswy hocha doucement la tête.

— J'ai vu les astrologues irlandais à l'œuvre. Je crois en la justesse de leurs prophéties. Mais, dites-vous, il n'a point nommé Étain comme étant la victime avant le meurtre ?

— Ce n'est pas vrai. Wulfric l'a entendu ! intervint brutalement Alhfrith.

— Et personne d'autre, rétorqua Eadulf. Wulfric est le seul témoin clamant avoir entendu le nom d'Étain et la façon dont elle mourrait avant que cela se produise — un thane qui a à cœur de discréditer les Irlandais en général et toute personne liée à l'Église de Colomba. Wulfric se vante d'avoir pendu frère Aelfric il y a deux jours à peine et assure qu'il fera de même à tout moine de la règle de Colomba qui s'aventurera sur son domaine.

— C'est exact, renchérit Fidelma. Nous avons parlé à trois témoins, qui assurent que Canna s'est montré fort vague dans sa prédiction. Quatre témoins, si l'on compte l'abbesse Hilda ici présente, en prêteront le serment. Ce n'est qu'après le meurtre que Canna s'est targué d'avoir fait une prophétie précise.

— Pourquoi cet indigent mentirait-il ? s'enquit Oswy. Il savait sûrement que les soupçons se porteraient sur lui. Et que s'il était suspecté d'employer les sciences occultes pour comploter un crime, la mort serait sa récompense.

— Il ment, car il espère se voir attribuer le mérite d'une grande prophétie, qui lui vaudrait de rester dans les mémoires durant des générations, répondit Fidelma. Il a déformé la réalité et prétendu que sa prédiction était plus fine qu'elle ne l'était.

— Mais ce faisant, il acceptait la mort, souligna à nouveau Oswy.

— Les Irlandais ne redoutent pas le passage de la vie à la mort, commenta Eadulf. Ils l'acceptent avec joie. Même avant de se tourner vers la parole du Christ, ils croyaient en l'existence d'un autre monde, une existence d'éternelle jeunesse où tout être vivant a sa place. Canna a cherché la gloire dans ce monde et était heureux de commencer une nouvelle vie dans l'autre.

— Un fou, donc ?

Fidelma haussa les épaules.

— Qui peut dire s'il est fou ou sain d'esprit ? La gloire et l'immortalité... Il est un peu de cette folie en chacun de nous. Néanmoins, il ne devait pas être puni pour ce qu'il n'a pas fait, c'est pourquoi je l'ai libéré. Je lui ai dit qu'à moins qu'il ne souhaite que l'on évoque sa vanité dans tous les banquets d'Irlande, à moins qu'il ne veuille être raillé dans les cinq royaumes[1], il devait s'en tenir à sa prophétie.

Elle fit une pause et sourit.

— Il doit se trouver bien avancé dans le royaume de Rheged à l'heure qu'il est.

— Père !

Alhfrith revenait à la charge.

— Tu ne peux laisser passer une chose pareille. C'est une insulte personnelle...

— Silence ! tonna Oswy. C'est une affaire entendue.

— Le plus important est de découvrir qui a occis l'abbesse Étain. Pourquoi perdre du temps en rancune insignifiante ? intervint Fidelma en jetant un regard glacial à Alhfrith.

Oswy leva la main pour étouffer l'explosion qui montait aux lèvres de son fils.

— Vous avez raison. Moi, le roi Oswy, je me porte garant de votre décision. Le mendiant, Canna, est libre de s'en aller ou de rester. Mais il vaudrait mieux pour lui qu'il soit déjà à Rheged ou au-delà.

Il accorda à son fils mortifié un regard éloquent.

— Et plus rien ne sera mentionné ni fait concernant cette affaire. Est-ce clair, Alhfrith ?

Son grand fils blond demeura silencieux, yeux baissés, lèvres pincées.

— Est-ce clair ? répéta le roi d'un ton menaçant.

1. Les cinq royaumes d'Irlande : l'Ulster, le North Leinster, le South Leinster, le Munster et le Connaught, avec respectivement pour capitale Emain, Tara, Dinn Rig, Temuir Erann et Gruachain. *(N.d.T.)*

Alhfrith leva les yeux, rebelle, et tenta de croiser le regard de son père, puis baissa à nouveau la tête, en acquiesçant silencieusement.

— Bien, sourit Oswy, prenant une position plus détendue dans son fauteuil. Et puis, nous devons assister au synode, pendant que le bon frère Eadulf et vous continuez votre quête.

Sœur Fidelma inclina la tête avec reconnaissance.

— Nous avons perdu trop de temps dans cette affaire, remarqua-t-elle calmement. Eadulf et moi allons nous retirer et poursuivre nos recherches.

Une fois sorti de la chambre de l'abbesse Hilda, Eadulf passa une main sur son front en sueur.

— Vous vous êtes fait un farouche ennemi en la personne d'Alhfrith, sœur Fidelma.

Celle-ci semblait indifférente.

— Le conflit n'est pas de mon fait. Alhfrith est un jeune homme rongé par l'amertume, telle est sa nature, il est en conflit avec le monde entier. Il est plus aisé de se faire des ennemis que des amis.

— Quoi qu'il en soit, remarqua Eadulf, vous devriez prendre garde. Wulfric est son homme de main, il fait tout ce qu'Alhfrith lui demande. Il a sûrement menti à propos de Canna sur la requête de son maître. Alhfrith a-t-il tué Étain pour créer un problème au sein du synode ?

Fidelma n'avait pas exclu cette possibilité, ainsi qu'elle le lui expliqua en pénétrant dans le cloître.

— Et maintenant ? demanda-t-il.

— À notre connaissance, sept personnes ont rendu visite à Étain dans sa cellule avant sa mort. Nous n'avons parlé qu'avec l'une d'entre elles — Canna l'astrologue. Nous devons rencontrer les six autres.

Eadulf approuva.

— Sœur Gwid, frère Taran, l'abbesse Hilda, Mgr Colmán, frère Seaxwulf et Agatho, le prêtre d'Icanho, énuméra-t-il.

Fidelma sourit avec enjouement.

— Quelle bonne mémoire vous avez ! C'est bien. Nous n'apprendrons rien d'Hilda et de Colmán que nous ne sachions déjà. Ils se sont contentés d'accompagner Étain à la collation de midi où ils ont discuté du débat.

— Si nous commencions par sœur Gwid ? suggéra Eadulf. En tant que secrétaire de l'abbesse, elle pourrait détenir quelque renseignement utile.

Fidelma secoua la tête, sceptique.

— J'en doute. J'ai voyagé en sa compagnie depuis Iona. C'est une brave fille, quoiqu'un peu gauche. Je ne crois pas qu'elle fût une proche confidente de l'abbesse, plutôt qu'elle se contentait de la suivre comme un mouton, pleine de dévotion. Étain était sa tutrice en Irlande.

— Quand bien même, nous devrions nous entretenir avec elle. Selon sœur Athelswith, elles se sont querellées le matin du meurtre. De quoi s'agissait-il donc ?

Fidelma avait oublié cette dispute.

À l'*officium* des quartiers des hôtes, ils trouvèrent sœur Athelswith penchée sur de grands registres.

— Nous aimerions parler à plusieurs personnes en privé, ma sœur, lui dit Fidelma. Avec votre permission, nous nous servirons de cette pièce, car c'est l'endroit le plus commode pour mener notre enquête. Je suis certaine que vous n'y voyez point d'objections.

À en juger par son expression, la sœur hôtelière en avait de nombreuses, mais elle savait que Fidelma et Eadulf avaient le soutien de la mère supérieure, aussi se contenta-t-elle de soupirer et de déplacer ses registres.

— Pouvons-nous compter sur vous pour aller quérir ces personnes quand nous le souhaiterons ? ajouta Eadulf avec un sourire engageant.

La vieille sœur fit une moue, en essayant de dissimuler sa contrariété à voir sa routine ainsi dérangée.

— Ce sera comme vous le souhaitez, mon frère. Je vous aiderai du mieux que je le puis.

— Bien, conclut Fidelma avec un sourire radieux. Faites venir sœur Gwid, alors. Elle doit être dans son dortoir.

Peu de temps après, celle-ci fit son apparition. Elle dominait mieux ses émotions maintenant, quoique ses yeux fussent encore rougis de larmes. Elle regarda successivement Fidelma et Eadulf comme un enfant perdu et déconcerté.

— Comment vous sentez-vous ce matin, ma sœur ? s'enquit Fidelma en lui faisant signe de prendre un siège.

Gwid inclina la tête et s'assit sur le tabouret de bois placé devant la table qui servait de bureau à sœur Athelswith.

— Je m'excuse de cet étalage d'émotions, répondit-elle. Étain était une bonne amie. La nouvelle de sa mort m'a bouleversée.

— Mais vous ferez de votre mieux pour nous aider ? souffla Fidelma, sur un ton presque cajoleur.

Sœur Gwid eut un haussement d'épaules indifférent et Eadulf estima qu'il était préférable d'expliquer leur tâche et leur autorité.

— Je n'ai que peu de choses à vous apprendre, fit Gwid, se montrant un peu plus accommodante. Vous vous souvenez que je me trouvais dans le *sacrarium* avec vous, Fidelma, attendant l'ouverture des débats, quand est survenue la nouvelle de sa mort.

— En effet, reconnut Fidelma. Pourtant, vous lui serviez de secrétaire et vous lui avez rendu visite dans son *cubiculum* hier matin.

Gwid confirma d'un hochement de tête.

— C'est vrai. Allez-vous retrouver le malfaisant qui l'a tuée ? demanda-t-elle, soudain virulente.

— C'est pourquoi nous sommes ici, Gwid, intervint frère Eadulf. D'abord, nous devons vous poser quelques questions.

Elle l'y invita d'un geste. Elle parut encore plus maladroite, en attirant ainsi l'attention sur ses mains osseuses.

— Allez-y.

Fidelma jeta un coup d'œil à Eadulf pour l'engager à poursuivre. Le Saxon se pencha sur la table.

— Vous avez été vue en pleine dispute avec Étain devant la porte de son *cubiculum*, hier, lança-t-il brusquement.

— Étain était mon amie, répondit Gwid, décontenancée.

— Vous êtes vous querellées ? renchérit Eadulf.

— Non !

La réponse était venue précipitamment.

— Étain était... irritée parce que j'avais oublié de rassembler certains faits pour préparer son argument inaugural. C'est tout.

Il était logique qu'Étain, se préparant à sa rencontre avec Wilfrid, fût fort tendue et prompte à s'emporter.

— Êtes-vous du pays des Pictes ?

Fidelma fronça les sourcils au brusque changement de tactique de son confrère.

Le visage sombre de sœur Gwid afficha une complète perplexité.

— Du pays des Cruithnes que vous appelez « Pictes », ce qui n'est qu'une corruption du surnom latin signifiant « les hommes peints », précisa-t-elle d'un ton pédant. Cela vient des temps anciens ! Nos guerriers se peignaient le corps lorsqu'ils partaient au combat — coutume depuis longtemps abandonnée. Je suis née sous le règne de Garnait, fils de Foth, qui étendit sa domination sur les rois de Strath-Clòta.

Fidelma ne put s'empêcher de sourire à la fierté farouche que trahissait la voix de la jeune fille.

— Tous les Pictes ne sont pas chrétiens, remarqua malicieusement Eadulf.

— Et tous les Saxons ne le sont pas non plus, rétorqua Gwid.

— Exact. Mais vous avez étudié en Irlande, n'est-ce pas ?

— J'ai d'abord étudié à l'abbaye d'Iona, puis j'ai fait la traversée jusqu'en Irlande où j'ai suivi des cours à Emly avant de repartir vers Iona. Sœur Étain, ainsi qu'elle se nommait à l'époque, était alors enseignante à Emly.

— Combien de temps avez-vous suivi les leçons d'Étain ? intervint Fidelma en se penchant en avant.

— Trois mois seulement. Elle enseignait la philosophie à la faculté de Rodan le Sage. Puis la nouvelle est venue de son couvent de Kildare : l'abbesse Ita était morte. Elle y est retournée en hâte et a été élue mère supérieure. Depuis qu'Étain avait ce titre, je ne l'avais revue qu'une fois.

— Quand était-ce ? demanda Eadulf.

— À la fin de mes études avec Rodan, sur la route du retour vers Bangor où je devais embarquer pour Iona, j'ai cherché l'hospitalité à Kildare.

— Comment avez-vous été nommée secrétaire d'Étain pour ce débat ? voulut encore savoir Eadulf.

— J'ai été choisie pour mes qualités d'interprète, car j'ai été prisonnière des Northumbriens pendant cinq années, jusqu'à ce que Finán de Lindisfarne me fasse libérer et me renvoie dans mon pays. Je suis également capable de comprendre sans difficulté le grec des Évangiles.

— Je n'ai pas demandé pourquoi, mais comment.

— Je n'en ai aucune idée. J'attendais le bateau à Bangor quand un message m'est parvenu me demandant d'assister à l'assemblée céans et de servir l'abbesse en qualité de secrétaire. Ce que j'ai bien volontiers accepté. J'ai navigué vers Iona le lendemain et là, bien sûr, je vous ai rejointe, sœur Fidelma. Frère Taran organisait une mission vers la Northumbrie et, comme vous le savez, nous nous sommes toutes deux trouvées, ainsi que d'autres frères de Colomba, à voyager jusqu'à cet endroit.

Sœur Fidelma confirma ses dires d'un signe de tête, puis demanda :

— Et quand avez-vous vu Étain vivante pour la dernière fois ?

Sœur Gwid fronça les sourcils d'un air pensif, en réfléchissant à cette question.

— À l'issue du *prandium*, une heure après l'Angélus de midi. Étain, qui avait déjeuné avec l'abbesse Hilda et Mgr Colmán, m'a demandé de l'accompagner à son *cubiculum*.

— C'était donc après que vous vous êtes querellées ? s'empressa de dire Fidelma.

— Je vous ai dit qu'il ne s'agissait point d'une dispute, rétorqua Gwid, sur la défensive. Étain n'avait pas de rancune. C'était une femme bonne.

— Pour quelle raison vous a-t-elle demandé de la suivre après le repas ? enchaîna Eadulf.

— Pour évoquer le débat de l'après-midi. Comme vous le savez, elle était censée ouvrir la séance au nom de l'Église de Colomba. Elle voulait revoir son allocution avec moi, la façon d'intégrer des citations des apôtres pour plaire aux Saxons. Son grec n'était pas excellent.

— Combien de temps avez-vous passé avec elle ? interrogea Fidelma.

— Une heure, pas plus. Nous avons revu les détails de son discours par rapport aux références évangéliques. Je me tenais prête à traduire s'il y avait eu le moindre doute quant à son choix de citations.

— Comment vous a-t-elle paru quand vous l'avez quittée ? demanda Eadulf en se frottant le bout du nez.

Gwid fronça les sourcils.

— Je ne vous suis pas.

— Était-elle anxieuse ? Détendue ? Comment paraissait-elle ?

— Elle m'a semblé assez calme. Évidemment, préoccupée par son travail, mais pas plus que pour la préparation de ses cours à Emly.

— Elle n'a exprimé aucune inquiétude ? Personne ne l'avait menacée depuis son arrivée ici ?

— Ah, vous voulez parler d'une menace de la part de la faction romaine ? Elle m'a confié avoir été insultée par des prêtres romains à une ou deux reprises. Athelnoth, par exemple. Mais il...

Gwid se mordit soudain la lèvre.

Une étincelle apparut dans les prunelles de Fidelma.

— Vous alliez ajouter quelque chose, ma sœur ? relança-t-elle d'une voix posée mais insistante.

Gwid fit une grimace embarrassée.

— Ce n'est rien. Une remarque personnelle et hors de propos.

Eadulf prit un air renfrogné :

— Nous jugerons. Qu'alliez-vous mentionner ?

— Athelnoth se montrait très hostile vis-à-vis d'Étain.

— Pour quelle raison ? enchaîna Fidelma, qui percevait l'extrême réticence de la jeune femme à clarifier ses paroles.

— Il n'est pas bienséant que je parle de la défunte abbesse en ces termes.

Eadulf laissa échapper un grognement d'exaspération :

— Vous n'avez encore rien dit. Qu'est-ce qui n'est pas bienséant ?

— Nous savons qu'Athelnoth est non seulement proromain, mais qu'il considère les Northumbriens supérieurs à tous les peuples, fit remarquer Fidelma, se remémorant les paroles d'Étain le premier soir.

Gwid se mordit à nouveau la lèvre, en rougissant légèrement.

— Son hostilité était née d'une ire personnelle, plus que d'un conflit théologique.

— Vous allez devoir vous expliquer. Qu'entendez-vous par « ire personnelle » ? demanda Fidelma, perplexe.

— Je crois qu'Athelnoth a fait des avances à l'abbesse Étain. Des avances de nature amoureuse.

Un bref silence suivit cette déclaration.

Les lèvres de Fidelma formèrent un long et silencieux sifflement. Étain était une femme séduisante, Fidelma s'en était rendu compte depuis longtemps ; et elle n'était point chaste, elle était attirée par les hommes. D'ailleurs, Fidelma avait relégué au tréfonds de sa mémoire ce que lui avait confié l'abbesse lors de leur rencontre, sur son vœu de se remarier et d'abandonner Kildare.

Eadulf secoua la tête, abasourdi.

— En êtes-vous certaine, sœur Gwid ?

La religieuse picte redressa ses imposantes épaules et les laissa retomber, pour signifier à la fois son incertitude et sa résignation.

— Je ne prétendrai pas en être sûre. Tout ce que je sais, c'est qu'Étain concevait pour lui une intense aversion ; elle a ajouté qu'en certaines circonstances elle acceptait de bon gré certains des nouveaux dogmes de Rome.

— À votre avis, qu'entendait-elle par là ?

— Je crois qu'elle voulait parler du dogme du célibat, mon frère, répondit Gwid avec une certaine pudeur.

— Saviez-vous qu'Étain était sur le point d'annoncer sa renonciation au titre d'abbesse de Kildare après cette assemblée ? demanda brusquement Fidelma. Saviez-vous qu'elle songeait à prendre époux... ?

— Quand a-t-elle fait ce commentaire sur le célibat ? l'interrompit Eadulf.

Irritée, Fidelma pinça les lèvres — Eadulf avait empêché toute réponse spontanée. La sœur picte, mal à l'aise, se tortilla sur son siège et prit la parole :

— Nous avions discuté de l'attitude à avoir si la faction romaine orientait le débat sur le célibat. Maints d'entre eux estiment que les communautés mixtes ne devraient pas exister et que tout religieux, des frères aux évêques, devrait demeurer chaste. Ensuite seulement, l'abbesse a fait cette remarque. J'ignorais qu'Étain envisageait de se marier ou de démissionner.

Elle fronça les sourcils et reprit :

— Si cela est vrai, ç'aurait été injuste.

— Injuste ?

— Immoral, disons. Immoral qu'une femme du talent de l'abbesse abandonnât son ministère pour vivre avec un homme. Peut-être sa mort était-elle une forme d'absolution pour une action qui aurait été aussi vile qu'impie.

Fidelma la contempla avec curiosité.

— Comment savez-vous qu'elle évoquait Athelnoth quand elle a fait cette remarque ? Comment savez-vous que cela signifiait que le Saxon lui avait fait des avances ?

— Parce qu'Athelnoth nous a dérangées lors même que nous évoquions ce sujet, pour solliciter un entretien privé avec Étain. Elle lui a répondu qu'elle était occupée et il s'en est allé. Cela s'est produit quand nous parlions du célibat. Elle a dit, d'après mes souvenirs : « Quand un homme comme lui me fait des avances, je suis prête à accepter ces nouveaux enseignements de Rome », ou des mots en ce sens.

Eadulf reprit l'interrogatoire.

— Êtes-vous sûre qu'elle a dit « quand » et pas « si » ? Suggérait-elle qu'Athelnoth lui avait fait de telles avances ou bien s'agissait-il d'une hypothèse ? lui demanda-t-il sèchement.

Sœur Gwid haussa les épaules.

— J'ai eu la nette impression qu'Athelnoth lui avait déjà fait des suggestions licencieuses.

Il y eut un silence de quelques instants ; Fidelma et Eadulf assimilaient ce que venait de leur narrer sœur Gwid.

Puis Fidelma reprit :

— Étain a-t-elle évoqué la moindre inimitié ou hostilité de la part de la faction romaine ?

— Seul le sujet d'Athelnoth a été abordé.

— Très bien. Merci, ma sœur. Nous sommes désolés d'avoir redoublé votre peine.

La religieuse se leva et se dirigea vers la porte.

— Soit dit en passant...

Elle fut retenue par la voix de Fidelma.

— ... vous semblez qualifier le mariage chez les religieux de pratique vile et impie. Que pensez-vous de la controverse qui agite nos Églises ?

Gwid serra les lèvres d'un air amer.

— Je suis en faveur des enseignements du bienheureux Paul de Tarse et de Maighnenn, abbé de Kilmainham. Que les sexes ne se profanent pas l'un l'autre au service du Tout-Puissant !

Eadulf attendit que sœur Gwid ait quitté la pièce avant de se tourner, l'air agacé, vers Fidelma, interrompant ses réflexions.

— Si nous travaillons ensemble, vous ne devez pas dissimuler certaines informations.

Fidelma était sur le point de répondre avec colère, quand elle se rendit compte que cette irritation était légitime. Elle n'avait pas mentionné la décision d'Étain d'abandonner son titre pour se marier. Elle n'avait même pas considéré que le fait était d'importance et n'en était toujours pas persuadée. Elle soupira silencieusement.

— Je vous prie de m'excuser. Je n'étais pas certaine que la décision d'Étain ait un intérêt dans cette affaire. Elle l'a évoquée devant moi seulement la veille de sa mort.

— Qui devait-elle épouser ?

— Je présume qu'il s'agit de quelqu'un qu'elle avait rencontré en Irlande. Elle avait l'intention de repartir pour Kildare afin de démissionner. Ensuite, j'imagine qu'elle aurait continué à enseigner dans un monastère double, comme elle le faisait à Emly.

— Mais vous ignorez le nom de son soupirant ?

— Elle ne me l'a pas révélé. Quelle pertinence cela peut-il avoir, ici en Northumbrie ?

Eadulf se mordit la lèvre et garda le silence un instant.

— J'ai du mal à le croire, lâcha-t-il soudain.

Fidelma haussa un sourcil.

— De quoi parlez-vous ?

— Athelnoth. On dit qu'il est hautain, qu'il estime que tout étranger lui est inférieur et c'est un ardent défenseur de la règle romaine. Pourquoi aurait-il conçu cette passion pour l'abbesse ?

— N'est-il point homme ? remarqua Fidelma, cynique.

Eadulf sentit le rouge envahir ses joues.

— Certainement. Pourtant...

— Étain était une femme séduisante, souligna-t-elle. Néanmoins, je comprends votre point de vue. Mais parfois, les personnalités opposées s'attirent.

— C'est exact, concéda-t-il. Vous connaissez sœur Gwid depuis un moment. Pouvons-nous la considérer comme une observatrice fiable ? Aurait-elle pu se fourvoyer dans l'interprétation des paroles d'Étain ou dans cette affaire concernant Athelnoth ?

— C'est une fille empruntée. Prompte à contenter ses supérieurs. Mais son allure maladroite cache un cerveau astucieux. En fait, je la trouve presque cuistre quant aux détails. Je pense que nous pouvons croire sa parole.

— Alors, Athelnoth doit être notre prochain entretien, suggéra Eadulf.

CHAPITRE X

Sœur Athelswith revint avec la nouvelle qu'Athelnoth écoutait le débat dans le *sacrarium* ; elle ne pouvait le déranger sans interrompre le synode tout entier. Fidelma et Eadulf décidèrent d'en profiter pour assister à l'assemblée eux aussi. Depuis leur arrivée à Streoneshalh, ils n'avaient entendu aucune des allocutions. Apparemment, l'évêque Colmán en personne avait remplacé Étain pour l'Église de Colomba et donné un court résumé des enseignements des moines d'Iona. Le discours avait été sec, concis, sans éloquence ni artifice. La réponse de Wilfrid fut courte et pleine de sarcasmes ; il l'emporta sur la candeur de son adversaire.

Fidelma et Eadulf se tenaient au fond du *sacrarium*, près d'une porte latérale derrière les bancs de Colomba, essayant d'éviter les vapeurs d'encens presque irrespirables.

Un homme de haute taille, tout en os, qu'une religieuse se trouvant près d'eux avait identifié comme étant le vénérable évêque Cedd, ancien disciple d'Aidán, se leva pour prendre la parole. La sœur murmura que Cedd venait tout juste d'arriver du pays des Saxons de l'Est, où il était en mission ; il était désormais chargé de traduire le saxon en irlandais et vice versa. Cedd, l'aîné de quatre frères convertis par

Aidán, était à la tête de l'Église de Colomba en Northumbrie. Chad, un de ses frères, était évêque de Lastingham, Caelin et Cynebill, les deux autres, assistaient également aux débats. Chad, ajouta la religieuse, avait été éduqué en Irlande.

— Il y a moult spéculations quant à la date de notre célébration de Pâques, disait Cedd. Notre gracieuse reine, Eanflaed, le célèbre selon Rome. Notre bon roi, Oswy, suit la doctrine de Colomba. Qui a raison ? Qui a tort ? Parfois, le roi a déjà terminé le jeûne et respecte le jour pascal du Seigneur tandis que la reine et sa suite en sont encore au Carême. Cette situation, les hommes sains d'esprit ne peuvent l'admettre.

— Vrai ! s'exclama le pugnace Wilfrid, sans se donner la peine de se lever de son siège. Une situation rectifiée dès l'instant où vous admettez votre erreur dans votre calcul de la date de Pâques.

— Calcul sanctionné par Anatole, qui compte parmi les érudits de l'Église, rétorqua Cedd.

Sur les pommettes de son visage parcheminé et anguleux venaient d'apparaître deux taches roses.

— Anatole de Laodicée ? Fi !

Wilfrid était maintenant debout, il ouvrait les bras pour en appeler à ses frères proromains.

— Je ne doute point que vos calculs de calendrier furent concoctés entre Bretons il y a près de deux siècles. Le comput de Rome, lui, fut soigneusement établi par Victorinus d'Aquitaine.

— Victorinus !

Un homme au teint halé et aux cheveux blonds, âgé d'à peine plus de trente ans, jaillit du banc de Colomba, l'air grave.

— Tout le monde sait que ces calculs sont erronés !

L'informatrice se pencha vers Fidelma.

— Cuthbert de Melrose. Il est maintenant prieur depuis la mort de notre bienheureux frère Boisil. C'est l'un de nos meilleurs orateurs.

— Erronés ? raillait Wilfrid. Expliquez-vous.

— Nous nous en tenons strictement aux calculs originaux convenus lors du concile d'Arles et aux plus anciennes pratiques rituelles, répondit Cuthbert. C'est Rome qui est dans l'erreur. Rome a rompu avec la date originelle de Pâques en adoptant cette nouvelle computation à laquelle Victorinus est parvenue. Ce Victorinus d'Aquitaine s'est contenté de quelques amendements durant l'ère du pape Hilaire. Il n'a même pas procédé à la totalité du calcul.

— Oui ! s'écria avec véhémence l'abbesse Abbe de Coldingham, cette femme décharnée qui était la sœur d'Oswy. Ces amendements n'ont-ils point été proposés par Denys le Petit durant le pontificat de Jean Ier ? Les règles décidant à l'origine de la date de Pâques, sur lesquelles nous étions tous d'accord en Arles, ont été déformées par Rome à plusieurs reprises depuis trois siècles. Nous maintenons la computation originelle convenue en Arles.

— Mensonge devant Dieu ! aboya Agilbert, l'évêque franc, irrité.

Il s'ensuivit une clameur, puis le vénérable Cedd demanda à nouveau la parole.

— Mes frères, nous devrions faire preuve de charité les uns envers les autres en ce lieu. Ceux qui s'opposent à l'Église de Colomba le font certainement par ignorance. Même après le concile d'Arles, le monde chrétien est convenu que notre calendrier pour les jours de fêtes commémoratifs devait reposer sur le calendrier de la terre où le Christ est né et est devenu homme. Nous étions ainsi d'accord pour nous appuyer sur le calendrier lunaire juif. Or la Pâque juive, qui vit le sacrifice de notre Sauveur, tombe au mois de Nissan, septième mois du calendrier juif, qui est celui du printemps, cette période que nous désignons aujourd'hui comme mars et avril. Le nom de Pâques que porte notre fête vient de l'hébreu *Pessa'h*, le passage. Paul, dans son épître aux Corinthiens, n'évoque-t-il point le Christ comme leur agneau de Pâque — leur sacrifice —, car il fut exécuté lors de cette fête, selon l'ancienne computation, qui voulait que la Pâque juive tombât le quatorzième jour de Nissan ? Avec ce calcul, nous célébrons notre fête le dimanche entre le quatorzième et vingt et unième jour après la nouvelle lune suivant l'équinoxe de printemps.

— Mais Rome a rendue illégale la célébration d'une fête chrétienne le même jour qu'une fête juive, l'interrompit Wilfrid.

— C'est exact, répondit calmement Cedd. Cette décision absurde fut prise au concile de Nicée, après celui d'Arles. Le Christ de chair n'était-il point juif...

L'assemblée fut parcourue d'un frisson d'horreur.

Cedd contempla la foule d'un air suffisant.

— Ne l'était-il point ? réitéra-t-il, cynique. Ou était-il nubien ? Saxon, même ? Pourquoi pas franc ? Dans quel pays est-il né et a-t-il grandi, si ce n'est dans celui des Juifs ?

— Il était le fils de Dieu !

La rage était perceptible dans la voix de Wilfrid.

— Et le fils de Dieu a choisi de naître en terre d'Israël, de parents terrestres juifs, pour apporter d'abord la parole aux Élus de Dieu. Ce n'est qu'en tuant leur Messie que les Juifs ont rejeté cette parole pour la laisser aux Gentils. N'est-il pas étrange, donc, de nier l'idée que le Christ a été immolé lors d'une fête juive précise, et de désigner une date arbitraire pour la commémoration chrétienne de cette exécution, une date n'ayant aucun rapport avec celle où l'événement s'est produit ?

L'abbesse Abbe hochait la tête pour marquer son approbation.

— J'apprends que les défenseurs de Rome cherchent aussi à modifier notre jour de repos parce qu'il survient le même jour que le sabbath hébreu, observa-t-elle d'un ton mordant.

— Dimanche, premier jour de la semaine, est à juste titre le jour de repos, car il symbolise la Résurrection, rétorqua Wilfrid, la colère se lisant sur son visage.

— Pourtant, selon la tradition, c'est le samedi, dernier jour de la semaine, qui est dédié au repos, argua un autre frère que la religieuse proche de Fidelma reconnut comme étant Chad, l'abbé de Lastingham.

— Ces amendements décidés par Rome nous éloignent un peu plus encore des dates originelles, ils rendent nos cérémonies et célébrations artificielles et les privent de sens, lança Abbe. Pourquoi ne pas accepter que Rome est dans l'erreur ?

Wilfrid dut attendre que s'éteignent les applaudissements provenant du clan de Colomba.

— Ainsi, Rome est dans l'erreur ? ironisa-t-il. Si Rome se trompe, Jérusalem aussi, et Alexandrie, Antioche, le monde entier ; seuls les Irlandais et les Bretons savent ce qui est vrai...

Le jeune abbé Chad bondit immédiatement sur ses pieds et sur un ton nettement moqueur, annonça :

— Je ferai remarquer au noble Wilfrid de Ripon que l'Église d'Orient a déjà rejeté les nouvelles computations de Rome concernant Pâques. Ils suivent les mêmes que nous. Ils ne huent point le nom d'Anatole de Laodicée. Ni les Églises irlandaise et bretonne ni les Églises d'Orient ne se sont détournées des dates originelles données en Arles. Seule Rome cherche à réviser ces pratiques.

— Le camp romain s'exprime comme si Rome était le centre de tout.

C'était au tour de l'évêque Colmán de prendre la parole ; il avait senti que les événements tournaient à son avantage.

— Ils font comme si nous étions en décalage par rapport au reste de la chrétienté. Cependant les Églises d'Égypte, de Syrie et d'Orient ont refusé l'autorité de Rome lors de leur concile de Chalcédoine par...

Il fut forcé de s'interrompre à cause des cris de protestation qui s'élevaient du banc romain.

Enfin, Oswy se leva, main en l'air.

Peu à peu, l'assemblée se tut.

— Mes frères, notre débat ce matin a été long et ardu. Sans aucun doute nos échanges nous ont-ils largement donné de quoi réfléchir. Il est temps de décréter une pause, nous pourrons nourrir nos corps comme nos esprits. Cet après-midi sera consacré à la méditation. Nous nous retrouverons ce soir en ce lieu.

L'assemblée se leva et commença à se disperser progressivement ; quelques éclats de voix se faisaient encore entendre.

— Lequel est Athelnoth ? demanda Fidelma à son informatrice.

La sœur se retourna, sourcils légèrement froncés tandis qu'elle scrutait un groupe de religieux.

— Cet homme, là-bas, ma sœur, à l'opposé de la salle. À côté du jeune homme aux cheveux de la couleur des blés.

Après avoir lancé un regard à Eadulf, Fidelma se fraya un chemin à travers la foule toujours en pleine discussion, pour approcher la silhouette que lui avait désignée la religieuse, un homme qui se tenait à quelques pas derrière le petit et coriace Wilfrid de Ripon, comme en attendant de lui parler. Il était à côté d'un moine blond qui portait plusieurs livres et documents, juste derrière Wilfrid.

— Frère Athelnoth ? demanda-t-elle, en arrivant derrière lui.

L'homme tressaillit. Elle vit la tension soudaine des muscles de sa nuque. Fronçant les sourcils, il pivota légèrement les épaules.

Il n'était pas grand, cinq pieds cinq pouces environ, pourtant il semblait dominer ses compagnons. Il avait un visage large, un front haut et bombé, un nez aquilin et des yeux sombres. Fidelma supposait que maintes femmes devaient le trouver séduisant, mais il était trop sinistre et maussade à son goût.

— Vous me cherchez, ma sœur ? demanda-t-il d'une voix basse, sonore et agréable.

Elle sentit Eadulf arriver juste derrière elle, un peu essoufflé de s'être forcé un passage à travers la foule.

— Nous vous cherchions.

— Ce n'est pas le bon moment.

Le ton était d'une froide supériorité et maintenant, tout en observant Eadulf, c'est à lui qu'il s'adressait. Fidelma trouvait cette habitude des Saxons irritante : dès qu'un homme était présent, il avait la priorité sur la femme.

— J'attends un entretien avec l'abbé Wilfrid.

Frère Eadulf prit la parole avant que Fidelma pût répondre. Peut-être avait-il vu la colère bouillir en elle.

— Nous n'avons besoin que d'un court moment, mon frère. Cela concerne la mort de l'abbesse Étain.

Athelnoth ne parvint pas à maîtriser tout à fait les traits de son visage. Son expression subit une brève variation — elle ne dura pas assez pour que Fidelma fût sûre de ce qu'elle signifiait.

— Qu'avez-vous à voir avec cette affaire ? répliqua l'homme sur un ton un peu agressif.

— Nous sommes chargés d'enquêter sous l'autorité du roi Oswy, ainsi que celle de Colmán, évêque de

Northumbrie, et celle d'Hilda, abbesse de Streoneshalh.

Sœur Fidelma avait répondu calmement, mais assez clairement pour qu'Athelnoth ne puisse protester. Une telle autorité ne pouvait être remise en cause.

— Qu'attendez-vous de moi ? voulut-il savoir.

Dans sa voix s'était insinuée une pointe de méfiance légitime.

— Rendons-nous dans un endroit où nous pourrons nous entendre parler, proposa Eadulf, indiquant la porte latérale du *sacrarium*, qui les éloignerait des religieux toujours en plein débat, nombre d'entre eux n'ayant pas encore gagné le réfectoire pour le repas de midi.

Athelnoth hésita, jeta un coup d'œil en direction de Wilfrid, qui était plongé dans une conversation avec Agilbert et le replet Wighard, sur le bras duquel s'appuyait le frêle archevêque de Cantorbéry, Deusdedit. Leur échange était bien trop animé pour qu'ils remarquent la présence de quiconque alentour ; étouffant un soupir, Athelnoth fit demi-tour pour accompagner Eadulf et Fidelma. Ils arrivèrent à l'*hortus olitorius*, le vaste jardin potager de l'abbaye, situé derrière le *sacrarium*.

La végétation était baignée d'une lumière scintillante sous le chaud soleil de mai, et les senteurs de myriades d'herbes aromatiques et de plantes flottaient dans l'air embaumé.

— Marchons un peu pour respirer l'air frais du Seigneur après le confinement de la grand-salle, suggéra Eadulf, presque mielleux.

Fidelma se plaça entre Athelnoth et lui.

— Connaissiez-vous l'abbesse Étain ? s'enquit le moine saxon, d'un air détaché.

Athelnoth lui lança un rapide coup d'œil.

— Tout dépend de ce dont vous voulez parler.

— Dois-je reformuler la question ? dit très vite Eadulf. Connaissiez-vous bien Étain de Kildare ?

L'homme fronça les sourcils. Son visage s'empourpra et il hésita, avant de répondre brièvement :

— Non, pas bien du tout.

— Mais vous la connaissiez ? insista Fidelma, ravie de la manière dont son confrère avait commencé l'entretien.

— Je l'ai rencontrée il y a quatre jours.

Comme aucun ne fit de remarque, Athelnoth s'empressa de s'enfoncer.

— L'évêque Colmán m'a fait appeler il y a une semaine et m'a annoncé qu'Étain de Kildare était sur le point d'arriver pour participer au grand synode. Son bateau venait d'accoster au port de Ravenglass, dans le royaume de Rheged. Elle devait traverser les hautes collines vers Catraeth. Colmán m'a demandé d'aller à sa rencontre en compagnie de quelques frères et de l'escorter jusqu'à Witebia. Ce que j'ai fait.

— C'était là votre première rencontre avec l'abbesse ? souligna Fidelma, pour confirmation.

Une expression de contrariété passa sur le visage d'Athelnoth.

— Pour quelles raisons posez-vous ces questions ? répondit-il, sur ses gardes.

— Nous souhaitons brosser un tableau clair des ultimes jours d'Étain, expliqua Eadulf.

— Eh bien, oui. C'était notre première rencontre.

Fidelma et Eadulf échangèrent un regard. Tous deux étaient persuadés qu'il mentait. Mais pourquoi ? Après un instant, Eadulf demanda :

— Il ne s'est rien produit de fâcheux sur le trajet jusqu'ici ?

— Rien.

— Vous ne vous êtes point disputé avec l'abbesse ni ses compagnons ?

— Je ne vois pas à quoi vous faites allusion, dit Athelnoth d'un air maussade, en pinçant les lèvres.

— Allons, l'amadoua Fidelma. Vous êtes un ardent défenseur de Rome et l'abbesse Étain était porte-parole de l'Église de Colomba. Certainement, des mots furent échangés ? Après tout, vous avez passé deux ou trois jours sur la route avec elle et son entourage.

— Oh, ça ! Bien sûr, nous avons discuté, admit Athelnoth en haussant les épaules.

— Discuté ?

Le soupir de l'homme traduisit une irritation mal dissimulée.

— Nous avons eu une altercation, c'est tout. Je lui ai dit ma pensée. Ce n'est pas un crime.

— Bien sûr que non. Mais n'avez-vous point failli en venir aux mains ?

Athelnoth rougit.

— Il a fallu retenir un moine de Colomba. Étant jeune, il doit être pardonné, car il n'a pas la sagesse qui lui permettrait de ne pas recourir à la violence. Un jeune écervelé. Ce fut sans conséquence.

— Et à votre arrivée ici, que s'est-il passé ?

— Je fus déchargé de mon devoir par l'évêque ; j'avais amené l'abbesse et ses compagnons à bon port. Ce fut tout.

— Vraiment tout ? intervint Fidelma avec vivacité.

Athelnoth lui accorda un regard mais ne dit rien.

— L'avez-vous revue après que vous l'avez escortée en ces lieux ? le relança Eadulf.

Athelnoth secoua la tête, lèvres pincées.

— Donc, reprit Fidelma après un long soupir, vous niez lui avoir rendu visite dans sa chambre pour requérir un entretien privé ?

Fidelma voyait presque les rouages de son esprit travailler avec acharnement et elle aperçut le léger écarquillement de ses yeux, trahissant le souvenir du témoin indiscret.

— Ah, oui...

— Oui ?

— Je suis passé une fois.

— Quand et dans quel but ?

L'homme se méfiait. Fidelma éprouva un peu de compassion à le voir essayer de fournir un prétexte convenable.

— Juste après le *prandium*, le premier jour du rassemblement. Le jour de sa mort. Je voulais lui rendre quelque chose qui lui appartenait. Un objet qu'elle avait laissé tomber lors de notre voyage depuis Catraeth.

— Vraiment ? fit Eadulf en se grattant l'oreille. Pourquoi ne pas le lui avoir remis plus tôt ?

— Je... venais à peine de le découvrir.

— Et le lui avez-vous rendu... quel que fût cet objet ?

— Une broche, annonça Athelnoth, l'air sûr de lui. Et je ne la lui ai pas donnée.

— Pourquoi ?

— Lors de ma visite, l'abbesse n'était pas seule.

— Pourquoi ne pas avoir laissé la broche, cependant ?

— Je souhaitais lui parler, dit-il.

Il hésita puis reprit :

— J'ai décidé de revenir plus tard.

— Et vous l'avez fait ?

— Je vous demande pardon ?

— Êtes-vous revenu plus tard ?

— Ensuite, l'abbesse a été retrouvée morte.

— Vous détenez donc toujours sa broche ?

— Oui.

Sœur Fidelma tendit la main en silence.

— Je ne l'ai pas avec moi.

— Très bien, sourit-elle, nous allons vous accompagner à votre *cubiculum*. Je présume que c'est par ici ?

Après un moment de flottement, Athelnoth acquiesça à contrecœur.

— Guidez-nous, l'invita Eadulf.

Tous trois revinrent sur leurs pas, Athelnoth se déplaçait avec maladresse.

— Cette broche, qu'a-t-elle de si important ? balbutia-t-il.

— Nous ne pouvons vous le dire avant de l'avoir vue, répondit calmement Fidelma. Pour l'instant, nous devons suivre toutes les pistes.

— Eh bien, s'irrita Athelnoth, si ce sont des suspects que vous cherchez, je peux en nommer un. Lorsque je suis arrivé dans la chambre de l'abbesse, cette sœur étrange s'y trouvait.

Fidelma haussa un sourcil et lança sur un ton acerbe :

— Faites-vous référence à sœur Gwid ?

— Gwid ! confirma Athelnoth. Cette Picte est pleine de ressentiment et de jalousie pour des détails insignifiants. Son peuple demeure l'ennemi de notre sang, mon père a été tué lors des guerres pictes. Elle ne quittait pas l'abbesse.

— Et alors ? répondit Eadulf. Elle était sa secrétaire.

L'homme ne put réprimer une grimace, comme s'il était surpris.

— J'ignorais qu'Étain l'avait désignée comme secrétaire. Par pitié, je présume ? Cette fille suivait l'abbesse comme un chien suit son maître. On aurait cru qu'elle voyait en elle la réincarnation d'une grande sainte.

— Mais Étain lui avait envoyé une invitation, souligna Fidelma. Pourquoi aurait-elle fait cela par pitié ?

Il haussa les épaules. En silence, il les mena à travers le cloître ombragé, en direction de son *cubiculum*.

Il s'agissait d'une petite pièce fonctionnelle, comme tous les autres *cubicula* de l'abbaye, mais le fait qu'il se soit vu assigner un logis séparé, non un simple lit dans le dortoir, était une indication de son statut au sein de l'Église de Northumbrie. Fidelma enregistra cette donnée sans rien dire.

Athelnoth hésitait sur le pas de la porte, parcourant des yeux l'intérieur nu de sa chambre aux murs de grès.

— La broche ?... lui suggéra Fidelma.

Il hocha la tête et s'approcha de la patère de bois à laquelle pendaient ses vêtements. Il en décrocha une *pera*, cette besace en cuir qui servait aux frères pèlerins à transporter leurs biens.

Il y plongea la main. Soudain, son froncement de sourcils s'accentua et il se mit à chercher avec une plus grande attention.

Il se tourna vers eux, stupéfait.

— Elle n'est pas là. Je ne la trouve pas.

CHAPITRE XI

Fidelma haussa un sourcil interrogateur, rendant à Athelnoth son regard ébahi.

— Vous aviez placé la broche dans votre sac ?

— Oui, hier après-midi.

— Qui peut l'avoir prise ?

— Je n'en ai aucune idée. Personne ne savait que je la détenais.

Eadulf était sur le point de faire une remarque accusatrice quand Fidelma l'arrêta.

— Fort bien, Athelnoth. Cherchez-la soigneusement et, si vous la retrouvez, prévenez-nous.

À l'extérieur de la chambre, Eadulf lui jeta un regard contrarié.

— Ne me dites pas que vous le croyez !

Fidelma haussa les épaules.

— Pensez-vous qu'il dise la vérité ?

— Par le Dieu vivant, non ! Bien sûr que non !

— Alors Gwid aurait raison. Il rendait visite à Étain dans un autre but que celui de lui rapporter une simple broche.

— Mais oui, évidemment. Athelnoth ment.

— Cela prouve-t-il qu'il a tué Étain ?

— Non, reconnut Eadulf. Mais cela nous donne un motif pour ce meurtre, n'est-ce pas ?

— C'est exact, quoique j'aie une impression étrange. J'étais certaine qu'Athelnoth avait inventé l'histoire de la broche jusqu'à ce qu'il prétende qu'elle était encore en sa possession. C'était un mensonge facile à déceler.

— Il était contraint d'improviser une histoire. Il a obéi à l'impulsion du moment, sans voir la faiblesse de ce qu'il avançait.

— C'est un bon argument. Cela dit, nous pouvons abandonner Athelnoth à son sort pour l'instant. Connaîtriez-vous quelqu'un parmi le clergé saxon qui puisse nous fournir des informations sur son passé ? Peut-être un des frères qui l'ont accompagné lorsqu'il est allé à la rencontre d'Étain à la frontière du royaume de Rheged ? J'aimerais en savoir plus sur lui.

— Bonne idée. Je me renseignerai au souper. En attendant, que diriez-vous de nous entretenir avec frère Seaxwulf ?

Fidelma acquiesça.

— Pourquoi pas ? Seaxwulf et Agatho étaient parmi les derniers à avoir vu Étain vivante. Retournons à l'*officium* de sœur Athelswith et envoyons-la quérir Seaxwulf.

Ils traversaient les quartiers des hôtes quand des cris lointains parvinrent à leurs oreilles. Eadulf ne put réprimer une grimace inquiète.

— Quel est ce nouveau problème ?

— Nous ne le saurons point en restant ici, dit Fidelma en se dirigeant vers l'origine du bruit.

Ils arrivèrent près d'un groupe de religieux penchés aux fenêtres de l'abbaye, les yeux braqués vers quelque chose situé en contrebas. Eadulf leur dégagea un espace. Pendant un instant, Fidelma ne parvint pas à déterminer ce dont il s'agissait. Une foule était assemblée autour de ce qui semblait être un amas de haillons sur le sol. Visiblement en colère, ces gens criaient et lançaient des pierres dans cette direction, tout en demeurant pourtant à bonne distance. Apercevant un mouvement dans ces haillons, Fidelma se rendit compte avec horreur qu'il s'agissait d'une personne. La foule lapidait quelqu'un à mort.

— Que se passe-t-il ? demanda-t-elle.

Eadulf posa la question à un frère, qui lui répondit, l'air apeuré.

— Une victime de la peste jaune, traduisit-il. Cette maladie déchire le pays, détruit hommes, femmes, enfants quels que soient leur race, leur sexe ou leur rang. Cette personne a dû errer jusqu'ici en quête d'aide et s'approcher trop près du marché.

Fidelma fixait la scène, horrifiée.

— Vous voulez dire qu'ils vont lapider un malade à l'agonie ? Personne n'ira mettre un terme à cet outrage ?

Gêné, Eadulf se mordit la lèvre.

— Oseriez-vous affronter la foule enragée ?

Il désigna l'attroupement, hurlant toujours sa peur face au tas de guenilles, désormais immobile.

— De toute manière, c'est terminé.

Fidelma serra les lèvres. L'immobilité des haillons confirmait l'affirmation d'Eadulf.

— Bientôt, quand ils s'apercevront que cette personne est morte, ils se disperseront et quelqu'un traînera le corps jusqu'au bûcher. Trop d'entre nous sont morts de cette peste pour que nous puissions raisonner ces manants.

Fidelma connaissait la peste jaune, cette forme extrême de jaunisse qui balayait l'Europe depuis plusieurs années déjà et dévastait actuellement la Bretagne et l'Irlande. Elle avait atteint l'Irlande, où elle portait le nom de *buidhe chonaill*, quelque huit années plus tôt, introduite, selon les érudits, par une éclipse totale du soleil. Elle avait attaqué au plus fort de l'été et déjà éradiqué la moitié de la population irlandaise. Deux hauts rois, les rois des provinces d'Ulster et de Munster et de nombreuses personnes de rang comptaient parmi ses victimes. Des prélats tels que Fechin de Fobhar, Ronan, Aileran le Sage, Cronan, Manchan et Ultan de Clonard avaient succombé à sa fureur. Tant de parents étaient morts, abandonnant de jeunes enfants affamés, qu'Ultan d'Ardbraccan avait été ému au point d'ouvrir un orphelinat pour nourrir et élever ces jeunes victimes de la peste.

Fidelma connaissait bien les horreurs de cette maladie.

— Vos manants saxons sont-ils des bêtes ? sifflat-elle. Comment peuvent-ils traiter ainsi leurs congénères ? Et pire encore, comment les frères du Christ peuvent-ils demeurer là à regarder cette scène comme s'il s'agissait d'une attraction de foire ?

Déjà les moines qui avaient accouru aux fenêtres et avaient été témoins de la tragédie se dispersaient dans l'indifférence pour vaquer à leurs occupations. S'ils comprirent sa critique ouverte, ils ne le montrèrent pas.

— Vos us ne sont point les nôtres, expliqua patiemment Eadulf. Je le sais. J'ai vu vos refuges pour les malades et les souffreteux en Irlande. Un jour, peut-être nous en inspirerons-nous. Mais vous vous trouvez sur une terre qui craint la maladie et la mort. La peste jaune est un grand mal qui emporte tout sur son passage. Ce que les gens redoutent, ils tentent de le détruire. J'ai vu des fils abandonner leurs propres mères dans le froid parce qu'elles avaient les symptômes de cette peste.

Fidelma était sur le point de s'insurger, mais quel intérêt ? Eadulf avait raison. Les coutumes de Northumbrie n'étaient pas celles de son pays.

— Allons trouver Seaxwulf, dit-elle en s'éloignant de la fenêtre.

En contrebas, les cris s'étaient calmés. L'on se défaisait de ses projectiles pour retrouver la gaieté du marché, au pied de l'abbaye. Le tas de guenilles gisait inerte dans la boue où il s'était effondré au premier jet de pierres.

Quand Seaxwulf pénétra dans la pièce, Fidelma le reconnut immédiatement ; c'était le jeune homme aux cheveux blond doré qui se tenait au côté de Wilfrid dans le *sacrarium.*

C'était un garçon glabre, mince, qui pouffait nerveusement de temps à autre, quand une question directe lui était posée. Il avait des yeux bleu clair et la curieuse habitude de battre des cils ; sa voix se teintait d'un zézaiement sifflant. De fait, Fidelma devait constamment se rappeler qu'elle s'adressait à un homme, non à une jeune fille enjôleuse. La nature avait joué au jeune frère un tour cruel, sur un instant d'hésitation en matière de genre. Fidelma avait du mal à déterminer son âge, mais elle présumait qu'il devait avoir une petite vingtaine d'années, malgré l'absence de traces de rasoir sur le doux duvet de ses joues.

Frère Eadulf se chargea de l'interroger en saxon ; Fidelma luttait pour les comprendre en faisant appel à sa maigre, quoique grandissante, connaissance de la langue.

— Vous avez rendu visite à l'abbesse Étain le jour de sa mort, énonça Eadulf d'une voix monocorde.

Seaxwulf rit nerveusement, puis plaça ses doigts effilés devant ses lèvres minces.

Ses yeux brillants les dévisagèrent par-dessus sa paume, avec un semblant de coquetterie.

— Ah oui ?

Sa voix était d'une singulière sensualité.

Eadulf grogna d'un air écœuré.

— Pour quelle raison vous êtes-vous rendu dans la chambre de l'abbesse de Kildare ?

Ses yeux cillèrent de nouveau; il y eut un autre gloussement.

— C'est mon secret.

— Sûrement pas, le contredit Eadulf, mordant. Nous avons l'autorité de votre roi, de votre évêque et de l'abbesse de cette maison pour découvrir la vérité. Vous êtes tenu par serment de nous informer.

Seaxwulf cligna des paupières et fit une moue feignant l'agacement.

— Oh, fort bien ! s'exclama-t-il, sur un ton capricieux, comme un enfant. J'y suis allé à la requête de Wilfrid de Ripon. Je suis son secrétaire, vous savez, et son homme de confiance.

— Pour quelle raison l'avez-vous vue ? répéta Eadulf.

Le jeune homme se tut et fronça les sourcils d'un air presque grognon.

— Vous devriez vous adresser à l'abbé Wilfrid.

— Je vous le demande à vous, dit hargneusement Eadulf, la voix soudain durcie. Et j'attends une réponse. Maintenant !

Seaxwulf fit une moue boudeuse. Sœur Fidelma baissa les yeux vers le sol pour contenir son amusement devant les curieuses manières du jeune moine.

— Je suis allé négocier avec l'abbesse au nom de Wilfrid.

Fidelma intervint, doutant d'avoir bien compris.

— *Négocier ?* reprit-elle en soulignant le mot.

— Oui, en tant que représentants principaux des Églises de Rome et de Colomba, Wilfrid et Étain avaient l'intention de se mettre d'accord sur certains points avant l'assemblée.

Les yeux de Fidelma s'agrandirent.

— L'abbesse préparait des accords avec Wilfrid de Ripon ? s'empressa-t-elle de demander par l'intermédiaire d'Eadulf.

Seaxwulf haussa ses frêles épaules.

— Convenir de certains sujets avant le débat fait gagner beaucoup de temps et d'énergie, ma sœur.

— Je ne suis pas sûre de bien saisir. Dites-vous que certains désaccords devaient être réglés avant la discussion publique ?

De nouveau, Eadulf dut traduire la question en saxon pour le moine, puis en irlandais sa réponse.

Seaxwulf haussa les sourcils comme si ce point ne nécessitait pas d'être confirmé.

— Bien entendu.

— Et l'abbesse Étain consentait à de tels arrangements ?

Découvrir que des négociations avaient lieu en dehors des débats publics stupéfiait Fidelma. Il ne semblait pas honnête que les deux parties puissent trancher certains points sans les porter devant le synode.

Seaxwulf eut un autre mouvement d'épaules langoureux.

— Je suis allé à Rome. C'est pratique courante. Pourquoi perdre son temps à se chicaner en public quand un accord en privé peut vous permettre d'obtenir ce que vous voulez ?

— Jusqu'où sont allés ces arrangements ? voulut savoir Fidelma, toujours par le biais d'Eadulf.

— Pas très loin, lui répondit Seaxwulf avec assurance. Nous étions parvenus à un accord sur la tonsure. Comme vous le savez, Rome juge primitive la tonsure de l'Église de Colomba. Nous avons adopté celle de saint Pierre, qui symbolise la couronne d'épines du Christ. L'abbesse Étain envisageait d'admettre l'erreur de votre Église sur ce sujet.

Fidelma déglutit.

— Ce n'est pas possible, murmura-t-elle.

Seaxwulf sourit, apparemment satisfait de sa réaction.

— Si ! L'abbesse pouvait céder là-dessus en échange de notre concession sur la bénédiction. Nous, partisans de Rome, nous servons du pouce, de l'index et du majeur pour représenter la Trinité, quand l'Église de Colomba tend l'index, l'annulaire et l'auriculaire. Wilfrid était prêt à admettre la validité de cette manière.

Fidelma fit une grimace en tentant de dominer sa surprise.

— À quand remontaient ces négociations ?

— Oh, à l'arrivée de l'abbesse Étain. Il y a deux ou trois jours, je ne me souviens plus exactement.

Le jeune homme baissa les yeux vers ses mains tendues d'un air contrarié, comme s'il observait ses ongles pour la première fois et était mécontent de leur aspect.

Fidelma lança un regard à Eadulf.

— Je pense qu'une nouvelle dimension vient d'être ajoutée à cette affaire, dit-elle calmement en irlandais, sachant que Seaxwulf ne le comprenait pas.

Eadulf fit une grimace.

— Comment cela ?

— Quelle aurait été la réaction de nos frères en apprenant que de telles négociations avaient lieu à leur insu, et sans leur approbation ? Qu'en échange d'un compromis, l'une ou l'autre des parties transigeait sur un autre sujet ? Cela n'enflammerait-il pas l'hostilité déjà ressentie par les frères ? Et si tel était le cas, quelqu'un ne pourrait-il être suffisamment furieux pour tenter d'y mettre un terme ?

— C'est vrai — mais cela ne nous aide point.

— Pourquoi ?

— Parce que cela signifie qu'il nous reste des centaines de suspects, des deux côtés.

— Nous devrons trouver un moyen d'en réduire le nombre.

Eadulf fit un petit signe de tête, puis se tourna à nouveau vers le jeune moine blond.

— Qui avait entendu parler de vos négociations avec l'abbesse ?

Seaxwulf pinça la bouche comme un petit enfant gardant un secret.

— Elles étaient confidentielles.

— Wilfrid de Ripon et vous-même étiez les seuls à savoir ?

— Ainsi que l'abbesse Étain.

— Et sa secrétaire, Gwid ? intervint Fidelma, par la bouche d'Eadulf.

Seaxwulf s'esclaffa dédaigneusement.

— Gwid ? L'abbesse ne considérait point qu'elle était dans la confidence. En fait, elle m'avait instruit de ne jamais traiter avec elle dans ces affaires secrètes, et surtout de ne pas mentionner ses échanges avec Wilfrid de Ripon.

Fidelma dissimula son étonnement.

— Pourquoi pensez-vous qu'Étain ne jugeait pas sœur Gwid digne de confiance ?

— Si tel était le cas, elle aurait assisté aux négociations. La seule fois où je l'ai vue en compagnie de Gwid, elles se querellaient. Je n'ai aucune idée de ce qui les opposait, car elles s'exprimaient dans votre langue d'Irlande.

— Ainsi, relança Eadulf, personne d'autre ne connaissait l'existence de ces tractations ?

Seaxwulf fit une grimace embarrassée.

— Je ne crois pas... Cependant, en sortant du *cubiculum* de l'abbesse Étain, j'ai croisé mère Abbe, dont la chambre est voisine. Elle m'a dévisagé avec suspicion. Je n'ai rien dit, j'ai vaqué à mes occupations, mais je l'ai vue entrer chez Étain et j'ai entendu des éclats de voix. Je ne sais si elle a deviné la raison de ma présence. Je soupçonne Abbe de s'être rendu compte qu'Étain et Wilfrid étaient en pourparlers.

Fidelma décida de creuser le sujet.

— Vous dites que mère Abbe se disputait avec Étain au moment où vous êtes parti ?

— D'après ce que je sais. J'ai entendu des voix fortes, c'est tout.

— Avez-vous revu l'abbesse Étain ?

Seaxwulf secoua la tête.

— J'ai rapporté à Wilfrid sa volonté de reconnaître la supériorité de l'autorité de Pierre concernant la tonsure. Puis le rassemblement a sonné, je m'y suis rendu avec Wilfrid. Peu après, nous avons appris le meurtre.

Fidelma laissa échapper un long et profond soupir. Enfin elle se tourna vers Seaxwulf et lui fit signe de partir :

— Très bien, vous pouvez y aller.

Quand la porte se referma sur lui, Eadulf regarda Fidelma, les yeux brillants d'excitation.

— Mère Abbe ! La sœur d'Oswy en personne ! Elle fait partie de ces visiteurs d'Étain qui ont échappé au regard perçant de sœur Athelswith. Une erreur bien naturelle, sa chambre était si proche de celle d'Étain...

Sœur Fidelma ne semblait pas satisfaite.

— Nous devrons nous entretenir avec elle. Certainement, nous tenons un motif. Abbe est une puissante disciple de Colomba. Si elle a estimé qu'Étain faisait des concessions à l'insu des partisans de son Église, elle a pu se mettre en colère, et la colère peut engendrer un meurtre.

Eadulf acquiesça avec empressement.

— Alors, peut-être que notre idée première, un meurtre fruit de l'ire provoquée par les débats, est correcte... À la différence qu'Étain a été tuée par un ecclésiastique de son camp, pas de celui de Rome.

Fidelma fit une grimace.

— Nous ne sommes pas censés absoudre les partisans de Rome mais découvrir la vérité.

— Et c'est toujours ce que je recherche, répliqua Eadulf, piqué au vif. Mais Abbe est une suspecte probable...

— Pour l'heure, nous n'avons que la parole de frère Seaxwulf pour affirmer qu'elle était présente dans la chambre d'Étain. Et vous vous souviendrez peut-être que sœur Athelswith a cité Agatho comme étant le visiteur suivant. Ce qui signifierait qu'Étain était encore vivante quand Abbe l'a quittée. Car si Abbe est arrivée immédiatement après le départ de Seaxwulf, Agatho est forcément venu après.

La cloche sonnait le commencement de la *cena*, le principal repas de la journée.

La fougue d'Eadulf était retombée.

— J'avais oublié Agatho, murmura-t-il d'un air contrit.

— Pas moi, répondit fermement Fidelma. Nous parlerons avec Abbe après le souper.

Fidelma n'avait pas très faim. Elle avait l'esprit trop préoccupé. Elle s'était contentée de fruits et d'un morceau de *paximatium*, un pain dense, puis elle s'était immédiatement retirée dans son *cubiculum* pour prendre un peu de repos. La plus grande partie des frères se trouvant au réfectoire, le *domus hospitale* était calme, propice à la solitude et à la réflexion. Elle tenta d'examiner toutes les informations en sa possession pour les ordonner et leur trouver un sens. Pourtant, elle n'en découvrait aucun. Son instructeur, le brehon Morann de Tara, avait toujours bien fait comprendre à ses élèves qu'il fallait attendre de détenir tous les faits avant de s'essayer à élaborer une solution. Mais Fidelma éprouvait une impatience difficile à dominer.

Elle se releva finalement de sa couche, optant pour une promenade en haut des falaises, dans l'espoir que l'air frais du début de soirée éclaircirait son esprit.

Elle quitta les quartiers des hôtes et traversa la cour carrée en direction du *monasteriolum*, les bâtiments réservés à l'étude et à l'enseignement. Quelqu'un avait griffonné une inscription sur le mur : *Docendo discimus*. Fidelma sourit. C'était approprié. C'est en enseignant que l'on apprend.

Dans le *monasteriolum* se trouvait le *librarium* de l'abbaye, où Fidelma s'était déjà rendue pour déposer l'ouvrage offert par l'abbé Cummene d'Iona. La bibliothèque était impressionnante. Hilda s'était fait un devoir de rassembler autant de livres que possible, car elle était déterminée à éduquer son peuple.

Le soleil était maintenant très bas derrière les collines, de longues ombres étiraient leurs doigts sombres sur les bâtiments. L'ensemble serait bientôt couvert d'un voile de ténèbres. Mais il restait assez de temps encore pour faire une promenade avant de retrouver l'abbesse Abbe dans l'*officium* de sœur Athelswith.

Elle emprunta le cloître extérieur pour se rendre au portail latéral de l'abbaye, d'où partait un sentier menant au sommet de la falaise.

Elle aperçut un moine qui cheminait devant elle, tête recouverte de son *cucullus*, ou capuchon.

Son instinct poussa Fidelma à interrompre sa marche. Elle trouvait curieux qu'un frère portât le capuchon dans l'enceinte de l'abbaye. Soudain une deuxième silhouette apparut à côté du portail, au loin. Fidelma recula dans l'ombre des voûtes du cloître, son cœur battant la chamade sans aucune raison logique, excepté celle d'avoir reconnu la seconde silhouette ; il s'agissait du rusé Wulfric, thane de Frihop.

On lança un salut en saxon.

Elle tendit l'oreille, regrettant que son vocabulaire dans cette langue soit aussi pauvre.

Le moine fit une halte. Les deux hommes semblaient rire. Pourquoi pas ? Qu'y avait-il de si sinistre à voir un thane et un moine saxons échanger des plaisanteries ? C'était simplement son sixième sens qui rendait Fidelma inquiète. Elle plissa les yeux. Durant leur conversation, les deux hommes ne cessaient de regarder autour d'eux, comme s'ils se méfiaient des oreilles indiscrètes. Ils baissèrent la voix d'un air de conspirateurs. Puis ils se serrèrent la main et Wulfric tourna les talons en direction du portail, tandis que le frère, capuchon toujours baissé, revenait sur ses pas.

Fidelma s'enfonça un peu plus dans les ombres du cloître, se cachant derrière une colonne.

Le frère se dirigeait résolument à angle droit par rapport à la position de Fidelma, traversant la cour carrée en direction du *monasteriolum*. Ce faisant, il retira sa capuche, certainement parce qu'elle n'était plus utile et que la porter au sein de l'abbaye aurait paru suspect. Fidelma eut le souffle coupé par la surprise en reconnaissant l'homme, qui portait la tonsure de Colomba.

C'était frère Taran.

Abbe était une femme de forte carrure, qui ressemblait beaucoup à son frère Oswy. Âgée d'environ cinquante-cinq ans, elle avait de profondes rides sur le visage et des yeux vifs, quoique d'un bleu délavé. Ses trois frères et elle avaient été emmenés en exil à Iona à la mort de leur père, le roi de Bernicie, tué par son rival, Edwin de Deira, qui avait ensuite réuni les deux royaumes en un seul, situé « au nord de la rivière

Humber » : la Northumbrie. Lorsque ses frères Eanfrith, Oswald et Oswy étaient venus réclamer leur royaume à la mort d'Edwin, Abbe les avait suivis en tant que religieuse, baptisée dans l'Église de Colomba. Elle avait fondé une communauté à Coldingham, un monastère double pour hommes et femmes bâti sur un promontoire, et elle avait été confirmée comme abbesse par son frère Oswald, devenu roi à la mort de leur frère aîné, Eanfrith.

Fidelma avait beaucoup entendu parler de Coldingham, qui avait acquis la douteuse réputation d'être voué aux plaisirs hédonistes. On disait que l'abbesse Abbe croyait de manière trop littérale au Dieu d'amour. Fidelma avait ouï dire que les cellules bâties pour la prière et la contemplation s'étaient transformées en lieux de banquets, de beuverie et de débauche.

Depuis son siège, l'abbesse dévisageait la jeune sœur avec un regard amusé et approbateur.

— Mon frère, le roi Oswy, m'a exposé votre mission.

Elle s'exprimait en un irlandais courant et idiomatique, car c'était la seule langue qu'elle avait pratiquée durant son enfance sur l'île d'Iona. Se tournant vers Eadulf, elle reprit :

— Vous avez, je crois, fait vos études en Irlande ?

Eadulf lui adressa un petit sourire et acquiesça.

— Vous pouvez vous exprimer en irlandais, je le comprends.

— Bien, soupira l'abbesse.

Continuant de contempler Fidelma avec son air satisfait, elle lui dit :

— Vous êtes ravissante, mon enfant. Il y aura toujours une place à Coldingham pour des personnes telles que vous.

Fidelma se sentit rougir.

Abbe pencha la tête sur le côté et rit.

— Vous désapprouvez ?

— Je ne m'offense point, répondit Fidelma.

— Et vous ne devriez pas, ma sœur. Ne croyez pas tout ce que vous entendez sur notre maison. Notre devise est *dum vivimus, vivamus* : tant que nous vivons, vivons. Notre monastère d'hommes et de femmes se consacre à la vie, qui est le don de Dieu. Il a fait les hommes et les femmes pour qu'ils s'aiment. Quelle meilleure manière de vénérer Dieu que d'agir selon Son grand dessein : vivre, travailler et aimer ensemble ! L'épître de saint Jean ne dit-elle point : « Il n'y a pas de crainte dans l'amour ; au contraire, le parfait amour bannit la crainte[1] » ?

Fidelma remua sur son siège, mal à l'aise.

— Ma mère, ce n'est pas à moi de mettre en question la manière dont votre maison est gouvernée ni sa règle. Je suis ici pour enquêter sur la mort d'Étain de Kildare.

Abbe soupira.

— Étain ! Quelle femme ! Elle au moins savait comment vivre.

— Pourtant elle est morte aujourd'hui, ma mère, intervint Eadulf.

— Je sais, dit-elle les yeux toujours braqués sur Fidelma. Et j'attends de savoir en quoi je suis concernée.

— Vous vous êtes querellée avec elle, dit simplement Fidelma.

L'abbesse cligna des paupières, mais ne laissa paraître par aucun autre signe que la pique l'avait atteinte. Elle ne répondit rien.

— Peut-être nous direz-vous pourquoi vous vous êtes disputées ? la pressa Eadulf.

1. Première épître de saint Jean, 4, 18. *(N.d.T.)*

— Si vous avez appris qu'il y a eu querelle, vous en avez sans doute découvert la raison, rétorqua Abbe, dure et catégorique. J'ai grandi à l'ombre des murs de l'abbaye de Colum-Cille sur Iona. J'ai étudié parmi les frères du Christ d'Irlande. C'est à mon instigation bien plus qu'à celle de mon frère Oswald que ce royaume a d'abord imploré Ségéne, abbé d'Iona, d'envoyer des missionnaires pour convertir nos sujets païens et leur révéler la voie du Seigneur. Même quand le premier missionnaire d'Iona, un certain Colmán, est reparti sur son île en décrétant notre royaume au-delà de toute rédemption du Christ, j'ai encore supplié Ségéne. C'est ainsi que le saint Aidán est venu prêcher ici. J'ai été témoin de la conversion de cette terre et de la progression de la parole de Dieu, d'abord grâce à Aidán, puis à Finán et finalement à Colmán. Aujourd'hui, tout ce travail est mis en péril à cause de Wilfrid et de ses semblables. J'adhère à la véritable Église de Colomba et il en sera toujours ainsi, quoi qu'il advienne à Streoneshalh.

— Quelle était donc la raison du conflit avec Étain de Kildare ? insista Eadulf, revenant à la question.

— Le douteux Seaxwulf, cet homme qui n'en est pas un, vous a probablement dit que j'avais appris qu'un accord se préparait entre Étain et Wilfrid de Ripon. Un accord ! Un procédé *ad captandum vulgus*[1] !

— Seaxwulf nous a dit qu'il servait d'intermédiaire entre Étain et Wilfrid et qu'ils tentaient de parvenir à un compromis avant le grand débat.

Abbe grogna de dégoût.

— Seaxwulf ! Ce méprisable petit voleur joue les commères !

1. Pour flatter la populace. *(N.d.T.)*

— Voleur ? coupa Eadulf, d'un ton sec. N'est-ce pas là un mot trop dur pour décrire un frère ?

— Un mot exact, dit Abbe en haussant les épaules. Il y a deux jours, lors de notre arrivée céans, deux de nos frères l'ont surpris en train de fouiller les affaires de certains cénobites dans le dortoir. Ils l'ont emmené auprès de Wilfrid, qui est son abbé autant que Seaxwulf est son secrétaire. Il a reconnu avoir violé le huitième commandement et Wilfrid l'a fait punir. On lui a fouetté le dos jusqu'à ce qu'il soit à vif et en sang. Sa position de secrétaire de Wilfrid l'a sauvé de se voir couper la main. Malgré cela, Wilfrid a refusé de se séparer de lui.

La cruauté des châtiments saxons fit frissonner Fidelma.

L'abbesse poursuivit son récit sans remarquer sa visible répugnance :

— La rumeur dit que Seaxwulf est comme une pie. Il est tenté par les objets brillants et inhabituels qui ne lui appartiennent pas.

Fidelma lança un regard vers Eadulf.

— Vous dites qu'on ne peut avoir confiance en lui ? Qu'il ment, peut-être ?

— Pas à propos de son rôle d'intermédiaire entre Wilfrid et Étain. Wilfrid a confiance en Seaxwulf comme en personne d'autre ; je présume que c'est parce qu'il peut le faire tuer ou mutiler à sa guise. Mais Étain de Kildare n'avait aucune autorité pour convenir de tels accords au nom du camp de Colomba. Quand j'ai vu cette fourbe vermine de Seaxwulf sortir en catimini de la chambre d'Étain, j'ai compris ce qui se tramait. Je suis allée voir l'abbesse et j'ai exigé qu'elle se montre honnête. Elle nous trahissait.

— Comment a-t-elle réagi ?

— Elle était en colère. Mais elle a admis avec la plus grande candeur ce qu'elle faisait. Elle s'est justifiée en disant qu'il valait mieux être d'accord sur des sujets sans importance, de façon à endormir les opposants par un faux sens de sécurité, que de se retrouver à la manière des vaches, cornes coincées dès le début.

Tout à coup, Abbe plissa les yeux.

— Mais dites-moi... Pensez-vous que cette querelle peut expliquer le meurtre ? Que, peut-être, je suis...

Les yeux toujours fixés sur Fidelma, l'abbesse éclata soudain de rire à cette idée.

— Les meurtres se produisent souvent lorsqu'une personne perd son sang-froid lors d'une dispute, expliqua calmement Fidelma.

Mère Abbe laissa échapper un autre rire sourd, qui semblait l'expression d'une authentique gaieté.

— *Deus avertat !* Dieu m'en garde ! C'est ridicule. La vie est trop précieuse pour être perdue sur de telles futilités.

— Mais, d'après ce que vous dites, la défaite de l'Église de Colomba en Northumbrie ne serait pas une futilité, insista Eadulf. C'est une conviction intense et personnelle. En réalité, vous avez cru qu'Étain trahissait son Église et, par là, tout ce en quoi vous croyez.

Dans un moment d'absence, Abbe jeta à Eadulf un regard de haine venimeuse. Ses traits se figèrent, lui donnant l'allure d'une gorgone sculptée dans la pierre. Puis cette expression s'évanouit pour faire place à un sourire glacial et forcé.

— On ne tue pas pour une telle raison. Son châtiment aurait été de voir son Église détruite.

— À quelle heure avez-vous quitté Étain ? voulut savoir Fidelma.

— Comment ?

— Quand, après cette dispute, avez-vous quitté le *cubiculum* d'Étain ?

L'abbesse se tut pour étudier la question et y répondre de la manière la plus précise.

— Je ne me souviens pas. J'ai dû y rester une dizaine de minutes seulement, guère plus.

— Quelqu'un vous a-t-il vue partir ? Sœur Athelswith, par exemple ?

— Je ne le crois pas.

Fidelma interrogea Eadulf du regard. Son compagnon acquiesça.

— Très bien, ma mère, dit-elle en se levant, incitant Abbe à en faire autant. Nous voudrons peut-être vous poser quelques questions supplémentaires plus tard.

— Je serai là, ne craignez rien, répondit-elle en souriant. Vraiment, ma sœur, vous devriez venir visiter ma maison à Coldingham et voir par vous-même combien l'on peut profiter de la vie. Vous êtes bien trop belle, jeune et exubérante pour accepter ce concept romain de célibat toute votre vie. D'ailleurs, Augustin d'Hippone n'a-t-il point écrit dans ses *Confessions* : « Donne-moi la chasteté et la continence, mais pas maintenant » ?

L'abbesse Abbe partit d'un rire de gorge et quitta la pièce, laissant Fidelma écarlate.

Elle se tourna et croisa le regard amusé d'Eadulf ; la colère l'emporta sur la vertu outragée.

— Eh bien ? lança-t-elle, hargneuse.

Le sourire s'effaça du visage d'Eadulf.

— Je ne pense pas qu'Abbe aurait pu tuer Étain, s'empressa-t-il de déclarer.

— Pour quelle raison ? répliqua-t-elle sèchement.

— D'abord, c'est une femme.

— Et une femme est incapable de commettre un crime ? railla-t-elle.

Eadulf secoua la tête.

— Non, mais comme je l'ai dit quand nous avons vu le corps, je ne crois pas qu'une femme puisse avoir la force de tenir l'abbesse et de lui trancher la gorge de cette façon.

Fidelma se mordit la lèvre et se calma. Après tout, pourquoi se mettait-elle en colère ? Abbe la complimentait certainement, et ne faisait qu'énoncer une vérité. Pourtant, ce n'était pas cette attitude qui l'irritait. C'était autre chose, au fond d'elle, qu'elle était incapable de comprendre. Elle dévisagea Eadulf pendant un instant.

Le moine saxon lui rendit son regard, perplexe.

Elle se surprit à baisser les yeux en premier.

— Que diriez-vous si je vous annonçais que j'ai vu frère Taran, qui appartient à l'Église de Colomba, en compagnie de Wulfric à côté du portail latéral ce soir, tous deux engagés dans ce qui ressemblait à une conversation de conspirateurs ?

Eadulf haussa un sourcil.

— Est-ce là un fait ?

Fidelma confirma d'un hochement de tête.

— Il peut y avoir maintes raisons pour une telle rencontre, j'imagine, commenta-t-il.

— En effet, mais aucune qui me satisfasse.

— Frère Taran faisait partie des visiteurs d'Étain, n'est-ce pas ?

— Un de ceux que nous n'avons pas encore interrogés.

— Ce n'était pas une priorité, souligna Eadulf. Taran s'est rendu dans le *cubiculum* d'Étain tôt le matin. Elle a été vue vivante bien après cette entrevue. Agatho est le dernier, d'après ce que l'on sait.

Fidelma hésita un instant.

— Je pense que nous devrions d'abord parler à Taran, dit-elle.

— Et moi je crois que nous devons demander à Agatho de venir nous voir, répondit-il. Il est de loin le suspect le plus important.

Personne ne fut plus surpris qu'Eadulf quand Fidelma acquiesça sans discuter.

CHAPITRE XII

Agatho était un homme décharné et nerveux ; son visage en lame de couteau était hâlé et mal rasé. Ses yeux noirs rappelaient la noirceur de sa tignasse. Ses lèvres étaient fines mais rouges, comme rehaussées par l'application de jus de baie. Fidelma fut fascinée par la proéminence de ses paupières, mi-closes telles celles, chaperonnées, d'un oiseau de proie.

Le prêtre affichait un air renfrogné en entrant dans la pièce.

— Je suis ici contre mon gré, dit-il en employant la *lingua franca*, le latin.

— Je le note, Agatho, répondit Fidelma dans la même langue. À qui dois-je faire part de votre récrimination ? Au roi, à Mgr Colmán ou à l'abbesse Hilda ?

Agatho releva la tête d'un air méprisant, comme s'il n'avait pas à s'abaisser à répondre, et prit un siège.

— Vous désirez m'interroger ?

— Vous semblez être la dernière personne à avoir vu l'abbesse Étain vivante dans son *cubiculum*, déclara Eadulf avec brutalité.

Agatho eut un rire forcé.

— Ce n'est pas vrai.

Fidelma fronça les sourcils.

— Ah ? le pressa-t-elle pour l'inciter à parler.

— La dernière personne à l'avoir vue doit être celle qui l'a tuée.

Fidelma fixa ses yeux saillants. Ils étaient froids et dépourvus d'expression. Elle n'arrivait pas à savoir s'il la mettait au défi ou s'il se moquait d'elle.

— C'est exact, dit Eadulf. Et nous devons découvrir qui est le coupable. À quelle heure vous êtes-vous rendu dans son *cubiculum* ?

— À quatre heures.

— Précisément ?

Le sourire forcé revint se poser sur ses fines lèvres rouges.

— Ainsi que m'en a informé la clepsydre de la redoutable sœur Athelswith.

— Fort bien, concéda Eadulf. Pourquoi cette visite ?

— Pour voir l'abbesse, naturellement.

— Naturellement. Mais pour quelle raison souhaitiez-vous la rencontrer ?

— Vous ne trouverez point de duplicité chez moi. J'appartiens au camp romain. J'estime que l'abbesse Étain se fourvoyait en plaidant en faveur des hérésies de l'Église de Colomba. J'ai sollicité un entretien pour plaider ma cause.

Fidelma le dévisagea, abasourdie.

— C'est tout ?

— Oui.

— Comment comptiez-vous obtenir ce revirement rapide de l'abbesse ?

Agatho jeta autour de lui un regard de conspirateur et sourit.

— Je lui ai montré ceci...

Il enfonça la main dans la *crumena*, une bourse de cuir, qu'il portait autour du cou, et déversa le contenu dans sa paume.

Eadulf se pencha en avant, sourcils froncés.

— Ce n'est rien qu'un éclat de bois.

Agatho lui jeta un regard méprisant.

— C'est le *lignum Sanctae Crucis*, annonça-t-il à voix basse, comme par déférence, en faisant une génuflexion.

— Vraiment, c'est le bois de la sainte croix ? murmura Eadulf, gagné par un profond respect.

— C'est ce que je viens de dire, répondit Agatho d'un air vague.

Les yeux de Fidelma se mirent à briller et, pendant quelques instants, elle eut un tremblement au coin des lèvres.

— En supposant que vous ayez raison, comment ceci aurait-il pu convaincre l'abbesse de soutenir Rome plutôt qu'Iona ? demanda-t-elle avec solennité.

— C'est évident. En reconnaissant l'authentique croix dans mes mains, elle aurait compris que je suis l'élu, que le Christ parle à travers moi, comme à travers Paul de Tarse.

Il s'exprimait d'une voix posée et confiante.

Eadulf jeta un regard alarmé à Fidelma.

— Le Christ vous a choisi ? Qu'entendez-vous par là ? demanda-t-il.

Agatho renifla comme pour faire remarquer l'idiotie du moine.

— Je ne dis rien d'autre que la vérité. Ayez la foi. J'ai reçu l'ordre de me rendre dans la forêt derrière Witebia. Là, dans une clairière, une voix m'a dit de ramasser un morceau de bois sur le sol, car il s'agissait du *lignum Sanctae Crucis*. Puis la voix m'a demandé d'aller prêcher ceux qui étaient dans l'erreur et la confusion. Ayez la foi et tout sera révélé !

— Étain avait-elle la foi ? s'enquit avec douceur Fidelma.

Agatho se tourna vers elle, paupières toujours micloses.

— Hélas, non. Elle demeurait prisonnière car elle ne pouvait voir la vérité.

— Prisonnière ? répéta Eadulf, qui semblait de plus en plus perdu.

— Le saint apôtre Jean n'a-t-il point dit : « La vérité te libérera » ? Elle était captive. Elle n'avait pas la foi. Le grand Augustin écrit que la foi est de croire ce que l'on ne voit pas encore ; la récompense de la foi, de voir ce en quoi l'on croit.

— Qu'avez-vous fait quand l'abbesse Étain a rejeté votre argument ? demanda vivement Eadulf.

Agatho se redressa, se drapant dans sa dignité bafouée.

— Je me suis retiré, avais-je un autre choix ? Je ne voulais pas être contaminé par une incroyante.

— Combien de temps avez-vous passé avec elle ?

L'homme haussa les épaules.

— Pas plus de dix minutes, ou même moins. Je lui ai montré la sainte croix authentique, je lui ai dit que le Christ parlait par ma voix et qu'elle devait accepter Rome. Elle me traitait comme un enfant, je me suis donc retiré. Je savais qu'elle était au-delà de tout espoir de salut. C'est tout.

Eadulf échangea encore un regard avec Fidelma et sourit à Agatho.

— Très bien. Nous n'avons plus de questions. Vous pouvez disposer.

Agatho glissa le morceau de bois dans sa *crumena*.

— Désormais, vous croyez, tous les deux — maintenant que vous avez vu la vraie croix ?

Eadulf ne se départit pas de son sourire figé — un peu trop figé, peut-être.

— Bien sûr, nous en discuterons ensemble plus tard, Agatho.

Quand le prêtre eut quitté la pièce, Eadulf se tourna vers Fidelma, l'air inquiet.

— Un fou ! Cet homme est complètement fou !

— Souvenons-nous que nous naissons tous fous, répondit Fidelma avec flegme. Ainsi s'expliquent moult mystères de ce monde.

— Mais avec une telle attitude, cet Agatho pourrait bien avoir tué l'abbesse parce qu'elle refusait d'accepter sa foi.

— C'est possible. Pourtant je ne suis pas convaincue. Il y a néanmoins une conclusion ferme que nous pouvons tirer de tout cela.

Eadulf la regarda sans comprendre.

— C'est évident, sourit Fidelma. Sœur Athelswith, en observant les visiteurs au *cubiculum* d'Étain, n'a pas vu tout le monde. Et je doute qu'elle ait vu celui qui l'a tuée.

On frappa doucement à la porte et Athelswith passa la tête dans l'embrasure de la porte.

— Le roi Oswy vous réclame immédiatement au logis de mère Hilda, dit-elle avec appréhension.

Sœur Fidelma et frère Eadulf se tenaient en silence devant le roi. Oswy était seul dans la pièce ; il se détourna de la fenêtre, à travers laquelle il regardait le port en contrebas. La ride d'anxiété sur son front s'adoucit un peu.

— Je vous ai fait mander pour savoir si vous avez des nouvelles pour moi. Approchez-vous de la découverte du coupable ?

Fidelma perçut la tension dans sa voix.

— Nous n'avons encore rien de concret à rapporter, Oswy de Northumbrie, répondit-elle.

Le roi se mordit la lèvre. Les rides sur son visage se creusèrent.

— N'avez-vous rien du tout à me dire ?

Le ton se faisait presque suppliant.

— Rien de fructueux.

Fidelma gardait son calme.

— Nous devons procéder avec prudence. Le temps vous presse-t-il soudain ? Souhaitez-vous que l'affaire soit réglée plus rapidement désormais ?

Le roi souleva ses larges épaules en un geste interminable.

— Vous êtes toujours aussi perspicace, Fidelma. Oui. La tension monte.

Oswy hésita et soupira.

— La guerre civile gronde. Mon fils Alhfrith complote contre moi. La rumeur dit qu'il rassemble des soldats pour expulser de force les religieux irlandais, tandis que ma fille Aelflaed réunirait les partisans de Colomba pour défendre l'abbaye contre Alhfrith. Une unique étincelle suffirait à faire disparaître ce royaume dans les flammes. Chacune des parties accuse l'autre de la mort d'Étain de Kildare. Que vais-je leur dire ?

Le désespoir s'entendait dans la voix du roi. Fidelma se sentait presque désolée pour lui.

— Nous ne pouvons toujours rien révéler, sire, insista Eadulf.

— Mais vous avez interrogé toutes les personnes l'ayant vue juste avant sa mort.

Fidelma eut un sourire sans joie.

— Sans aucun doute tenez-vous cela de bonne source. Sœur Athelswith, peut-être ?

Oswy confirma d'un geste gêné.

— Est-ce un secret ?

— Il n'y a point de secret, Oswy, répondit Fidelma. Mais sœur Athelswith devrait éviter de rapporter nos activités, par prudence, au cas où elles parviendraient aux mauvaises oreilles. Il reste une personne qui n'a point été entendue.

— J'ai demandé spécifiquement à sœur Athelswith de me signaler quand vos entretiens seraient terminés, se défendit Oswy.

— Vous venez d'annoncer que votre fils Alhfrith complotait contre vous. Est-ce sérieux ? demanda Fidelma.

Oswy leva les bras et les laissa retomber pour exprimer son incertitude.

— Les fils ambitieux d'un roi ne sont point ses amis, soupira Oswy. Quelle ambition peut avoir un prince, sinon celle de devenir roi lui-même ?

— Alhfrith veut le trône ?

— Je l'ai fait sous-roi de Deira pour contenir ses appétits, mais il veut régner sur tout le royaume de Northumbrie. Je le sais. Il sait que je le sais. Nous jouons le rôle de père et de fils dévoués, mais le jour viendra sûrement...

Il eut un haussement d'épaules éloquent.

— Une enquête telle que celle-ci prend du temps, dit Fidelma pour l'apaiser. Maintes considérations doivent être prises en compte.

Oswy l'observa un instant, puis, faisant une grimace, reprit :

— Vous avez raison, bien entendu, ma sœur. Je n'ai pas le droit de faire pression sur vous. Vous recherchez la vérité. Mais moi, je cherche à éviter la dislocation et la destruction du royaume.

— Pensez-vous que les gens soient si fermement convaincus par un camp ou l'autre qu'ils finiraient par se combattre ? voulut savoir Eadulf.

Le roi secoua la tête.

— Ce sont ceux qui manipulent la religion, et non la religion elle-même, qui menacent de rompre la paix dans ce pays. Et Alhfrith n'hésiterait pas à se servir de la foi pour inciter le peuple à l'aider dans sa quête de pouvoir. Plus longtemps on spéculera sur l'assassin d'Étain de Kildare, plus ils continueront à énoncer leurs théories grotesques pour attiser les haines.

— Tout ce que nous pouvons dire, Oswy, c'est que vous serez le premier à savoir quand nous approcherons de la solution, l'assura Fidelma.

— Fort bien. Je me contenterai donc de cette promesse. Mais souvenez-vous de ce que j'ai dit : les rumeurs sont nombreuses hors des frontières. Tant de choses dépendent de cette assemblée et des décisions auxquelles nous parviendrons !

Ils traversaient le cloître séparant le logis de l'abbesse Hilda du *domus hospitale* quand Eadulf déclara soudain :

— Je crois vos soupçons fondés, Fidelma. Nous devrions parler à Taran.

Celle-ci haussa les sourcils, un sourire moqueur aux lèvres.

— Et vous connaissez mes soupçons, Eadulf ?

— Vous croyez qu'un complot se prépare, ourdi par Alhfrith de Deira, pour renverser Oswy en usant des tensions du synode comme d'un moyen pour plonger le pays dans la guerre civile.

— En effet, c'est ce que je crois, confirma-t-elle.

— Vous pensez aussi qu'Alhfrith, par le biais de Wulfric et peut-être de Taran, a fait tuer Étain de Kildare pour créer cette tension.

— C'est une possibilité. Et nous devons nous donner les moyens de découvrir si elle est exacte.

Fidelma et Eadulf pénétraient dans l'*officium* de sœur Athelswith, qui était aussi le leur désormais, quand résonna le solennel angélus de minuit.

Fidelma soupira en voyant Eadulf sortir immédiatement son chapelet.

— Il est tard. Nous verrons Taran demain, annonça-t-elle. Mais n'oubliez pas que vous devez vous enquérir du passé d'Athelnoth. Pour l'instant, je le soupçonne toujours.

Frère Eadulf opina du chef tout en commençant à réciter le « Je vous salue Marie » :

> *Ora pro nobis, sancta Dei Genetrix.*
> Priez pour nous, ô Sainte Mère de Dieu.

La cloche annonçant le premier repas du jour, le *jentaculum*, avait cessé de sonner et l'on avait déjà dit le bénédicité quand sœur Fidelma se glissa à sa place à la longue table de bois du réfectoire. La sœur choisie comme lectrice du jour appartenait au camp romain. Elle s'était installée au pupitre en bout de table et fronça les sourcils d'un air désapprobateur quand Fidelma les rejoignit.

— *Benedicamus Domino*[1], salua-t-elle sur un ton glacial.

— *Deo gratias*[2], répondit Fidelma comme tous les autres.

La sœur récita ensuite le *Beati immaculati*[3] qui précédait la lecture et ils commencèrent à manger.

Fidelma se boucha mentalement les oreilles pour ne pas entendre la voix aigre de la religieuse et avala machinalement la bouillie et le fruit placés devant elle. Elle levait les yeux de temps à autre pour observer les personnes réunies dans le réfectoire, mais ne vit aucun signe d'Eadulf. Elle aperçut en revanche frère Taran, assis à une table proche. Le visage brun du moine picte semblait en proie à une certaine agitation. Elle fut étonnée de le voir engagé dans une conversation avec le

1. Bénissons le Seigneur. *(N.d.T.)*
2. Nous rendons grâce à Dieu. *(N.d.T.)*
3. Début du psaume 119 : « Heureux, impeccables en leur voie, ceux qui marchent dans la voie de Yahvé ! » *(N.d.T.)*

jeune moine blond, Seaxwulf. Le jeune homme tournait le dos à Fidelma, mais ses cheveux, ses épaules maigres et ses gestes efféminés étaient reconnaissables entre tous. Avec curiosité, elle détailla l'expression du visage de Taran pendant qu'il parlait. Il avait les traits tendus, l'air en colère et insistant. Brusquement, elle vit les yeux noirs de Taran braqués sur elle. Elle soutint son regard un instant, puis un sourire mielleux se dessina sur les traits hâlés du Picte et il inclina la tête dans sa direction. Fidelma dut se forcer à le saluer en réponse avant de revenir à son repas.

En quittant le réfectoire, elle aperçut Eadulf assis dans un coin, au milieu d'un groupe d'ecclésiastiques saxons. Ils semblaient plongés dans une conversation sérieuse, aussi ne fit-elle aucun effort pour l'approcher, décidant au contraire de quitter l'abbaye pour aller se promener au bord de la mer. L'air marin lui manquait. Sa tentative de la veille avait été interrompue par Taran et son rendez-vous apparemment clandestin avec Wulfric. Elle avait l'impression d'être enfermée dans Streoneshalh depuis une éternité. Pourtant, il n'en était rien, c'était un sentiment provoqué par la tension ambiante.

Elle était troublée par le fait que Taran soit subitement devenu très ami avec Wulfric et maintenant avec Seaxwulf. Cela avait-il une signification particulière, liée à la mort d'Étain ?

Fidelma manquait de confiance en elle, dans ce pays étranger. Et le fait d'enquêter sur la mort de son amie la mettait mal à l'aise, la rendait mélancolique.

Elle descendit le chemin menant à l'entrée du port et prit la direction de la côte rocheuse. Quelques personnes se trouvaient alentour, mais aucune ne lui accorda la moindre attention, tandis qu'elle avançait, tête baissée, comme en pleine méditation.

Elle essayait de se remémorer les faits en sa possession.

Curieusement, elle se surprit à penser au moine saxon, Eadulf.

Fidelma n'avait jamais travaillé avec quiconque depuis qu'elle s'était qualifiée comme *dálaigh* de droit brehon. Elle avait toujours été unique juge de la vérité. Jamais elle n'avait dû dépendre d'une seconde opinion, encore moins collaborer avec un étranger. Pourtant, le plus intrigant était qu'elle ne considérait pas Eadulf comme un parfait étranger. Elle mit cela sur le compte des années d'études du Saxon à Durrow et à Tuaim Brecain. Mais cela ne pouvait être la seule explication du bizarre sentiment de camaraderie qu'elle commençait à éprouver pour Eadulf.

La Northumbrie avait d'étranges coutumes et était si éloignée de sa terre d'Irlande où régnait l'ordre ! Prise sur le fait, elle se mit à rire intérieurement. Elle supposait qu'un Saxon considérait ce système-ci comme l'ordre, comparé aux lois et au comportement irlandais. Elle se remémora un vers d'Homère dans l'*Odyssée* : « Je ne connais, moi, de vision plus douce aux yeux d'un homme ou d'une femme que celle de son propre pays. »

Elle était venue ici uniquement parce qu'Étain le lui avait demandé. Maintenant, Étain était morte. Fidelma n'aimait ni ce pays ni son peuple, sa fierté et son arrogance, son comportement et la sauvagerie de ses châtiments pour ceux qui enfreignaient la loi. Sur cette terre, la punition était tout, et l'on n'offrait au pécheur aucun espoir de rédemption, aucune possibilité de se racheter auprès des victimes. Elle voulait rentrer chez elle, dans sa maison de Kildare. Tous les Saxons lui déplaisaient. Pourtant, Eadulf était saxon.

Elle se mit à imaginer toutes sortes de choses et laissa échapper un murmure plein de colère.

Eadulf ressemblait-il à ceux de son sang ? Il avait de bonnes qualités. Elle l'appréciait, il l'amusait, elle admirait son esprit d'analyse. Pourtant, elle n'aimait pas les Saxons.

Comme elle n'aimait pas non plus maints habitants de sa propre nation. La fierté et l'arrogance n'étaient pas spécifiques à un groupe.

Fidelma laissa échapper un grand soupir. Elle se targuait de réfléchir avec logique et méthode. Ces idées désorganisées et confuses qui peuplaient son esprit alors qu'elle devait examiner le meurtre d'Étain la troublaient. Quelque chemin que son esprit empruntât, il semblait arriver à l'image d'Eadulf. Pourquoi lui ? Peut-être était-ce parce qu'elle était contrainte de travailler avec lui qu'il ne cessait d'envahir ses pensées ? Fidelma avait toutefois l'impression qu'il y avait une autre raison, sans parvenir à savoir laquelle.

Elle rentra à l'abbaye, où Eadulf demeura introuvable. Fidelma se rendit à l'*officium* de sœur Athelswith et attendit un moment. Elle se demandait si elle devait faire venir frère Taran pour commencer à l'interroger seule. Elle venait de prendre sa décision quand la porte s'ouvrit violemment sur sœur Athelswith, affolée.

— Sœur Fidelma ! Sœur Fidelma !

Celle-ci se leva, étonnée de voir la *domina* en proie à une telle agitation.

Sœur Athelswith avait l'air inquiète ; le visage en feu, elle semblait avoir couru.

— Eh bien, ma sœur, que se passe-t-il ?

Elle posa sur Fidelma de grands yeux fixes, son visage devint aussi blanc que neige en hiver. Il lui fallut un moment pour se reprendre et formuler sa phrase.

— C'est l'archevêque de Cantorbéry, Deusdedit. Il gît, mort, dans son *cubiculum*.

CHAPITRE XIII

— Que dites-vous ? demanda Fidelma, abasourdie, qui n'était pas sûre d'avoir bien entendu.

— Deusdedit, l'archevêque de Cantorbéry, est mort dans son *cubiculum*. Venez immédiatement, ma sœur.

Fidelma déglutit.

Un autre meurtre ? L'archevêque en personne ? Il s'agissait sûrement d'un accès de folie. Elle scruta le visage paniqué de sœur Athelswith et se pencha pour poser la main sur son bras.

— Ressaisissez-vous, ma sœur. En avez-vous informé quelqu'un d'autre ?

— Non, non, je suis tellement bouleversée que je n'ai pensé qu'à vous parce que... parce que...

Sœur Athelswith était certes troublée.

— Avez-vous envoyé quérir le médecin ? l'interrompit Fidelma

Elle répondit par la négative en secouant la tête.

— Frère Edgar est à Witebia pour une mission de charité auprès du fils du thane. Nous n'avons pas d'autre médecin céans.

— Allez d'abord chercher frère Eadulf. Il a quelque connaissance de la médecine. Après quoi, allez trouver l'abbesse Hilda et apprenez-lui la nouvelle. Dites à tous deux de se rendre immédiatement au *cubiculum* de Deusdedit.

Sœur Athelswith hocha la tête sans réfléchir et se sauva.

Fidelma se dépêcha de traverser le *domus hospitale* en direction de la chambre de Deusdedit, que sœur Athelswith lui avait montrée lorsqu'elle avait décrit l'organisation des quartiers réservés aux hôtes.

Elle s'arrêta sur le seuil. Dans sa hâte, sœur Athelswith avait laissé la porte entrouverte. Fidelma la poussa simplement et jeta un coup d'œil à l'intérieur.

Deusdedit était allongé sur son lit. À première vue, les draps n'avaient pas été dérangés. Il avait les mains paisiblement jointes, les yeux fermés, il était comme endormi. Sa peau avait une curieuse texture parcheminée, presque jaunie. Elle se souvint que l'archevêque ne semblait pas très bien lorsqu'elle l'avait vu dans le *sacrarium*.

Elle fit un pas en avant pour entrer dans la pièce, mais une main lourde la retint par l'épaule. Elle sursauta en laissant échapper un cri et se retourna.

Le visage rond de Wighard, le secrétaire de l'archevêque, la dévisageait.

— N'entrez point, ma sœur, dit-il dans un sifflement. Si vous tenez à la vie.

Fidelma le fixa sans comprendre.

— Que voulez-vous dire ?

— Deusdedit est mort de la peste jaune.

Elle entrouvrit la bouche, sous le choc.

— La peste jaune ? Comment le savez-vous ?

Wighard renifla, tendit le bras et referma la porte.

— Je me doutais depuis quelques jours que Deusdedit souffrait de ce fléau. Le jaunissement de ses yeux, la texture de sa peau. Il se plaignait constamment de faiblesse, de manque d'appétit et de constipation.

J'ai vu trop de victimes cette année pour ne pas reconnaître ces symptômes.

Fidelma sentit un grand froid l'envahir tandis qu'elle se rendait compte des implications de ce que l'homme venait de lui apprendre.

— Depuis combien de temps le savez-vous ? demanda-t-elle au lugubre Wighard.

Le secrétaire de l'archevêque fit une grimace malheureuse.

— Plusieurs jours. Je pense que je l'ai découvert au cours du voyage.

— Et vous avez permis que Deusdedit vienne ici et demeure parmi les frères ? s'insurgea-t-elle. Que faites-vous du risque de contagion ? Pourquoi ne pas l'avoir installé quelque part où il aurait pu être traité et soigné ?

— Il était nécessaire que Deusdedit, en tant qu'héritier de saint Augustin de Cantorbéry, dont la mission était de guider notre peuple au sein de l'Église de Rome, assiste à ce synode, assena Wighard.

— À quel prix ? rétorqua-t-elle.

— Le plus important était le synode, pas la maladie d'un homme.

L'abbesse Hilda accourait.

— Un autre décès ? dit-elle, interrogeant Fidelma et Wighard du regard. Quelle est cette terrible nouvelle que sœur Athelswith vient de m'apprendre ?

— Oui, il y a eu une autre mort, mais il ne s'agit pas d'un meurtre, résuma Fidelma. Il semble que Deusdedit souffrait de la peste jaune.

Hilda la dévisagea un instant ; dans son regard alternaient incrédulité et panique.

— La peste jaune amenée ici, à Streoneshalh ?

Elle fit une génuflexion rapide.

— Dieu nous en préserve ! Est-ce la vérité, Wighard ?

— J'aimerais que ce ne le fût pas, ma mère, admit celui-ci, gêné. Mais oui, c'est exact.

— Apparemment, nos frères romains ont considéré qu'il était plus important que leur chef spirituel soit présent au synode plutôt que d'envisager le risque de contagion, remarqua Fidelma d'une voix amère. Qui sait comment va se répandre cette maladie maintenant ?

Wighard ouvrait la bouche pour répondre quand arriva sœur Athelswith.

— Où est frère Eadulf ? s'enquit Fidelma.

— Il sera là dans un instant, haleta-t-elle, essoufflée. Il est parti chercher quelques instruments qui lui permettront de procéder à l'examen du corps.

— Ce ne sera point nécessaire, gronda Wighard. Je dis vrai.

— Quand bien même, nous devons nous assurer de la cause de la mort et trouver un moyen d'empêcher que la contagion s'étende, répondit Fidelma.

Au moment même où elle finissait sa phrase, Eadulf approchait à pas pressés dans le couloir.

— Que se passe-t-il ? s'inquiéta-t-il. Sœur Athelswith m'a informé qu'il y avait un autre mort. La gorge tranchée ?

Wighard allait s'exprimer, mais Fidelma lui coupa l'herbe sous le pied.

— Deusdedit est mort.

Voyant les pupilles d'Eadulf s'agrandir, elle s'empressa de préciser :

— Wighard pense que c'est la peste jaune. Il n'y a pas de médecin à l'abbaye en ce moment. Pouvez-vous confirmer ce qui l'a emporté ?

Eadulf hésita, l'appréhension grandissait dans son regard. Mais il serra les lèvres et acquiesça, à contrecœur. Il parut rassembler tout son courage avant de pousser la porte du *cubiculum* puis il disparut à l'intérieur.

Il en ressortit quelques instants plus tard.

— Peste jaune, confirma-t-il sur un ton égal. Les symptômes me sont bien connus.

— Que conseillez-vous ? s'enquit aussitôt mère Hilda, visiblement inquiète. Des centaines de personnes sont réunies ici. Comment arrêter la contagion ?

— Le corps doit être enlevé sur-le-champ et brûlé sur la plage. Le *cubiculum* doit être désinfecté, il ne devra pas être utilisé avant que le risque de contagion ait complètement disparu. Quelques jours au moins.

Wighard était maintenant désireux de se racheter.

— Cette nouvelle ne devra être révélée à quiconque hormis nous quatre. Cela créerait une trop grande frayeur avant la fin du synode. Disons que le cœur de Deusdedit a cessé de battre. Nous pourrons révéler la vérité une fois le synode clos. Je trouverai des esclaves pour faire le nécessaire ici. Il vaut mieux que ce soit eux plutôt que nous, frères, qui soyons contaminés.

— Je doute que cela ait de l'importance, maintenant, répondit Eadulf d'une voix monocorde. Si quiconque a subi la contagion, le mal est déjà fait. Si vous suspectiez que Deusdedit souffrait de cette maladie, pourquoi ne pas nous avoir prévenus ?

Le secrétaire de l'archevêque baissa la tête sans répondre.

— C'est un mauvais présage, Wighard, observa craintivement l'abbesse.

— Point du tout, répondit le clerc replet. Je ne veux pas entendre parler d'augure. Je vais chercher les esclaves pour sortir le corps de l'archevêque.

Il leur tourna le dos et s'en alla accomplir sa tâche.

Eadulf s'adressa à l'abbesse :

— Que personne d'autre n'entre dans ce *cubiculum* tant qu'il n'a pas été nettoyé. Nous devons nous assurer que toute personne ayant été en relation avec Deusdedit prend des tisanes de bourrache, d'oseille ou de tanaisie et continue ainsi trois fois par jour pendant une semaine au moins. Votre abbaye possède-t-elle de telles préparations ?

Hilda en donna l'assurance.

Eadulf prit Fidelma par le bras et l'emmena un peu plus loin, dans le couloir.

— Le problème, murmura-t-il, c'est que les plantes qui neutralisent le mieux cette atroce maladie poussent seulement l'été, en juin et juillet. J'ai pris l'habitude d'avoir quelques préparations dans ma *pera* lors de mes voyages, j'ai donc une mixture de verge d'or et de linaire commune qui, mélangée à de l'eau chaude, puis rafraîchie et prise en boisson aidera à tenir cette peste jaune à distance. Je vous conseille aussi de manger autant de persil que possible, cru, si vous pouvez.

Fidelma le dévisagea un moment et sourit à son apparente anxiété.

— Vous semblez vous inquiéter grandement de ma santé, Eadulf.

Le Saxon fronça les sourcils.

— Bien sûr. Nous avons beaucoup à faire, répondit-il sèchement.

Il passa par le dortoir qu'il partageait avec d'autres frères sans statut particulier, disparut un moment avant de réapparaître chargé de sa petite besace de cuir.

Eadulf entraîna Fidelma jusqu'aux vastes cuisines où une trentaine de frères s'affairaient au-dessus de marmites pour subvenir aux besoins de la grande abbaye et de ses hôtes. Fidelma plissa le nez ; la puanteur des aliments rances se mêlait à d'innombrables senteurs indescriptibles. Elle s'étrangla un peu en distinguant l'odeur nauséabonde de chou pourri. Eadulf demanda à la cuisinière à l'air revêche la permission d'utiliser une bouilloire en fer ; elle leur promit d'envoyer quelqu'un pour les aider.

Surpris, ils virent arriver Gwid, la bouilloire à la main.

— Que faites-vous ici, ma sœur ? s'exclama Fidelma.

La Picte eut un sourire triste.

— Mon grec étant désormais inutile, je m'occupe en cuisine avant de décider de ce que je ferai. Quand le synode sera terminé, je crois que je rejoindrai un groupe qui se rend à Dál Riada, peut-être rentrerai-je à Iona.

Puis, tendant la bouilloire à Eadulf, elle demanda :

— Puis-je faire autre chose ?

Eadulf secoua la tête.

La grande fille s'en retourna à sa tâche, à l'autre bout de la cuisine.

— La pauvre, murmura Fidelma. J'ai de la peine pour elle. Elle a mal supporté la mort d'Étain.

— Vous aurez de la peine plus tard, la sermonna Eadulf. Pour l'instant, nous devons faire notre possible pour endiguer tout danger de contagion contre la peste.

Il se mit au travail, faisant frémir l'eau et préparant ses herbes, sous le regard intéressé de Fidelma.

— Êtes-vous sérieux avec cette protection contre la peste à base de plantes ? demanda-t-elle pendant qu'il ajoutait les herbes à son breuvage.

La question agaça Eadulf.

— C'est efficace.

Elle attendit en silence qu'il finisse sa préparation et la verse dans une grande jarre de faïence. Après quoi, il en remplit deux chopes en grès, en tendit une à Fidelma et leva la sienne en l'invitant à boire.

Fidelma sourit et porta la chope à ses lèvres. Le goût était infect, elle ne put réprimer une grimace.

— C'est un remède ancien, s'excusa Eadulf avec un sourire désarmant.

Fidelma lui rendit son sourire.

— Tant qu'il fait de l'effet... remarqua-t-elle. Quittons cet endroit et retrouvons les arômes du cloître. Les odeurs de cuisine me donnent un violent mal de tête.

— Très bien, mais apportons cette jarre à votre *cubiculum* d'abord.

— Vous devez en boire un verre chaque soir avant de vous coucher, lui prescrivit solennellement Eadulf comme ils se retrouvaient dans la quiétude du cloître après avoir déposé la jarre. Vous en aurez assez pour la semaine.

— Avez-vous appris cela à l'école de médecine de Tuaim Brecain ? demanda-t-elle.

Il acquiesça.

— J'ai appris bien des choses dans votre pays, Fidelma. À Tuaim Brecain, j'ai vu moult pratiques que je croyais impossibles. J'ai vu des docteurs ouvrir le crâne d'hommes et de femmes pour enlever des tumeurs, et ces hommes et ces femmes ont vécu.

Fidelma eut une moue indifférente.

— L'école de Tuaim Brecain est reconnue dans le monde entier. Le grand Bracan Mac Findloga, le médecin qui l'a fondée il y a deux siècles, est toujours éminemment respecté. Aviez-vous l'ambition de devenir médecin ?

— Non, fit Eadulf en secouant la tête. J'aspirais au savoir, quel qu'il fût. Dans mon pays, en tant que fils de *gerefa*, j'aurais hérité de la fonction de magistrat local, mais je voulais en savoir plus. Je voulais tout savoir. J'ai voulu dévorer la connaissance comme les abeilles le nectar, voletant d'une fleur à l'autre, mais sans jamais s'attarder. Je ne suis pas un savant, j'ai une petite connaissance dans maints domaines. C'est utile, de temps à autre.

— Parfois, c'est une bonne chose, convint Fidelma. Surtout dans la poursuite de la vérité, car la connaissance d'un seul sujet peut aveugler autant que ne posséder aucun savoir.

Eadulf fit un de ses petits sourires enfantins.

— Vous êtes versée dans le droit, sœur Fidelma. Le droit de votre pays.

— Mais dans nos écoles ecclésiastiques, on exige des étudiants une connaissance générale avant qu'ils soient qualifiés.

— Vous êtes *anruth*, je sais que c'est un cran au-dessous de la plus haute qualification en matière d'éducation dans votre pays. Mais que cela signifie-t-il ?

Fidelma sourit.

— L'*anruth* a derrière lui au moins huit années d'études, souvent neuf, et il est maître dans son domaine, tout en ayant une connaissance de la poésie, de la littérature, de la topographie historique et de maints autres sujets.

Eadulf soupira.

— Hélas, notre peuple n'a point d'établissements comme les vôtres. Il a fallu attendre l'arrivée des enseignements chrétiens, la fondation des monastères pour que l'on apprenne enfin à lire et à écrire.

— Mieux vaut tard que jamais.

Eadulf s'esclaffa.

— Bien dit, Fidelma. Voilà pourquoi j'éprouve cette insatiable soif de connaissance.

Il se tut. Ils demeurèrent silencieux quelques instants. Étrangement, Fidelma ne ressentait pas de gêne dans ce silence. C'était un silence de compagnons. De compagnons. Elle reconnut soudain ce sentiment qu'elle avait éprouvé. Ils étaient compagnons dans l'adversité. Elle sourit, heureuse de cette explication au chaos de son esprit.

— Nous devrions reprendre notre enquête, suggéra-t-elle. La mort de Deusdedit ne nous fait pas avancer vers la résolution du meurtre d'Étain.

Eadulf claqua soudain des doigts, la faisant sursauter.

— Je suis idiot ! gronda-t-il. Je suis là, à réfléchir à moi-même, alors que je devrais m'affairer à ce qui nous occupe.

Fidelma fut surprise par cette colère subite contre lui-même.

— Vous m'aviez demandé de m'enquérir du passé d'Athelnoth, poursuivit-il.

Il fallut un moment à Fidelma pour retrouver ses soupçons sur Athelnoth, un moment oubliés.

— Et vous avez découvert quelque chose ?

— Athelnoth nous a menti.

— Nous le savions déjà, dit-elle. Mais avez-vous quelque précision sur ce point ?

— Comme convenu, je me suis renseigné auprès des autres frères. Vous souvenez-vous qu'il a prétendu avoir fait la connaissance d'Étain quand il l'a escortée jusqu'ici à la demande de Colmán ?

Fidelma hocha la tête.

— Vous m'aviez conté qu'Étain était une princesse eoghanacht dont l'époux avait été tué et qui par la suite était entrée dans les ordres.

— Oui.

— Et qu'elle avait enseigné à l'abbaye de Sainte-Ailbe d'Emly avant de devenir abbesse à Kildare.

À nouveau, Fidelma opina du chef, patiente.

— Et elle fut élue abbesse de Kildare... ?

— Il y a seulement deux mois. Où voulez-vous en venir, Eadulf ? le supplia Fidelma.

Celui-ci sourit, fier de lui.

— L'an dernier, Athelnoth a passé six mois à l'abbaye d'Emly. J'ai trouvé un frère qui était étudiant avec lui. Ils y sont allés ensemble et sont revenus en Northumbrie ensemble.

Fidelma écarquilla les yeux.

— Athelnoth a étudié à Emly ? Alors il a dû rencontrer Étain là-bas, et il doit parler l'irlandais, contrairement à ce qu'il nous a dit.

— Donc, sœur Gwid avait raison, rappela Eadulf. Athelnoth connaissait Étain et sans aucun doute la désirait-il.

Sa voix se teinta d'un accent d'autosatisfaction :

— Quand Étain l'a rejeté, il a été si mortifié qu'il l'a tuée.

— Ce n'est pas forcément la suite logique, remarqua Fidelma. Bien que je vous accorde que cette déduction soit possible.

Eadulf écarta les mains.

— Je crois toujours que l'histoire de la broche était fausse. Athelnoth a menti du début à la fin.

Fidelma fit soudain une grimace.

— Nous avons omis un autre point. Si Athelnoth se trouvait à Emly l'an dernier, alors il devait connaître sœur Gwid. C'était une étudiante d'Étain.

Eadulf eut un petit sourire satisfait.

— Non. J'y avais pensé. Athelnoth était à Emly avant Gwid. Il l'a quittée un mois avant qu'elle n'arrive. J'ai demandé à Gwid à quelle période elle avait étudié là-bas, puis j'ai vérifié celle d'Athelnoth. Son compère de l'époque s'est montré des plus serviables.

Fidelma se leva, incapable de dissimuler son excitation.

— Envoyons chercher Athelnoth sur-le-champ pour expliquer ce mystère.

Sœur Athelswith passa la tête dans l'entrebâillement de la porte de l'*officium*.

— Je n'ai pas pu trouver frère Athelnoth, sœur Fidelma. Il n'est ni dans le *domus hospitale*, ni dans le *sacrarium*.

Fidelma s'énerva.

— Il doit être quelque part dans l'abbaye, protesta-t-elle.

— Je vais envoyer une sœur pour vérifier, lança Athelswith avant de s'en aller prestement.

— Nous pourrions aussi jeter un coup d'œil nous-mêmes dans le *sacrarium*, au cas où la bonne sœur l'ait manqué, suggéra Eadulf. Ce ne serait point surprenant avec cette foule.

— Cela nous permettra au moins de trouver frère Taran et d'avoir l'occasion de lui parler, acquiesça Fidelma en se levant.

Les cris leur parvinrent avant même qu'ils n'ouvrent les portes du *sacrarium* ; ils se faufilèrent à l'intérieur. Le débat faisait rage. Wilfrid était debout, frappant du plat de la main sur le lutrin de bois devant lui avec agitation.

— C'est un scandale ! Une invention de Cass Mac Glais, le porcher de votre païen de roi irlandais Loegaire[1] !

— Ce n'est pas vrai ! s'écria Cuthbert, également debout, rouge de colère.

Le vieux Jacques le Diacre, qui était arrivé au royaume du Kent avec Paulin le missionnaire soixante années auparavant, se mettait debout à son tour, aidé par ses voisins. Il se tint en équilibre précaire, les deux mains placées devant lui, sur une canne, par-dessus laquelle il se pencha. Les bancs firent silence en aper-

1. Roi de Tara au Ve siècle, converti par saint Patrick. *(N.d.T.)*

cevant le vieillard. Même les partisans de Colomba se turent. On ne pouvait nier l'autorité de Jacques, grâce à son lien avec saint Augustin de Cantorbéry, envoyé par Grégoire le Grand pour évangéliser les païens des royaumes saxons.

Il attendit que le silence s'installe dans la grande chapelle pour commencer à parler, d'une voix brusque et rocailleuse.

— Je vous présente des excuses pour mon jeune ami Wilfrid de Ripon.

Un murmure de surprise gagna l'assemblée et Wilfrid releva la tête, irrité.

— Oui, continua Jacques sans se laisser impressionner. Wilfrid est dans l'erreur concernant l'origine de la tonsure choisie par les Irlandais et les Bretons.

Il retenait désormais l'attention de tous.

— Nos frères ont été trompés. Leur tonsure est celle que portait Simon le Magicien de Samarie, qui pensait acheter le pouvoir du Saint-Esprit et fut légitimement réprimandé par Pierre. Dans ma jeunesse, je suis venu sur cette île avec Paulin. Nous portions la même tonsure que celle de notre Saint-Père, Grégoire le Grand, la même que celle d'Augustin de Cantorbéry et ses compagnons. Nous avons éprouvé de la colère en constatant que les Bretons et nos frères d'Irlande avaient choisi un symbole contraire à leur foi. Je vous le demande, frère Cuthbert, vous qui aspirez au couronnement éternel de la vie, pourquoi persistez-vous à arborer sur votre tête un semblant imparfait de couronne en contradiction avec votre foi ?

Cuthbert se dressa avec colère.

— Avec votre permission, vénérable Jacques, ceci est la tonsure attribuée au saint apôtre Jean et à nul autre. Vous constaterez qu'elle a l'apparence d'une couronne ou d'un cercle.

Jacques secoua la tête.

— Si je me trouve directement face à vous, frère. Mais si vous inclinez la tête vers moi ou si vous vous tenez dans toute autre position...

Fronçant les sourcils, Cuthbert s'exécuta.

Le banc romain partit d'un grand éclat de rire.

— Voyez, une couronne imparfaite, un demi-cercle : *decurtatam eam, quam te vidisse putabas, invenieabas*[1] ! s'écria le vieillard.

Cuthbert se rassit brusquement en rougissant.

Jacques le Diacre désigna le petit cercle rasé sur son propre crâne.

— Voici le véritable cercle, symbole de la couronne d'épines, bénit par Pierre, la pierre sur laquelle notre Église est bâtie. Certaines Églises bretonnes l'acceptent même désormais. Certains qui ont fui cette terre pour s'installer en Ibérie, en Galice, ont accepté la *corona spinea*. Il y a trente ans, le synode de Tolède exigea la suppression de votre tonsure barbare dans le clergé des Bretons de Galice.

Jacques reprit place sur son siège, souriant d'un air satisfait.

Fidelma sentit la colère monter en elle au silence qui régnait sur les bancs de Colomba. Pourquoi personne ne prenait la parole pour expliquer la tonsure de Colomba et sa profonde signification mystique ? Pour les guerriers d'Irlande et de Bretagne, il était déshonorant d'être privé de cette partie de leur chevelure, cela faisait d'eux moins que des hommes. Aux temps anciens des druides, la tonsure — appelée *airbacc giunnae* — était la même. Pour le peuple d'Irlande, elle avait un sens ancien et mystique. Fidelma fit un pas en avant, et s'apprêtait à prendre la parole quand Eadulf lui saisit le bras.

1. Et on s'aperçoit que ce qu'on s'attendait à voir est tronqué. (*N.d.T.*)

Elle sursauta et se tourna vers lui.

D'un signe de tête, il désigna l'autre côté du *sacrarium.*

Frère Taran quittait l'assemblée par une des portes latérales.

Fidelma se mordit la lèvre puis, comme elle se retournait vers la salle, elle vit qu'un orateur s'était levé et défendait haut et fort leur position.

Il leur était impossible de traverser la foule pour suivre Taran, mieux valait quitter la salle par la porte qu'ils avaient empruntée en arrivant, et tenter de l'intercepter.

Elle fit signe à Eadulf de la suivre.

À l'extérieur, ils firent le tour du *sacrarium* sans trouver la moindre trace de Taran.

— Il n'a pu aller très loin, commenta Eadulf d'une voix irritée.

— Essayons cette direction, dit Fidelma en désignant le chemin longeant le *monasteriolum.*

Ils se hâtèrent d'emprunter le cloître et aboutirent à la cour carrée devant le *librarium.*

— Attendez ! souffla Fidelma en attirant Eadulf dans l'ombre.

Au centre de la cour se détachaient les silhouettes de Wulfric et de frère Seaxwulf, semblant attendre Taran, qui accourait dans leur direction.

Seaxwulf dit quelque chose et fit immédiatement demi-tour pour se diriger vers le bâtiment. Fidelma remarqua pour la première fois qu'il marchait curieusement, dos courbé, souffrant visiblement. Elle se souvint de ce qu'avait dit l'abbesse Abbe sur la punition qu'avait réservée l'abbé Wilfrid à son voleur de secrétaire. Il avait été fouetté. Un frisson lui parcourut l'échine en songeant aux blessures laissées par un châtiment d'une telle violence.

Wulfric et Taran regardèrent le moine saxon s'éloigner, jusqu'à ce qu'il ait disparu à l'intérieur. Puis Taran sortit de son habit un objet qu'il tendit à Wulfric. Celui-ci y jeta un coup d'œil, le rangea dans sa tunique avant de dire un mot à voix basse et de ricaner. Alors il tourna les talons et s'en alla vers le portail latéral.

Frère Taran se figea un moment, le suivit des yeux, les mains sur les hanches, puis il se retourna lentement pour traverser la cour carrée en direction de l'endroit où se trouvaient Fidelma et Eadulf.

Ceux-ci sortirent de leur abri.

Taran sursauta en les apercevant et jeta un rapide coup d'œil par-dessus son épaule, à l'évidence pour s'assurer que Wulfric avait disparu. Voyant que celui-ci avait déjà franchi le portail, Taran les salua d'un sourire confiant.

— Belle journée, sœur Fidelma, lança-t-il. Vous êtes frère Eadulf, n'est-ce pas ? J'ai entendu parler de votre enquête. D'ailleurs, l'abbaye ne parle que de cela. La controverse à son sujet vaut presque celles du synode.

Fidelma ne réagit pas à sa tentative de paraître sociable et aimable.

— Nous nous promenions pour échapper à l'ennui de nos chambres poussiéreuses. Comme vous dites, la journée est belle. Mais notre rencontre tombe à point nommé.

— Ah ? Comment cela ? s'enquit le Picte, soudain méfiant.

— Vous avez rendu visite à Étain dans son *cubiculum* le jour de sa mort, n'est-ce pas ?

Pendant un court instant, Taran parut surpris.

— Heu... Effectivement, reconnut-il. Pourquoi cette question ?

Puis il sourit.

— Bien sûr, suis-je idiot ! Oui, je suis allé la voir, mais c'était tôt dans la matinée.

— Pour quelle raison ? demanda Eadulf.

— C'était une affaire personnelle.

— Personnelle ? répéta Fidelma sur un ton mordant.

— Je connais... Je connaissais l'abbesse Étain et je trouvais normal de lui faire savoir ma présence à Streoneshalh et de lui souhaiter bonne chance pour les débats.

— Quand l'avez-vous rencontrée ? demanda Fidelma. Vous n'aviez pas mentionné ce fait durant notre voyage depuis Iona.

— Vous ne m'avez pas interrogé, rétorqua Taran avec aplomb. Vous saviez que j'avais étudié en Irlande. J'ai appris la philosophie à Emly et sœur Étain, c'était son nom à l'époque, avait un temps été mon professeur.

— Vous aussi avez étudié là-bas ? s'étonna Fidelma. L'établissement est renommé pour son enseignement, mais il semble que le nombre d'étudiants soit décidément élevé. Y avez-vous croisé sœur Gwid ?

Taran cligna des paupières, se remit de sa surprise et secoua la tête.

— Non. J'ignorais même qu'elle y avait étudié. Pourquoi ne me l'a-t-elle pas dit ?

— Peut-être parce que vous ne le lui aviez pas demandé, ne put s'empêcher de riposter Fidelma.

— Y avez-vous rencontré Athelnoth ? demanda Eadulf.

— Lui, je le connais. Je terminais mes études quand il est arrivé. Je l'ai connu un mois ou deux avant mon départ. Mais vous dites que sœur Gwid y était aussi ?

— Elle y a passé quelque temps, répondit Fidelma. Aviez-vous revu Étain depuis que vous avez quitté Emly ?

— Non. Mais j'ai toujours eu du respect pour elle. C'était un excellent professeur, aussi quand j'ai appris qu'elle se trouvait ici, j'ai fait mon possible pour la trouver. En effet, j'ignorais qu'elle était devenue abbesse de Kildare. C'est pourquoi je n'ai pas fait le lien entre Étain et vous, sœur Fidelma.

— Combien de temps avez-vous passé avec elle le jour de sa mort ? voulut savoir Eadulf.

Taran pinça les lèvres, prenant un instant pour réfléchir.

— Un court moment, dirais-je. Nous étions convenus de nous revoir plus tard dans la journée, car elle était occupée à préparer son discours inaugural et n'avait pas le temps de discuter.

— Je vois. Eh bien, nous ne vous retenons pas plus longtemps, sourit Fidelma.

Taran salua chacun d'eux de la tête et fit demi-tour. Il avait parcouru quelques pas quand Fidelma l'interpella d'une voix douce :

— Au fait, avez-vous vu Wulfric récemment ?

Taran pivota, fronça les sourcils. Pendant un instant, Fidelma crut lire la panique sur son visage. Puis elle fut remplacée par un masque traduisant l'incompréhension.

— Vous vous souvenez de l'odieux thane que nous avons rencontré sur la route ? Celui qui se vantait d'avoir pendu le moine de Lindisfarne, reprit-elle.

Taran avait les yeux mi-clos, comme s'il cherchait à comprendre le sous-entendu de Fidelma. Celle-ci se retenait de sourire en le dévisageant.

— Je... Je crois l'avoir aperçu.

— Il s'agit de l'un des gardes d'Alhfrith, je crois, indiqua Eadulf comme pour l'aider à identifier Wulfric.

— Vraiment ?

Taran tentait de paraître fort peu intéressé :

— Non, je ne l'ai point vu récemment.

Sœur Fidelma se tourna en direction du *monasteriolum* et lança par-dessus son épaule, tout en marchant :

— Un méchant homme. Il faut s'en méfier.

Eadulf s'empressa de lui emboîter le pas, tandis que Taran, immobile, bouche bée, les regardait partir, inquiet.

— Était-il sage de le mettre sur ses gardes ? murmura Eadulf, bien qu'ils ne puissent être entendus.

Fidelma soupira patiemment.

— Il ne nous dira pas la vérité. Laissons-le croire que nous en savons plus que ce n'est le cas. C'est une méthode qui inquiète parfois et pousse les gens à faire des choses qu'ils ne feraient pas sinon. Voyons maintenant à quoi s'occupe Seaxwulf.

Ils le trouvèrent au *librarium*, plongé dans un ouvrage. Il s'agita en les voyant arriver.

— En quête de perfection, mon frère ? lui lança Eadulf, jovial.

Seaxwulf referma le livre d'un coup et se mit debout. Il paraissait hésitant, comme s'il souhaitait dire quelque chose mais était trop gêné pour le faire. Sa soif de connaissance l'emporta.

— Je voudrais savoir une chose sur l'Irlande, sœur Fidelma. Est-ce la coutume pour des amants d'échanger des présents ? demanda-t-il brusquement.

Fidelma et Eadulf se lancèrent un regard surpris.

— Je crois que c'est en effet la coutume, répondit-elle avec sérieux. Songez-vous à une personne en particulier qui ait reçu un tel cadeau ?

Seaxwulf rougit et marmonna quelque chose avant de se hâter de quitter l'obscure bibliothèque.

Avec curiosité, Fidelma se pencha sur le bureau pour ouvrir le livre qu'il consultait. Elle eut un grand sourire.

— La poésie amoureuse hellénistique. Que cherche donc le jeune Seaxwulf, je me le demande? commenta-t-elle d'un air songeur.

Eadulf s'éclaircit la gorge, et enchaîna sur un ton bourru :

— Je crois qu'il est temps de partir en quête d'Athelnoth.

Fidelma reposa le volume, qu'un *librarius* inquiet venait reprendre précipitamment.

— Vous avez peut-être raison, Eadulf.

Cependant, Athelnoth demeura introuvable dans toute l'abbaye. Eadulf demanda au portier s'il avait vu le frère s'en aller. L'homme se montra fort obligeant. Il leur apprit qu'Athelnoth avait quitté l'abbaye juste après l'angélus du matin, mais qu'il était censé rentrer plus tard dans la soirée. De plus, leur confia le portier sur un ton de conspirateur, il avait emprunté un cheval de l'écurie royale sans que personne n'y trouve à redire.

Quand sonna l'heure de la *cena*, le repas principal de la journée, Athelnoth n'était toujours pas de retour.

Fidelma décida finalement d'attendre le lendemain matin pour l'interroger, si toutefois le moine disparu tenait sa promesse de revenir à l'abbaye.

CHAPITRE XIV

Fidelma nageait dans une eau limpide, elle sentait sur son corps la chaleur des vaguelettes à travers lesquelles elle progressait avec langueur. Au-dessus d'elle scintillait le disque doré du soleil, bien haut dans le ciel d'azur. Il chauffait l'eau de ses rayons. Elle entendait le pépiement des oiseaux sur la rive bordée d'arbres et de verdure. Elle se sentait en paix, heureuse d'évoluer dans cet environnement. Mais soudain, quelque chose lui agrippa la jambe, une algue, pensa-t-elle, qui lui enserrait la cheville. Elle tenta de se libérer d'un coup de pied, mais sa jambe était prise au piège, elle était attirée vers le fond. Sa vision s'obscurcit. Elle était entraînée, inéluctablement. Elle se débattit, elle lutta pour reprendre son souffle, elle résistait...

Et se réveilla, en nage. Quelqu'un lui tirait la manche et elle se débattait contre cette secousse insistante.

Sœur Athelswith se tenait au-dessus d'elle, un bougeoir allumé à la main. Fidelma cligna des yeux. Il lui fallut un instant pour reprendre ses esprits, elle essuya d'une main la sueur sur son visage.

— Vous faisiez un cauchemar, ma sœur, commenta la responsable du *domus hospitale* sur un ton de reproche.

Sœur Fidelma bâilla et remarqua que son haleine formait de la buée à la lueur de la flamme vacillante. Il faisait encore nuit, l'atmosphère glaciale du petit matin la fit frissonner.

— Ai-je dérangé les hôtes à cause de mon rêve ? demanda-t-elle.

Se rendant compte aussitôt que l'anxieuse *domina* ne pouvait être entrée dans son *cubiculum* pour la réveiller à cause d'un simple rêve, elle ajouta :

— Que se passe-t-il ?

L'expression de sœur Athelswith était difficile à discerner dans la pénombre.

— Vous devez me suivre immédiatement, ma sœur.

Elle chuchotait. Sa voix était si faible qu'elle semblait avoir quelque chose dans la gorge.

Fronçant les sourcils, Fidelma repoussa sa couverture ; l'air froid la saisit.

— Ai-je le temps de m'habiller ? demanda-t-elle en s'emparant de ses vêtements.

— Mieux vaut venir aussi vite que vous le pouvez. L'abbesse Hilda vous attend, j'ai aussi fait mander frère Eadulf.

L'esprit de Fidelma avait retrouvé sa vivacité.

— La peste jaune a-t-elle causé une nouvelle mort ?

— Ce n'est pas la peste, ma sœur.

Intriguée, Fidelma se hâta d'enfiler son habit et son voile par-dessus sa chemise de nuit avant de suivre la silhouette agitée de sœur Athelswith, qui la guidait, bougie à la main.

À sa surprise, celle-ci ne prenait pas le chemin du logis de l'abbesse, mais se hâtait en direction du dortoir des hommes ; elle s'arrêta devant la porte d'un *cubiculum* et l'ouvrit en détournant curieusement les yeux, tout en faisant signe à Fidelma d'entrer. Au moment où cette dernière passait le seuil, elle se rendit compte qu'elle était déjà venue là. Le *cubiculum* était éclairé par deux chandelles.

La première personne que vit Fidelma fut Eadulf, débraillé, les cheveux ébouriffés, l'œil surpris et ensommeillé. Derrière lui se tenait la silhouette décharnée d'Hilda, mains cachées dans ses manches, tête baissée.

— Qu'y a-t-il ? demanda Fidelma en avançant d'un pas dans la cellule.

Eadulf ne dit rien mais donna un petit coup dans la porte du bout de sa sandale.

Il fit un signe de tête en direction du coin.

Fidelma se retourna et ouvrit la bouche malgré elle.

Le corps d'Athelnoth pendait le long du mur, accroché à une patère sur laquelle se trouvait habituellement son habit et sa *pera*. Effectivement, ce *cubiculum* ne lui était pas inconnu. Il s'agissait de celui d'Athelnoth.

Fidelma recula, plissant les yeux, reprenant ses esprits. Athelnoth était en chemise de nuit. La solide corde de son habit enserrait son cou, elle était attachée à l'une des patères en bois, à six pieds de hauteur. Ses orteils nus effleuraient à peine le sol. Un tabouret retourné gisait non loin. Athelnoth avait le visage noirci, sa langue dépassait entre ses lèvres.

— Un suicide, à Streoneshalh.

L'abbesse Hilda venait de rompre le silence. Dans son ton, on percevait l'ampleur du choc et de la réprobation.

— Quand le corps a-t-il été découvert ? demanda Fidelma avec calme.

— Il y a moins d'une demi-heure, répondit Eadulf. Il semble qu'Athelnoth soit rentré à l'abbaye après la tombée de la nuit. Vous aurez peut-être remarqué que la clepsydre qu'apprécie tant la bonne *domina* se trouve au bout de ce couloir. Athelswith approchait pour la régler quand elle a entendu un bruit venant de ce *cubiculum* : sans aucun doute s'agissait-il du tabouret dans lequel Athelnoth venait de donner un coup de pied. Elle a aussi entendu des bruits étranges, sûrement le pauvre diable qui s'étranglait. Elle a frappé à la porte pour savoir ce qui se passait. Aucune réponse. Finalement, elle a ouvert et a vu Athelnoth pendu là. Elle a filé chercher mère Hilda, qui a pensé que nous devions être informés sur-le-champ.

L'abbesse acquiesça lentement pour confirmer ses dires.

— Vous avez interrogé Athelnoth sur le meurtre d'Étain, je crois ? Frère Eadulf me dit que vous étiez sur le point de lui poser d'autres questions car vous aviez tous deux de grands soupçons. Il vous aurait menti ?

Sœur Fidelma hocha la tête d'un air absent en se retournant vers le pendu. Elle prit une bougie sur la table et la tint assez près pour bien distinguer le corps. Elle l'examina avec attention, puis se concentra sur le tabouret à trois pieds, renversé. Elle le ramassa et le plaça près du corps, avant de monter dessus avec précaution. Là, elle regarda l'arrière de la tête du cadavre. Elle redescendit et pinça les lèvres, silencieuse, avant de se tourner vers l'abbesse.

— Ma mère, pouvons-nous vous faire notre rapport plus tard dans la matinée ? Je crois la mort de frère Athelnoth liée à celle d'Étain. À quel point, telle est la question à laquelle nous devons répondre.

L'abbesse hésita, jeta un regard inquiet à Eadulf puis acquiesça.

— Fort bien. Mais vous devez vous hâter de résoudre ce mystère. Les enjeux sont trop importants.

Fidelma attendit qu'Hilda ait quitté la pièce. Eadulf lui jeta un regard interrogateur.

— Il n'y a pas de doute à avoir, ma sœur, hasarda-t-il. Nous avions raison de penser qu'Athelnoth avait occis Étain, car elle avait refusé ses avances licencieuses. Après notre interrogatoire, quand il a compris qu'il était découvert, terrassé par le remords, il a décidé de se donner la mort.

Fidelma continuait de contempler le corps du pendu.

— Cela pourrait sembler évident, répondit-elle après un instant.

Puis elle s'approcha de la porte et l'ouvrit.

Sœur Athelswith attendait à l'extérieur.

— Dites-moi, ma sœur, quand vous avez entendu le bruit dans cette cellule, où vous trouviez-vous exactement ?

— Au bout du couloir, je réglais le mécanisme de la clepsydre, répondit la vieille *domina* en désignant l'endroit de la tête.

— Entre le moment où vous avez entendu le bruit et celui où vous avez vu le corps, n'avez-vous jamais perdu de vue la porte de ce *cubiculum* ?

La religieuse fronça les sourcils, essayant de comprendre la question.

— Je me suis figée en entendant ce bruit, j'ai essayé de savoir d'où il venait. Il m'a fallu quelques instants pour le déterminer. J'ai avancé lentement dans le couloir et j'ai entendu un autre bruit en approchant. C'est alors que j'ai frappé en demandant : « Tout va bien ? » Comme il n'y avait aucune réponse, je suis entrée.

Fidelma avait l'air songeur.

— Je vois. Donc la porte était visible pendant tout ce temps.

— Oui.

— Merci. Vous pouvez vaquer à vos devoirs. Je saurai où vous trouver si j'ai à nouveau besoin de vous.

Sœur Athelswith inclina la tête et s'empressa de partir.

Eadulf n'avait pas bougé, il contemplait toujours Fidelma, sourcils froncés, perplexe.

Celle-ci l'ignora.

Elle se mit derrière la porte close et étudia le *cubiculum*. Agencé comme tous les autres, il s'agissait d'une pièce minuscule, étroite, meublée d'un petit lit de bois ; l'oreiller était froissé, les draps de travers, Athelnoth y avait visiblement dormi. À côté se trouvaient une table et le tabouret. Elle promena son regard dans la chambre. La fenêtre, scellée de barreaux, se trouvait à six pieds du sol.

Eadulf, stupéfait, la vit s'agenouiller soudain pour regarder sous la couche. Il y avait un espace d'un pied environ. Elle se releva pour s'emparer d'une chandelle, qu'elle approcha du sol.

Sous le lit, il y avait de la poussière, qui avait été dérangée. En un endroit, quelques taches de sang maculaient le sol.

Elle leva les yeux vers Eadulf avec un sourire triomphant.

— C'est une bonne chose qu'il y ait un certain laisser-aller dans la tenue de l'hôtellerie d'Athelswith. Soyons reconnaissants envers nos sœurs qui ont l'habitude de ne point balayer sous les lits.

— Je ne comprends pas, répondit-il. De la poussière ? En quoi cela constitue-t-il une chance ?

Mais Fidelma avait déjà remarqué autre chose — un éclat de bois sur un des pieds du lit, d'où elle arracha quelques fils de lainage grossier.

Soupirant, elle se remit sur ses pieds.

— Eh bien ? relança Eadulf.

Fidelma lui sourit.

— Comment comprenez-vous cette scène ?

— Comme je l'ai dit. Accablé par le remords, Athelnoth s'est donné la mort dès l'instant où il s'est su démasqué.

Fidelma secoua la tête pour marquer son désaccord.

— N'êtes-vous point frappé par l'absence de remords dont a fait preuve Athelnoth quand nous lui avons parlé, avant-hier ?

— Non. C'est un sentiment qui ne naît pas immédiatement.

— C'est vrai. Mais ne vous paraît-il pas étrange qu'Athelnoth ait quitté l'abbaye hier matin pour ne revenir qu'après la nuit ? Où est-il allé ? Quelle était sa mission ? Ensuite, de retour de sa mystérieuse course, il se prépare pour la nuit, s'endort. Vous avez remarqué qu'on a dormi sur cette couche. Il s'éveille avant l'aube et c'est alors, seulement, qu'il se sent frappé par le remords et décide de mettre fin à ses jours ?

Eadulf fit une grimace, sur la défensive.

— Je vous accorde qu'il y a là quelque étrangeté. J'aimerais certes savoir où il est allé. Mais tout le reste s'enchaîne. Le remords agit d'une curieuse façon sur le destin.

— Il ne pousse pas une personne à s'assommer en se frappant à l'arrière de la tête avant de se pendre.

Eadulf écarquilla les yeux, abasourdi.

Fidelma lui tendit calmement la chandelle.

— Voyez vous-même.

Le moine saxon grimpa à son tour sur le tabouret que Fidelma avait laissé en place. Il souleva le bougeoir et vit la tache noire sur la nuque du pendu. Les cheveux étaient collés par le sang.

— Cela ne prouve rien, grommela-t-il avec réticence. Dans son agonie, il a pu se cogner la tête contre le mur.

— Si tel était le cas, il y aurait du sang, à l'endroit où elle a heurté le mur. Montrez-le-moi.

Eadulf se tourna et examina la paroi, sans trouver la moindre tache.

Il se tourna vers elle, l'air confus.

— Dites-vous qu'il a reçu un coup sur la nuque et qu'on l'a ensuite mis dans cette position pour qu'il meure étranglé ?

— Un coup de gourdin ou d'un autre objet similaire, acquiesça Fidelma.

— Quelqu'un l'a frappé, puis l'a pendu pour faire croire à un suicide ?

— Oui, c'est précisément ce que je dis.

— Comment ?

— Notre meurtrier pénètre dans la cellule, frappe Athelnoth sur la tête et parvient à le pendre à cette patère alors qu'il est inconscient.

— Puis il s'en va ?

— Il ou elle, corrigea Fidelma.

Eadulf descendit de son perchoir et remarqua, grinçant :

— Vous omettez un détail, ma sœur. Il n'y a nul endroit où se cacher et sœur Athelswith se trouvait dans le couloir quand elle a entendu le bruit. Elle n'a pas quitté la porte des yeux et personne n'est sorti d'ici.

Le ton sarcastique du frère la piqua au vif.

— Que nenni, je n'ai pas oublié ce fait. Sœur Athelswith a bien entendu du bruit au moment du crime. Elle a demandé si tout allait bien, alertant ainsi le meurtrier. Celui-ci a gardé le gourdin par-devers lui et s'est caché dans le seul endroit possible, sous la couche. Quelques fils de son habit se sont coincés dans le pied de lit abîmé et des gouttes de sang se sont écoulées du gourdin. Vous pouvez l'observer par vous-même. Quand sœur Athelswith est entrée, elle n'a eu d'yeux que pour le corps, puis elle a couru chercher l'abbesse, donnant ainsi tout loisir au meurtrier de s'enfuir.

Eadulf sentit le rouge envahir ses joues. Ces déductions paraissaient si simples pour Fidelma !

— Je m'excuse, dit-il lentement. Je croyais mes yeux aguerris contre de tels subterfuges.

— Ce n'est pas grave. Le principal est que la vérité soit faite.

Son air abattu faisait presque de la peine à Fidelma.

— Et que nous apprennent ces fils ? rebondit Eadulf.

— Bien peu de chose, hélas. Il s'agit d'un tissu fort commun. Ils pourraient venir de n'importe quel vêtement. Mais peut-être apercevrons-nous quelqu'un avec une déchirure à son habit ou de la poussière, qui nous permettrait de l'identifier.

Eadulf se frotta le nez.

— Une question demeure : pourquoi l'assassin voulait-il la mort d'Athelnoth ?

— J'imagine qu'Athelnoth savait quelque chose incriminant le véritable meurtrier, ou que celui-ci le pensait. Il a été assassiné pour l'empêcher de parler.

Elle marqua un temps et déclara avec fermeté :

— Nous devrions informer l'abbesse que nous sommes loin d'en avoir terminé avec cette affaire.

Hilda les accueillit avec un sourire réjoui auquel ils n'étaient pas habitués.

— Le roi Oswy sera content de votre travail, commença-t-elle en leur indiquant un siège près de l'âtre où brûlait le feu de tourbe.

Sœur Fidelma jeta un regard lourd de sens à Eadulf.

— Notre travail ?

— Bien entendu, poursuivit l'abbesse de son ton satisfait. Le mystère est résolu. Le misérable Athelnoth a occis mère Étain et, de remords, il s'est pendu. Le motif était une ambition charnelle. Rien à voir avec la politique. Frère Eadulf m'a tout expliqué.

Ce dernier rougit, gêné.

— Lorsque je vous ai conté tout cela, ma mère, j'avais omis certains éléments.

Fidelma décida de ne point aider le moine saxon à sortir du mauvais pas dans lequel il s'était mis seul.

Hilda fronça les sourcils, agacée.

— Dites-vous que vous avez fait une erreur en m'annonçant que l'affaire était close ?

Piteux, Eadulf hocha la tête.

Hilda serra les mâchoires, Fidelma grimaça en l'entendant grincer des dents.

— Êtes-vous sûrs de ne point vous tromper, cette fois ?

Eadulf lança un regard désespéré vers Fidelma, qui eut pitié de lui.

— Ma mère, frère Eadulf n'était pas en possession de tous les faits. Athelnoth a lui aussi été assassiné. Le meurtrier est toujours en liberté, dans l'abbaye.

Hilda ferma les yeux et ne put réprimer un gémissement.

— Que vais-je dire à Oswy ? Nous sommes au troisième jour des débats et la rancœur sépare les deux camps. Pas moins de trois bagarres ont éclaté entre des frères de Colomba et de Rome. Hors de l'abbaye, les rumeurs se répandent comme feux de forêt, de tous côtés. Nous pourrions tous périr dans leurs flammes. Ne voyez-vous pas à quel point ce débat est important ?

— Je le sais, ma mère, l'assura Fidelma. Mais il n'est pas bon d'inventer une conclusion en contradiction avec la vérité.

— Que Dieu me prête patience ! lâcha l'abbesse. Je parle d'une guerre civile qui déchirerait le pays.

Elle avait les traits tirés.

— Je suis parfaitement au courant de la situation, répéta Fidelma, désolée du fardeau qui devait peser sur ses épaules. Mais la vérité doit l'emporter sur de telles considérations.

— Et que dire à Oswy ?

Hilda avait une voix presque suppliante.

— Que l'enquête se poursuit, répondit Fidelma. Dès que nous aurons du nouveau, Oswy et vous serez les premiers à l'apprendre.

CHAPITRE XV

La cloche annonçant le *jentaculum* sonna au moment où Fidelma et Eadulf sortaient du logis de l'abbesse. Fidelma se rendit compte qu'elle avait la bouche sèche et l'estomac creux. Elle voulut prendre la direction du réfectoire, mais son confrère la retint par le bras.

— Je ne souhaite point manger, lui dit-il. Je veux examiner le corps d'Athelnoth de plus près.

— Le médecin, frère Edgar, peut s'en charger.

Eadulf secoua la tête avec fermeté.

— Je voudrais vérifier quelque chose. Mais que cela ne vous empêche pas de vous restaurer.

— Effectivement, l'assura Fidelma. Je vous rejoins plus tard dans le *cubiculum* d'Athelnoth. Nous reviendrons sur ce que nous savons.

Elle suivit le flot des frères qui se dirigeaient d'un bon pas vers le réfectoire. Elle prit place, saluant d'un signe de tête absent une ou deux sœurs assises à ses côtés.

Une sœur psalmodia le *Beati immaculati* précédant la lecture quotidienne.

L'on distribua à chaque table des pots de lait froid, des jarres de miel et du *paximatium,* ce pain biscuit.

Il n'y avait quasiment aucun bruit dans la salle, excepté la voix monotone de la lectrice qui psalmodiait les Évangiles.

Fidelma avait presque terminé sa collation quand elle aperçut un moine aux cheveux blond doré qui se frayait un passage entre les tables en direction de la porte — Seaxwulf. Fidelma s'apprêtait à l'ignorer quand elle remarqua que le regard du jeune homme se posait sur elle, habité d'une étrange lueur. Comme s'il souhaitait lui parler tout en ne voulant pas que cela se sache.

Il s'approcha de la table de Fidelma, s'arrêta et jeta un œil sur sa sandale. Puis il se pencha et fit mine de remettre sa lanière, comme si elle s'était détachée.

— Ma sœur !

Il s'exprimait à voix très basse et en grec, à la surprise de Fidelma.

— Ma sœur, j'espère que vous comprenez cette langue. Je sais que vous maîtrisez mal le saxon et je maîtrise encore moins l'irlandais. Je ne veux pas qu'on nous entende.

Elle était sur le point de dire qu'elle comprenait mais la voix de Seaxwulf se transforma en murmure.

— Ne me regardez pas ! Je pense qu'on me surveille. J'ai des informations sur la mort d'Étain. Retrouvez-moi à l'*apotheca*, près des fûts à vin, dans une quinzaine de minutes.

Seaxwulf se releva, comme s'il avait rattaché sa sandale, et reprit le chemin de la sortie.

Fidelma termina son repas, se forçant à manger sans se presser.

Enfin, elle pencha la tête au-dessus de son bol vide, se leva, fit une génuflexion et, à son tour, quitta le réfectoire.

L'air de rien, elle passa le portail de l'abbaye puis traversa les jardins. Elle gardait la tête baissée, mais lançait des regards de tous côtés à la recherche de personnes qui l'observeraient ou la suivraient. Après avoir fait le tour de l'enceinte et s'être assurée qu'on ne l'espionnait pas, elle accéléra le pas, s'introduisit à nouveau dans le bâtiment et se dirigea vers l'*hypogeum,* ces caves voûtées qui s'étendaient sous l'abbaye.

Elle fit une pause en haut de la cage d'escalier circulaire en pierre menant aux sombres catacombes. Sur une étagère de bois jouxtant la porte étaient posées des bougies, ainsi qu'une lampe à huile dont la flamme permettait de les allumer. Elle en prit une, l'enflamma et s'enfonça dans les ténèbres. C'était ce chemin qu'Eadulf et elle avaient emprunté, guidés par sœur Athelswith. Fidelma se doutait qu'il devait exister un moyen plus simple de rejoindre l'*apotheca* mais elle ne voulait demander à personne comment retrouver Seaxwulf.

Ces voûtes souterraines avaient d'abord été creusées pour accueillir les défunts de la communauté. Les vastes cavités étaient faites de blocs de grès et surplombées d'arches pour soutenir les étages, au-dessus. Elles formaient un labyrinthe où s'accumulaient maintes provisions. Fidelma tenta de se remémorer où se trouvait la cave, avec son ensemble de fûts à vin venus du royaume franc, de Rome et d'Ibérie.

Elle s'arrêta au pied de l'escalier et observa les alentours.

Le froid et l'humidité régnaient dans le souterrain. Elle frissonna, regrettant presque de ne pas avoir prévenu Eadulf de ce rendez-vous.

Elle avança rapidement dans l'allée centrale, dépassant un alignement de rayonnages de pierre sur lesquels étaient posés plusieurs cercueils en bois, contenant les corps des frères de Streoneshalh décédés au fil des ans. L'odeur rance de la mort flottait dans cet endroit. Fidelma se mordit la lèvre. Elle passa devant la petite alcôve où gisait le corps d'Étain. Celui de l'archevêque Deusdedit avait été éloigné de l'abbaye puis brûlé, comme le voulait la coutume pour toute victime de la peste jaune.

Elle était certaine que les serviteurs n'étaient pas obligés de suivre ce parcours à chaque fois qu'ils devaient remplir de vin les pichets. Il y avait manifestement un plus court chemin pour aller des cuisines à la cave.

Fronçant les sourcils, elle tenta de retrouver la voie par laquelle les avait guidés la vieille *domina.*

Elle décida de continuer tout droit.

Il y avait beaucoup de courants d'air dans les souterrains. De temps à autre, un souffle froid faisait vaciller la flamme de sa bougie, indiquant qu'il existait des ouvertures permettant à l'air de s'infiltrer dans les catacombes. Et ces ouvertures ne pouvaient mener que vers l'extérieur de l'abbaye.

Elle avait déjà parcouru un long chemin quand l'odeur d'alcool, mêlée à la puanteur aigre-douce venue des cuisines au-dessus, annonça qu'elle approchait de la partie de l'*hypogeum* réservée à la conservation du vin. Elle s'arrêta et regarda autour d'elle. La lumière de sa bougie était réduite, elle ne pouvait distinguer quoi que ce soit au-delà du halo le plus proche.

— Seaxwulf ! appela-t-elle doucement. Êtes-vous là ?

L'écho lui revint comme un grondement de tonnerre.

Elle leva son bougeoir, de grotesques ombres entamèrent une gigue folle dans toutes les directions.

— Seaxwulf !

Elle fit le tour des tonneaux en jetant un coup d'œil ici et là, au cas où il se serait abrité derrière l'un d'entre eux.

Soudain elle s'arrêta et pencha la tête.

Elle entendait un bruit creux et sourd. Sourcils froncés, elle tenta d'identifier ce son. L'on aurait dit quelqu'un frappant doucement sur du bois.

— Est-ce vous, Seaxwulf ?

Elle n'obtint pas de réponse, mais le bruit continuait.

Perplexe, elle rasa les grands fûts de bois. Mais il n'y avait aucun signe du secrétaire efféminé de Wighard.

Soudain, elle comprit : le son venait de l'intérieur de l'un des fûts. Elle s'arrêta, étonnée.

— Seaxwulf ? Êtes-vous là-dedans ?

Cela semblait un drôle d'endroit pour se cacher.

Les coups étaient distincts maintenant. Elle tendit la main et sentit les vibrations du grand tonneau de bois. Boum. Boum. Boum. Elle n'obtint pas d'autre réponse. Elle prit un petit tabouret, pour pouvoir jeter un coup d'œil à l'intérieur du fût, haut d'environ six pieds.

Le visage de Seaxwulf était invisible, son corps flottait à la surface du vin rouge. Le liquide clapotait, autour du corps qui bougeait à un rythme régulier, la tête cognant contre les douves avec un bruit sourd. Boum. Boum. Boum.

Effrayée, Fidelma recula d'un pas, manqua le tabouret et trébucha. La bougie lui échappa des mains. Elle battit des bras frénétiquement, tentant d'attraper quelque chose pour empêcher son inévitable chute. Puis elle bascula en arrière. Elle sut qu'elle avait touché le sol quand une cascade de lumières explosa devant ses yeux, une fraction de seconde avant que tout ne soit plongé dans le noir.

Tout au bout d'un long et obscur tunnel, Fidelma entendait quelqu'un gémir doucement. Elle cligna des yeux et tenta de se concentrer. Le tunnel s'éloigna et devint plus clair. Elle comprit que le gémissement était le sien.

Le visage de frère Eadulf apparut devant ses yeux. Les traits tirés, il semblait inquiet.

— Fidelma ? Ça va ?

Elle cligna encore des paupières, et sa vision s'éclaircit. Elle était allongée sur son lit, dans son *cubiculum*. Derrière l'épaule d'Eadulf, le visage gris, tendu, de la vieille *domina* l'observait avec appréhension.

— Je crois, répondit-elle, la bouche pâteuse. Je voudrais boire.

Sœur Athelswith lui tendit une chope de grès. L'eau fraîche lui fit du bien.

— Je suis tombée, dit Fidelma en la lui rendant, se rendant compte aussitôt que sa phrase paraissait un peu idiote.

Eadulf sourit, soulagé.

— Effectivement. Vous êtes tombée d'un tabouret dans l'*apotheca*. Que faisiez-vous donc là-bas ?

La mémoire lui revint aussitôt. Fidelma se redressa sur son lit, où elle avait été allongée tout habillée. Elle avait mal à l'arrière du crâne.

— Seaxwulf !

Eadulf lui jeta un regard incertain.

— Qu'a-t-il à voir dans cette affaire ? Vous a-t-il attaquée ?

Pendant un instant, Fidelma le dévisagea sans comprendre.

— Vous n'avez pas vu ?

Eadulf secoua la tête, l'air perplexe.

— Notre bonne sœur est peut-être souffrante, murmura Athelswith.

Fidelma agrippa la main du moine.

— Seaxwulf a été tué. Vous ne l'avez point vu ? lui demanda-t-elle avec insistance.

Eadulf secoua la tête, sans la quitter des yeux. Sœur Athelswith laissa échapper une exclamation effrayée et plaça sa main devant sa bouche.

Fidelma tenta de se lever, mais Eadulf la retint :

— Prenez garde, vous avez pu vous blesser.

— Je vais bien, répondit-elle avec irritation. Comment m'avez-vous trouvée ?

Ce fut sœur Athelswith qui répondit.

— Une des aides de cuisine a entendu un cri provenant de la cave, elle est descendue voir et vous a trouvée, allongée par terre à côté d'un fût. Elle est venue me chercher et j'ai fait mander frère Eadulf, qui vous a portée jusqu'à votre cellule.

Fidelma se retourna vers Eadulf.

— Avez-vous regardé dans le fût ? Celui à côté duquel je suis tombée ?

— Non. Je ne comprends pas.

— Eh bien, allez-y et faites-le. On a occis Seaxwulf puis on l'a jeté dans le tonneau.

Sans un mot, Eadulf se leva et quitta la pièce. Fidelma congédia d'un signe agacé sœur Athelswith, puis elle se leva et s'approcha de la table où étaient posés une cuvette et un broc d'eau. Elle s'aspergea le visage, sa tête bourdonnait.

— Nul besoin d'attendre, ma sœur, dit-elle en voyant que celle-ci patientait en silence à côté de la porte. Ne dites mot de ceci tant que nous ne l'aurons pas décidé. Je vous donnerai de plus amples nouvelles plus tard.

Blessée dans sa fierté, la sœur s'éloigna de mauvaise grâce.

Fidelma demeura debout un instant ; la tête lui tournait, sa vision se brouilla. Elle se rassit brusquement et entreprit de se masser les tempes du bout des doigts.

Eadulf revint quelque temps après, essoufflé par sa course.

— Alors ? demanda Fidelma avant qu'il ait eu le temps de prononcer un mot. Avez-vous vu le corps ?

— Non. Il n'y avait point de cadavre dans le tonneau.

Fidelma releva la tête et scruta le visage du moine.

— Comment ?

— J'ai regardé dans tous les fûts. Aucun corps nulle part.

Fidelma se leva, la bouche pincée, ses vertiges envolés.

— Je l'ai vu. J'ai cru que Seaxwulf avait été noyé dans le vin. Je l'ai vu !

Eadulf lui fit un sourire rassurant.

— Je vous crois, ma sœur. Mais depuis que nous vous avons remontée ici, quelqu'un a dû l'enlever.

— Oui, c'est sans doute cela, soupira-t-elle.

— Vous devriez me conter exactement ce qui s'est passé.

Fidelma reprit place sur son lit, en massant son front ; la douleur était revenue.

— Je vous avais conseillé de faire attention, la réprimanda Eadulf. Vous avez mal à la tête ?

— Oui, grogna-t-elle, irritée. À votre avis, après un coup comme celui-là ?

Il sourit, compatissant.

— Ne vous inquiétez pas. Je vais vous faire préparer en cuisine une potion qui vous aidera.

— Une potion ? Encore un de ces poisons dont vous prétendez avoir appris la composition à Tuaim Brecain ? se plaignit-elle.

— Un remède à base de plantes, l'assura Eadulf avec un sourire. Une mixture de sauge et de trèfle violet qui calmera votre mal de tête. Bien que je doute de la gravité de votre état, si vous êtes capable de telles protestations.

Il disparut, mais fut de retour avant même qu'elle eût le temps de se rendre compte de son absence.

— La potion sera là bientôt. Maintenant, racontez-moi ce qui s'est passé, suggéra-t-il.

Elle lui narra l'incident simplement, sans l'enjoliver.

— Vous auriez dû m'avertir de ce rendez-vous avant de vous aventurer dans ces souterrains, la sermonna-t-il.

On frappa à la porte et une sœur entra, une chope fumante à la main.

— Ah, l'infusion, sourit Eadulf. Son goût ne vous paraîtra peut-être pas agréable, mais elle guérira votre tête, je vous le garantis.

Fidelma trempa les lèvres dans l'atroce breuvage et fit une grimace.

— Mieux vaut l'avaler le plus rapidement possible, conseilla le moine.

Elle lui jeta un regard noir, mais s'exécuta, fermant les yeux et avalant la boisson chaude aussi vite qu'elle le pouvait.

— Parfaitement infect, dit-elle en reposant la chope. Vous me forcez toujours à ingurgiter vos infâmes décoctions. Je crois que vous y prenez plaisir.

— Il y a un dicton dans votre langue, Fidelma : plus le remède est amer, meilleure est la guérison, rétorqua Eadulf, content de lui. Mais voyons, où en étions-nous ?...

— Seaxwulf. Vous dites que son corps a disparu ? Mais pourquoi ? Pourquoi le tuer et ensuite se donner la peine de faire disparaître le cadavre ?

— On l'a tué pour l'empêcher de parler. Cela au moins est une évidence.

— Mais qu'avait-il à me dire ? Que savait-il de si important qu'il ait besoin d'un rendez-vous secret et qu'il se fasse tuer ?

— Peut-être avait-il découvert l'identité de notre assassin ?

Fidelma s'assit sur son lit et serra les dents avec colère.

— Trois meurtres, trois ! Et nous n'approchons même pas de la solution.

Eadulf secoua la tête.

— Je ne suis pas d'accord. Nous sommes trop près, ma sœur, déclara-t-il.

Elle lui jeta un coup d'œil surpris.

— Que voulez-vous dire ?

— Si nous n'étions pas aussi près, il n'y aurait eu qu'un seul meurtre. Les deux autres ont été commis pour nous empêcher d'avoir accès aux informations des victimes. Nous avançons et l'assassin a été forcé d'agir avant que nous ne touchions au but.

Fidelma réfléchit un instant.

— Vous avez raison. Je n'ai pas les idées claires. Vous avez tout à fait raison, Eadulf.

Celui-ci sourit brièvement.

— J'ai aussi découvert qu'Athelnoth ne mentait pas totalement pour la broche.

— Comment cela ?

Eadulf tendit la main. Dans sa paume se trouvait une petite broche d'argent finement ciselée, aux volutes et motifs arrondis relevés d'émail et de pierres semi-précieuses.

Fidelma la prit entre ses doigts et la tint à la lumière.

— Il s'agit sans aucun doute d'un travail irlandais, remarqua-t-elle. Où l'avez-vous trouvée ?

— Quand frère Edgar, le médecin, a déshabillé Athelnoth pour l'examen *post mortem* du corps, nous avons découvert une petite bourse qu'il portait contre son cœur, qui ne contenait rien d'autre que cette broche. Oh, et un petit morceau de vélin portant quelques mots de grec.

— Montrez-le-moi.

Eadulf le lui tendit, un peu embarrassé.

— Je ne maîtrise pas assez bien le grec pour tout comprendre.

Les pupilles de Fidelma se mirent à briller.

— C'est un poème d'amour : « Éros a déchiré mon âme, comme le vent qui dans la montagne s'abat sur les chênes. » Court et simple.

Elle soupira.

— À chaque fois que nous croyons avoir résolu une énigme, le mystère s'épaissit un peu plus.

— Je ne comprends pas. Pourtant, ce doit être facile. Ceci doit être la broche qu'Étain a laissée tomber et qu'Athelnoth a dit vouloir lui rendre — celle qu'il avait égarée quand il nous a emmenés dans son *cubiculum*... Et il paraît évident qu'il avait écrit une sorte de poème d'amour à Étain, pour tenter de gagner ses faveurs, tout comme Gwid nous l'avait indiqué.

Fidelma posa sur lui un regard inquiet.

— Si ceci est la broche qu'Étain avait perdue et qu'Athelnoth avait l'intention de lui rendre, pourquoi la gardait-il contre son cœur ? Avec un poème d'amour ? Cette broche devait se trouver à cet endroit alors même qu'il prétendait la chercher devant nous. Ce qui signifie qu'Athelnoth mentait encore. Pour quelle raison ?

Le moine sourit.

— Mais parce qu'il était épris d'Étain. Il lui a écrit ce poème. Peut-être voulait-il conserver la broche comme un souvenir. L'on devient amoureux d'objets ayant appartenu à des personnes pour qui l'on a une passion. Et la passion se porte sur l'objet.

Les yeux de Fidelma se mirent à briller.

— Un souvenir ! Quelle idiote je fais ! Je pense que vous nous avez rapprochés de la vérité.

Eadulf lui jeta un regard ébahi, sans savoir vraiment s'il y avait de l'ironie dans son ton.

— Seaxwulf lisait des poèmes grecs au *librarium* l'autre soir. Et il nous a demandé si les amants échangeaient des présents. Vous ne voyez donc pas ?

Le Saxon paraissait totalement perdu.

— Je ne vois pas en quoi cela nous aide. Dites-vous que Seaxwulf a tué Athelnoth ?

— Avant de se noyer seul, dans un fût de vin ? Allons, Eadulf, réfléchissez !

Elle laissa échapper une exclamation exaspérée et se leva brusquement, chancelant un peu. Eadulf l'attrapa par le bras, l'air inquiet, et ils restèrent immobiles le temps qu'elle se remette de son vertige. Puis elle se dégagea avec agitation.

— Descendons à l'*apotheca* pour examiner le tonneau d'où notre troisième cadavre a disparu. Nous devons trouver quelque chose qui était selon moi en la possession de Seaxwulf.

— Vous sentez-vous suffisamment bien ? voulut-il savoir.

— Bien sûr, rétorqua-t-elle.

Elle s'interrompit, un sourire flottant sur son visage.

— Oui, je vais bien, reprit-elle avec douceur. Vous aviez raison. La potion était amère, mais mon mal de tête est parti. Vous avez un don, Eadulf. Vous feriez un bon apothicaire.

CHAPITRE XVI

Elle suivit Eadulf, et ils empruntèrent le chemin le plus court pour atteindre la cave à vin par un petit couloir et un escalier depuis les cuisines de l'abbaye. Si Fidelma avait connu ce passage, elle aurait gagné beaucoup de temps, elle n'aurait pas eu à retrouver son chemin dans l'obscurité des catacombes. Elle retint sa respiration en traversant les cuisines, d'où émanaient toujours de fortes odeurs et où dominait l'inévitable puanteur du chou pourri bouilli aux herbes. Le relent les suivit jusque dans la descente.

Fidelma se dirigea droit vers le fût et mit la main sur le tabouret qui lui avait servi. Il lui fallut un moment pour grimper dessus, sous le regard prévenant d'Eadulf, qui tenait haut la lampe à huile, dispensant plus de lumière que l'unique bougie dont Fidelma s'était servie précédemment.

Le fût ne contenait rien d'autre que du vin.

Fidelma se pencha, scrutant le sombre liquide. Il n'y avait rien qu'elle puisse distinguer dans cette opacité cramoisie. Se tournant, elle aperçut une perche qui devait servir à jauger la quantité de vin dans les fûts, car une série de mesures y était gravée. Elle s'en empara et l'enfonça dans le réservoir, en tâtant au cas où le corps aurait sombré.

Elle ne sentit rien. Il n'y avait rien d'autre là-dedans que ce qui était censé s'y trouver. Elle ressentit un léger étourdissement provoqué par les vapeurs d'alcool.

Elle descendit de son tabouret et fit le tour du tonneau, la main sur le bois de chêne. Il était humide d'un côté. Elle sentit ses doigts, l'odeur de vin était caractéristique.

— Approchez la lampe du sol, ordonna-t-elle.

Eadulf obéit.

Sur le sol humide, quelques raclements étaient visibles.

— Notre ami a sorti le corps du fût de ce côté et l'a traîné... Par ici. Venez.

Elle avança d'un pas décidé, en suivant la trace révélatrice sur le sol pavé.

Eadulf la suivit.

Deux marques parallèles entaillaient la poussière, ponctuées de temps à autre par des éclaboussures. Apparemment, quelqu'un avait tiré le corps par les bras, et les chevilles avaient laissé les marques sur le sol.

La piste menait à un petit passage donnant sur l'*hypogeum* principal, creusé dans la roche, et qui se rétrécissait au point de ne pouvoir accueillir plus de deux personnes de front. Fidelma était sur le point d'y pénétrer quand, à sa surprise, elle sentit la main d'Eadulf, qui la retenait par le bras.

— Qu'y a-t-il ?

— On m'a dit que ce couloir menait à des latrines réservées aux hommes, ma sœur, répondit-il.

Malgré la faible lumière de la lampe, elle vit qu'il avait rougi.

— Des fosses d'aisances ?

Eadulf acquiesça.

Fidelma montra un signe d'indifférence et se retourna vers le tunnel.

— Hélas, je ne peux épargner ni leur pudeur ni la mienne. C'est le chemin par lequel notre meurtrier a traîné le corps de Seaxwulf.

Avec un soupir résigné, Eadulf lui emboîta le pas tandis qu'elle se pressait dans l'étroit défilé rocheux.

Le tunnel semblait sans fin.

Après un moment, Fidelma s'arrêta et tendit l'oreille pour distinguer un son qui était parvenu jusqu'à elle.

— Qu'est-ce ?

Eadulf écoutait lui aussi, sourcils froncés.

— Le tonnerre ?

Le bruit léger qui résonnait dans le passage ressemblait effectivement à un vague et lointain grondement orageux.

— Le tonnerre n'est ni permanent ni régulier, remarqua Fidelma.

Elle fit un pas de plus.

La légère brise qu'ils avaient sentie dans les caves de l'abbaye et dans le tunnel gagna en fraîcheur et en force.

Comme ils passaient un coude de ce tunnel creusé par la main de l'homme, ils reçurent une soudaine bourrasque d'air humide et froid ; la lumière de la lampe à huile vacilla puis s'éteignit.

Une puissante odeur de mer leur parvint aux narines ; ce n'était pas seulement la senteur des embruns, mais aussi celle des algues.

— Nous devons être tout près de la mer, lança Fidelma, obligée d'élever la voix pour se faire entendre. Pouvez-vous rallumer la lampe ?

— Non, répondit Eadulf d'un ton accablé. Je n'ai rien pris avec moi.

Ils étaient plongés dans une obscurité qu'ils crurent d'abord d'un noir d'encre. Mais peu à peu, leurs yeux s'habituèrent aux ténèbres ; un filet de lumière grisâtre s'étirait dans le tunnel.

— Il doit y avoir une ouverture plus loin ! cria le moine.

— Continuons.

Eadulf voyait à peine sa silhouette sombre avancer.

— Prenez garde, lui lança-t-il. Demeurez près du mur au cas où vous glisseriez.

Elle ne releva pas sa recommandation et poursuivit hardiment, bien qu'elle fût presque obligée de tâtonner pour trouver son chemin.

Le rugissement gagnait en intensité.

Elle sut alors que c'était la mer. L'issue du tunnel était proche du rivage. Elle entendait le chuintement haletant des flots sur les galets et l'explosion rageuse des rouleaux qui venaient se briser sur les rochers.

Elle continua et comprit pourquoi le corps de Seaxwulf avait été tiré jusque-là. L'assassin avait précipité son cadavre dans les vagues. La lumière était plus claire, le bruit plus assourdissant.

Au détour du tunnel, elle se trouva aveuglée par une cascade d'embruns. Elle ferma les yeux involontairement et fit un pas en avant. Son pied n'entra pas en contact avec le sol rocheux ; elle semblait suspendue dans l'air. Soudain une main solide agrippa son bras et la tira en arrière. Elle était de retour sur la *terra firma*, Eadulf à ses côtés.

Le tunnel bifurquait et se terminait soudainement sur une petite caverne d'une profondeur d'une centaine de pieds donnant sur les rocs et la mer en contrebas.

Fidelma frissonna en songeant à la catastrophe évitée de justesse.

— Je vous ai dit de prendre garde, ma sœur, lui reprocha Eadulf, la main toujours sur son bras.

— Je vais bien maintenant.

Il haussa les épaules et la relâcha.

— C'est un virage dangereux, vous avez été aveuglée par la lumière soudaine et les embruns.

— Je vais bien, répéta-t-elle, exaspérée par sa propre maladresse. Et je comprends pourquoi les frères choisissent cet endroit pour déféquer. Il est continuellement battu par la mer. Un endroit parfait.

Elle se retourna, nullement gênée, et examina l'entrée de la grotte. Elle supposait qu'elle était située dans les falaises sur lesquelles était construite l'abbaye et qui donnaient sur la grise et maussade mer du Nord.

— Au moins nous savons où est parti le corps de Seaxwulf, dit-elle en désignant l'écume qui s'écrasait sur les rochers au-dessous.

Elle devait forcer le ton pour se faire entendre pardessus l'agitation des vagues.

— Mais pas où est allée la personne qui a transporté le corps jusqu'ici, souligna Eadulf. Les traces menaient dans le tunnel, mais aucune ne revenait en sens inverse. Nous aurions dû voir des traces effaçant les premières si le meurtrier était reparti par le même chemin.

Fidelma le regarda avec un air appréciateur.

— Je pense que nous sommes arrivés quelques minutes seulement après l'assassin, il nous a peut-être entendus venir, ce qui l'empêchait d'emprunter à nouveau le tunnel. Ce qui signifie...

Elle scruta l'obscurité alentour et reprit :

— ... qu'il y a une autre sortie.

Elle laissa échapper un petit cri de satisfaction et pointa le doigt.

Sur un des côtés, une volée de marches creusées dans la pierre menait vers le haut.

Elle s'avança, titubant légèrement car les embruns avaient rendu la roche mouillée et glissante.

Elle recouvra son équilibre et commença l'ascension, supposant qu'Eadulf ferait de même.

Il lui fallut un certain temps, mais elle émergea parmi des ronces, au milieu de l'herbe battue par le vent, en haut de la falaise, un peu plus bas que l'abbaye.

— Sœur Fidelma !

Elle sursauta ; la voix était toute proche.

— Êtes-vous tombée du ciel ?

Fidelma se retourna et se trouva sous le regard surpris de l'abbesse Abbe. À côté d'elle se tenait frère Taran, bouche bée.

Fidelma ne put s'empêcher de s'esclaffer en entendant la question.

— Pas du ciel, ma mère, répondit-elle.

Abbe montra son incompréhension. Puis elle sursauta en voyant Eadulf surgir lui aussi de l'escalier dissimulé par les buissons et s'avancer sur l'herbe.

— ... Mais de sous la terre, expliqua celui-ci en s'époussetant.

L'abbesse écarquilla les yeux, perplexe.

— Où ce trou mène-t-il donc ? Que faisiez-vous là-dessous ?

— C'est une longue histoire, dit Fidelma. Êtes-vous ici depuis longtemps ?

Abbe sourit tristement.

— Un petit moment. Je me promenais avec frère Taran le long de ces falaises pour prendre un peu l'air avant les débats de l'après-midi. Si seulement Étain pouvait être là ! Elle avait un don pour calmer les esprits. Et ils s'échauffent grandement, les échanges deviennent toujours plus véhéments. Je crains que nous n'assistions à un autre concile de Nicée.

Eadulf parut ne pas comprendre. L'abbesse lui expliqua :

— Lors du concile de Nicée, un certain Nicolas de Myre, scandalisé par le prêche d'Arius d'Alexandrie, l'a frappé au visage. Il s'est ensuivi un véritable chahut, les délégués s'enfuyaient à toutes jambes de la chambre des débats de crainte d'être battus soit par les partisans d'Arius, soit par ses opposants. Dans la panique ainsi créée, je crois que plusieurs frères ont trouvé la mort. J'ai l'impression que Wilfrid pourrait bientôt agresser physiquement Colmán.

Fidelma l'observait avec une grande attention.

— Avez-vous vu quiconque se promener dans les environs ?

Abbe secoua la tête et se tourna vers son compagnon.

— Et vous, frère Taran ? Vous étiez là quand je suis arrivée.

Taran pressa le haut de son nez entre deux doigts, comme si cet geste pouvait l'aider à se souvenir.

— J'ai vu sœur Gwid non loin, ainsi que Wighard, le secrétaire de Deusdedit.

— Marchaient-ils ensemble ou séparément ? voulut savoir Eadulf.

— Sœur Gwid était seule, elle paraissait pressée et se dirigeait vers le port. Wighard partait pour l'abbaye, à travers les jardins potagers là-bas. Pourquoi cette question ?

— Peu importe, s'empressa de répondre Fidelma. Nous devrions retourner à l'abbaye, nous aussi...

Elle s'interrompit. Sœur Athelswith accourait dans leur direction. Elle retenait ses jupes et trottait, dans ce qui s'apparentait à une course, sans toutefois perdre sa dignité.

— Ah ! Sœur Fidelma ! Frère Eadulf !

Elle s'arrêta pour reprendre son souffle.

— Qu'y a-t-il, ma sœur ? demanda Fidelma pour lui permettre de reprendre haleine.

— Le roi en personne... Le roi requiert votre présence immédiatement.

L'abbesse Abbe soupira.

— Je me demande ce que mon frère peut vouloir. Rentrons tous à l'abbaye voir ce qui le chagrine.

Frère Taran eut une toux désapprobatrice.

— Vous m'excuserez. Je dois d'abord me rendre au port. Je vous rejoindrai plus tard au *sacrarium.*

Il les quitta et se hâta de suivre le chemin qui menait vers Witebia.

CHAPITRE XVII

En arrivant au logis de l'abbesse Hilda, Fidelma et Eadulf apprirent que le roi les avait attendus, mais qu'il avait entre-temps été mandé au *sacrarium.* La religieuse qui les accueillit à la porte avertit mère Abbe que sa présence était également requise sur-le-champ, car la clôture du synode approchait et les conclusions étaient sur le point d'être prononcées. Néanmoins, expliqua-t-elle précipitamment, le roi désirait voir Fidelma et Eadulf dès la fin de la séance.

Eadulf suggéra d'aller attendre Oswy dans le *sacrarium*, ce qui leur permettrait d'écouter la clôture des débats.

Le visage de Fidelma revêtait une expression étrange, qu'Eadulf avait appris à reconnaître comme la marque d'une profonde réflexion. Il dut répéter plusieurs fois sa suggestion avant qu'elle ne la relevât.

— Je suppose que tout le monde connaît l'existence des latrines pour hommes qui donnent sur la mer? demanda-t-elle.

La question s'adressait à la *domina*, qui écarta les mains, prise au dépourvu.

— Toutes les personnes de l'abbaye, j'imagine. Ce n'est point un secret.

— Tous ceux de cette communauté, mais les hôtes? insista Fidelma. Moi, par exemple, je l'ignorais.

— C'est vrai, admit sœur Athelswith. Seuls nos hôtes masculins en sont informés. Car elles sont réservées aux hommes. Nos frères trouvent plus discret de se rendre là plutôt qu'aux latrines de l'autre côté de la cour carrée.

— Je vois. Et si une femme s'aventure dans le tunnel et entre là par hasard? Il n'y a aucun signe à l'entrée.

— La plupart des sœurs se servent du bâtiment de l'autre côté du *monasteriolum*. Elles ne vont jamais dans l'*hypogeum*, à moins de travailler aux cuisines. Et celles qui y travaillent connaissent l'existence de ces latrines. Nul besoin de mettre un écriteau.

Fidelma, pensive, suivit Eadulf jusqu'au *sacrarium*.

L'atmosphère était tendue dans la grand-salle; l'abbesse Hilda, debout, s'adressait aux clercs entassés sur les bancs.

— Frères et sœurs dans le Christ, place aux conclusions, disait-elle comme Fidelma et Eadulf passaient en silence une des portes latérales situées derrière les représentants de Colomba.

Colmán se leva, toujours aussi abrupt. Il avait choisi de parler le premier — résolution que Fidelma trouvait peu judicieuse, car l'homme qui parle le dernier est toujours celui qu'on écoute.

— Mes frères, vous avez entendu les raisons pour lesquelles nous, l'Église de Colomba, suivons nos us concernant la date de Pâques. Notre Église revendique son autorité du divin Jean, fils de Zébédée, qui abandonna la mer de Galilée pour suivre le Messie. Il était le disciple que le Christ aimait, celui qui, pendant la

Cène, s'est reposé sur le sein de son maître. Et Jésus ne l'a pas abandonné. Quand le fils du Dieu vivant expirait sur la croix, il a eu la force de confier à Jean le soin de sa mère, Marie. Le matin de la sainte résurrection, c'est Jean qui est accouru avant Pierre au sépulcre et, le voyant vide, il a été le premier à croire et aussi le premier à voir le Seigneur ressuscité près du lac de Tibériade. Jean était béni du Christ. Quand Jésus a confié sa mère et sa famille aux soins de Jean, il lui a aussi confié son Église. C'est pourquoi nous acceptons les coutumes de Jean. Il est notre voie vers le Christ.

Colmán se rassit parmi des murmures d'approbation venus des bancs de Colomba.

Wilfrid se leva, sourire aux lèvres, l'air arrogant.

— Nous avons entendu les représentants de Colomba citer l'apôtre Jean comme l'autorité suprême sur laquelle reposent leurs coutumes. Je dois vous dire qu'elle n'a rien de suprême.

Une onde de colère parcourut les bancs des partisans de Colomba.

D'un geste, l'abbesse Hilda demanda le silence.

— Nous devons accorder à Wilfrid de Ripon la même courtoisie que celle dont nous avons fait preuve à l'égard de Colmán, évêque de Northumbrie, réprimanda-t-elle doucement.

Wilfrid souriait, comme un chasseur qui sait que sa proie est en vue.

— Pâques tel que notre Église l'observe est célébré par tous à Rome, la ville où les saints apôtres Pierre et Paul ont vécu, ont enseigné, souffert et où ils sont ensevelis. C'est un usage universel en Italie, en Gaule, au royaume franc et en Ibérie, terres que j'ai parcourues pour m'adonner à l'étude et à la prière. De par le monde, dans diverses nations qui parlent des langues différentes, cette pratique est suivie par tous en un seul et même temps. La seule exception, ce sont ces gens !

Il désigna d'un geste méprisant les partisans de Colomba.

— Je veux parler des Irlandais, des Pictes, des Bretons et de ceux de notre peuple qui ont choisi de suivre ces enseignements erronés. La seule excuse à leur ignorance est qu'ils viennent des deux îles les plus éloignées de l'océan occidental et seulement de quelques endroits de ces îles. À cause de cet éloignement, ils demeurent isolés de la véritable connaissance et poursuivent une lutte absurde contre le monde entier. Ils sont peut-être saints, mais ils sont peu nombreux — trop peu nombreux pour l'emporter sur l'Église universelle du Christ.

Colmán se leva, le visage déformé par la colère.

— Vous vous dérobez, Wilfrid de Ripon. J'ai énoncé l'autorité de notre Église, Jean le divin apôtre. Indiquez la vôtre ou demeurez silencieux.

Son intervention fut accueillie par un murmure approbateur.

— Fort bien. Rome exige la soumission de toute la chrétienté, car c'est à Rome que s'est rendu le disciple du Christ, Simon fils de Jonas, pour fonder Son Église. Ce Simon que nous appelons Pierre, selon le surnom donné par le Christ. C'est à Rome que Pierre a enseigné, à Rome qu'il a souffert et qu'il est mort martyr. Pierre est notre autorité et je vais vous donner la lecture de l'Évangile selon Matthieu pour appuyer mes dires.

Il se tourna vers Wighard, qui lui remit un manuscrit ouvert. Wilfrid commença à lire sans perdre de temps.

— « En réponse, Jésus lui dit : "Tu es heureux, Simon fils de Jonas, car cette révélation t'est venue, non de la chair et du sang, mais de mon Père qui est dans les cieux. Eh bien, moi, je te dis : Tu es Pierre, et sur cette pierre je bâtirai mon Église, et les Portes de l'Hadès ne tiendront pas contre elle. Je te donnerai les clefs du Royaume des Cieux[1]..." »

Wilfrid s'interrompit et regarda autour de lui.

— Notre autorité nous vient de Pierre qui détient les clefs du Royaume des Cieux !

Wilfrid se rassit, au milieu des acclamations frénétiques de ses partisans.

Le silence s'installa quand les applaudissements s'éteignirent. Eadulf donna soudain un coup de coude à Fidelma et lui désigna le dais. Mère Abbe s'était levée et se hâtait pour sortir du *sacrarium.*

Mais leur attention revint immédiatement à l'abbesse Hilda, qui était à nouveau debout.

— Mes frères dans le Christ, les conclusions viennent d'être dites. C'est désormais à notre souverain seigneur, le roi Oswy, par la grâce de Dieu, *Bretwalda* de tous les royaumes, de rendre son jugement, pour déterminer laquelle de ces Églises, Colomba ou Rome, emportera notre royaume. Le jugement vous appartient.

Elle s'était tournée vers Oswy, les traits aussi tendus que ceux de tous les participants du synode.

La grande silhouette blonde du roi de Northumbrie demeura immobile. Oswy semblait nerveux et préoccupé. Pendant un long moment, il hésita, se mordant la lèvre en scrutant les visages anxieux autour de lui. Puis il se leva avec lenteur. Sa voix était anormalement tranchante, pour dissimuler son anxiété.

— Je rendrai mon jugement demain à midi, annonça-t-il d'un ton brusque.

Malgré un chœur de protestations, le roi quitta précipitamment le *sacrarium.* Alhfrith, son fils, était debout, les traits figés par une colère à peine contenue.

1. Matthieu, 16, 17-18. (*N.d.T.*)

Il s'élança hors de la salle à son tour. Eanflaed, la femme d'Oswy, avait moins de mal à maîtriser ses sentiments, mais elle affichait un sourire amer en se tournant vers son chapelain, Romanus, pour engager la conversation. Ecgfrith, l'autre fils d'Oswy, souriait lui aussi en rassemblant son escorte avant de quitter le *sacrarium.*

La dispute éclata entre les bancs des deux factions, des voix s'élevant de part et d'autre.

Fidelma et Eadulf échangèrent un rapide coup d'œil et se dirigèrent vers les portes.

À l'extérieur, le moine saxon murmura :

— Eh bien, nos frères semblaient s'attendre à une décision immédiate. Avez-vous remarqué que non seulement l'abbesse Abbe s'est éclipsée avant d'entendre la position du roi mais que frère Taran n'était point présent ?

Fidelma fit peu de commentaires et prit la direction du logis de l'abbesse Hilda.

Oswy s'y trouvait déjà, le visage blême, les traits tirés.

— Vous voilà ! aboya-t-il. J'ai passé toute la matinée à vous attendre. Où étiez-vous ? Peu importe. Je voulais m'entretenir avec vous avant la séance finale du synode.

Fidelma ne se laissa pas troubler par son irritation.

— Vous a-t-on prévenu qu'un nouveau meurtre a eu lieu ?

Oswy fronça les sourcils.

— Vous voulez parler d'Athelnoth ?

— Non, de Seaxwulf, le secrétaire de Wilfrid de Ripon.

Le roi secoua lentement la tête.

— Je ne comprends pas. Hier soir, Athelnoth. Maintenant vous me parlez de Seaxwulf. Pour quelles raisons ? Hilda dit que vous aviez d'abord cru qu'Athelnoth avait mis fin à ses jours, pris de remords pour avoir occis Étain.

Eadulf s'empourpra.

— J'ai tiré une conclusion hâtive qui n'était pas la bonne. Je me suis vite rendu compte de mon erreur, reconnut-il.

Oswy renifla, agacé.

— J'aurais pu vous le dire, dit-il d'un ton égal. Athelnoth était un homme de confiance.

— Comment cela ? s'enquit vivement Fidelma.

— C'était mon homme de confiance. Je vous ai révélé que les temps étaient dangereux, que certains groupes souhaitaient m'évincer du trône, qu'ils se servaient de ce synode pour faire éclater la guerre civile dans le royaume.

Oswy marqua un temps d'arrêt, comme en quête de confirmation, mais elle se contenta de lui faire signe de poursuivre.

— Je dois avoir des yeux partout. Athelnoth était l'un de mes plus précieux informateurs et conseillers. Hier, je l'ai envoyé auprès de mon armée, qui a établi son camp à Ecga's Tun.

Les yeux d'Eadulf s'agrandirent.

— C'est donc là-bas qu'Athelnoth a passé la journée d'hier et la raison pour laquelle il n'est revenu que tard le soir.

Oswy pinça les lèvres, jetant un regard renfrogné du côté d'Eadulf.

— À son retour, il était porteur d'importantes nouvelles : on ourdit un complot pour m'assassiner et s'emparer du royaume. Mon armée a dû avancer pour contrer l'attaque des rebelles.

Les yeux de Fidelma se mirent à briller.

— Les choses deviennent plus claires.

— Plus encore que vous ne le pensez, ma sœur, s'assombrit Oswy. Ce matin, mes gardes ont tué le thane Wulfric ainsi que vingt de ses guerriers. Ils tentaient de pénétrer dans l'abbaye en secret par le tunnel en haut de la falaise. Comme vous le savez, à minuit, toutes les portes sont closes jusqu'à l'angelus du matin, à six heures. Durant cette période, les soldats en armes sont hors de l'abbaye. Athelnoth était certain que Wulfric avait un complice parmi les frères, prêt à l'assister, lui et ses assassins, pour les conduire jusqu'à mon logis.

— En effet, tout est bien plus clair, remarqua Fidelma.

Eadulf paraissait troublé, il tenta de savoir ce qu'elle entendait par là :

— Je ne comprends pas.

— C'est simple, répondit-elle. La personne censée laisser entrer vos assassins ce matin, Oswy de Northumbrie, était le moine picte Taran.

— Qu'est-ce qui vous permet de l'affirmer ? voulut savoir le roi. Pourquoi un Picte serait-il concerné par l'ambition de rebelles de Northumbrie de renverser leur roi ?

— D'abord, je sais que Taran était ami avec le thane et qu'il a menti sur cette amitié. Au cours de notre voyage jusqu'ici, lorsque j'ai rencontré Wulfric pour la première fois, après qu'il a eu tué frère Aelfric, j'ai eu l'impression qu'il reconnaissait Taran, ce qui indique que ce complot était ourdi de longue date. Plus tard, j'ai vu Taran rencontrer Wulfric en toute amitié, ce qu'il a nié. Je crois qu'il souhaitait voir la Northumbrie détruite ou divisée, en guerre contre elle-même.

— Pourquoi cela ? demanda Oswy, curieux.

— Parce que les Pictes nourrissent une rancune ancestrale. Leur haine est aussi tenace que farouche. Taran m'a conté que son père, chef des Gododdins, et sa mère ont tous deux été tués par votre frère Oswald.

C'est pourquoi il était disposé à venir en aide à ceux qui voulaient vous assassiner.

— Où est frère Taran en ce moment ?

— Quand nous l'avons vu pour la dernière fois il se hâtait vers le port, intervint Eadulf. Pensez-vous qu'il était en quête d'un navire, Fidelma ? Il n'a point assisté à la réunion finale du synode.

— Dois-je envoyer des guerriers après lui ? demanda Oswy. Pourront-ils le rattraper ?

— Il est désormais inoffensif, l'assura Fidelma. Il doit en effet être en pleine mer, sans aucun doute en fuite pour la terre picte. Je doute que Taran trouble à nouveau la paix de votre royaume un jour. Poursuite et châtiment ne seraient que pure vengeance.

— Donc, dit lentement Eadulf d'un air songeur, tout cela n'était qu'un complot en vue de renverser le roi et le meurtre d'Étain en faisait partie ? Mais pourquoi ? Je ne comprends pas.

— Une question, Oswy, l'interrompit Fidelma, ignorant ses remarques. Votre sœur, Abbe, n'est pas restée pour votre annonce dans la chapelle. Savez-vous pourquoi ?

Le roi haussa les épaules.

— Elle savait que je ne prendrais pas ma décision sur-le-champ, je l'avais prévenue.

— Mais vos fils, Alhfrith, par exemple, et votre femme, l'ignoraient.

— Oui. Je n'ai pas eu le temps de leur expliquer.

— Et ce complot ? relança Eadulf. Comment le meurtre d'Étain peut-il s'inscrire dans ce complot ?

— La raison...

Fidelma fut interrompue au milieu de sa phrase ; la porte s'ouvrit brutalement et Alhfrith fit son entrée, avec sur ses talons Hilda, l'air anxieux, et Colmán, le visage grave. Il semblait évident que le fils du roi était d'humeur hostile, plein de ressentiment.

— Qu'est-ce que ce délai, père ? exigea de savoir Alhfrith sans autre préambule. Toute la Northumbrie attend ta décision.

Oswy sourit avec amertume.

— Tu étais si certain que je pencherais pour Colomba que tu te tenais prêt à soulever le pays contre moi au nom de Rome.

Alhfrith sursauta, surpris, puis son visage se durcit.

— Donc tu tergiverses et retardes la décision ? railla-t-il. Mais tu ne peux attendre indéfiniment. Tu es faible, pourtant tu dois te déclarer !

Oswy rougit de colère, mais il garda une voix mesurée.

— Ne te demandes-tu pas pourquoi je suis encore en vie ? demanda-t-il sur un ton glacial.

Alhfrith hésita, une expression de prudence apparut dans son regard.

— Je ne sais pas de quoi tu parles, fulmina-t-il.

— Ne cherche plus Wulfric, il est mort et les assassins à sa solde avec lui. Ton armée de rebelles qui approche depuis Helm's Leah n'encerclera point cette abbaye. Elle se heurtera à mes troupes.

Le visage d'Alhfrith était un masque grisâtre.

— Tu restes faible, vieillard, cracha-t-il, amer.

L'abbesse Hilda laissa échapper une exclamation outrée, mais Oswy lui fit signe de garder le silence.

— Bien que tu sois mon enfant, la chair de ma chair, tu oublies que je suis ton roi, dit-il en posant un regard glacial sur son fils.

Le sous-roi de Deira jeta le menton en avant, avec agressivité. Il n'avait plus grand-chose à perdre, désormais.

— J'ai combattu à tes côtés sur la rivière Winwaed il y a dix ans. Tu étais fort, père, à l'époque. Mais tu t'es affaibli depuis. Je sais que tu préféreras t'incliner devant Iona plutôt que devant Rome. Wilfrid et d'autres le savent, comme moi.

— Ils connaîtront bientôt ma force, rétorqua calmement Oswy. Comme ils connaîtront ta félonie envers ton père et ton roi.

Alhfrith fulminait, il se rendait compte que ses plans soigneusement échafaudés avaient été contrecarrés. Fidelma vit qu'il ne dominait plus ses sentiments ; elle lança un cri d'avertissement à Eadulf qui se tenait près de lui.

La dague était apparue dans la main d'Alhfrith trop vite pour que quiconque s'y oppose et déjà le jeune homme s'élançait dans une attaque meurtrière contre son père.

Eadulf bondit sur le couteau tandis qu'Oswy sortait son épée pour se défendre. Alhfrith entraîna le moine saxon dans son mouvement et, ce faisant, tomba en avant, alourdi par le poids d'Eadulf.

Alhfrith laissa échapper un cri étouffé, comme un sanglot, et l'arme lui échappa des mains.

Le silence s'abattit sur la pièce. Chacun semblait figé.

Oswy observait le sang sur la pointe de son épée, semblant ne pas le voir.

Lentement, Alhfrith, sous-roi de Deira, s'affaissa au sol. Du sang maculait sa tunique, juste au-dessus du cœur.

Eadulf se ressaisit le premier ; il se pencha et tâta le cou du jeune homme, à la recherche du pouls. Il leva les yeux vers Oswy, toujours immobile, puis vers l'abbesse, en secouant la tête.

Hilda s'approcha du roi et posa la main sur son bras. Elle s'exprima d'une voix calme :

— Nul n'est à blâmer. C'est une mort dont il est seul responsable.

Oswy se déplaça lentement, remuant la tête comme pour sortir d'un mauvais rêve.

— Pourtant, c'était mon fils, lâcha-t-il avec douceur.

— Il était l'homme de Wilfrid. En apprenant ceci, Wilfrid voudra armer la faction romaine, intervint Colmán.

À ces mots, Oswy rengaina son épée sanglante et se tourna vers lui, son assurance retrouvée.

— Je n'avais pas le choix. Il attendait de me tuer, pour s'emparer du trône. Je savais qu'il conspirait pour m'évincer. Il n'avait prêté serment d'allégeance ni à Rome ni à Iona, il utilisait les deux camps pour m'affaiblir. Sa colère l'a perdu.

— Pourtant, répondit Colmán, c'est maintenant de Wilfrid et d'Ecgfrith que vous devez vous occuper.

Oswy secoua la tête.

— Mon armée affrontera les rebelles d'Alhfrith avant la fin de cette journée puis elle reviendra ici.

Il marqua un temps d'arrêt et se tourna vers son évêque, les yeux pleins de chagrin.

— Mon cœur est avec Colomba, Colmán, mais si je me déclare en sa faveur, Wilfrid et Ecgfrith tenteront de soulever la Northumbrie contre moi. Ils prétendront que je vends le royaume aux Irlandais, aux Pictes et aux Bretons, que je tourne le dos à ma propre race. Que puis-je faire ?

Colmán soupira avec tristesse.

— Hélas, c'est une décision que vous devez prendre seul, Oswy. Personne d'autre que vous ne peut s'en charger.

Le roi eut un rire amer.

— Ce synode m'a été imposé. Maintenant j'y suis lié, et il tourne inéluctablement, comme la roue d'un moulin propulsée par l'eau. La noyade me guette à chaque tour de roue.

Fidelma laissa échapper un petit cri.

— Noyade. Nous avons oublié Seaxwulf. Avant de découvrir qui se cache derrière l'assassinat d'Étain, d'Athelnoth et de Seaxwulf, nous avons encore du travail.

Elle fit signe à Eadulf de la suivre et quitta brusquement la pièce, laissant tout le monde abasourdi.

Devant le logis de l'abbesse, elle se tourna vivement vers son compagnon.

— Trouvez-moi un pêcheur parmi la population de Witebia. Demandez-lui combien de temps il faut à la mer pour ramener un corps depuis l'endroit où Seaxwulf a été jeté jusqu'à un lieu où l'on pourrait le retrouver. Il est essentiel que nous puissions examiner le cadavre. Prions pour que ce soit une affaire d'heures et non de jours.

— Mais pourquoi ? protesta-t-il. Je suis perdu. Alhfrith, Taran et Wulfric n'étaient-ils point derrière ce meurtre ?

Elle esquissa un petit sourire.

— J'espère trouver l'ultime élément de cette énigme sur le corps de Seaxwulf.

CHAPITRE XVIII

La lumière grise de l'aube caressait la fenêtre du *cubiculum* de Fidelma. Celle-ci était déjà habillée. C'était la dernière journée du grand synode, celle où Oswy serait contraint de faire son choix. Si elle ne parvenait pas à résoudre le mystère du meurtre d'Étain, d'Athelnoth et de Seaxwulf, les propagateurs de rumeurs prendraient la suite et une guerre éclaterait, qui pourrait bien déborder les frontières de la Northumbrie. Dans sa tentative pour résoudre ce mystère, la tension avait raidi son corps, torturé son esprit toute la nuit.

Entendant que quelqu'un accourait dans le couloir, son cœur se mit à battre la chamade. Son sixième sens lui permit de reconnaître les pas, elle ouvrit la porte et se trouva nez à nez avec Eadulf, hors d'haleine.

— Je n'ai pas le temps de m'excuser pour mes manières, commença-t-il. Le pêcheur avait raison. Le corps de notre défunt ami Seaxwulf a été retrouvé. Il a été ramené vers le port.

Sans un mot, Fidelma suivit le frère saxon, qui la guida hâtivement à travers le *domus hospitale* puis le cloître et enfin les portes de l'abbaye, jusqu'au sentier au-delà. Ils empruntèrent le chemin escarpé sur la falaise, menant à l'embouchure de la rivière, sur la baie où avait été construit le port de Witebia.

Ils n'eurent pas besoin de demander où avait été retrouvé le cadavre. Bien qu'il fût encore tôt, un attroupement de curieux s'était formé sur la laisse de mer, autour de ce qui ressemblait à un sac détrempé. On s'écarta pour laisser passer les deux religieux, des yeux interrogateurs se portant tout particulièrement sur sœur Fidelma.

Seaxwulf gisait sur le dos, ses yeux vitreux tournés vers le haut. Fidelma tressaillit. Depuis qu'elle l'avait aperçu dans le fût, le corps avait subi l'assaut des rochers et de la mer. Les vêtements du moine étaient en lambeaux, des algues s'y accrochaient.

Frère Eadulf échangea quelques mots avec plusieurs des curieux qui, d'après leur apparence, devaient être des pêcheurs.

— L'un d'entre eux a vu le corps flotter au large tandis qu'il rentrait au port après la pêche. Il l'a traîné jusque-là.

Fidelma hocha la tête avec satisfaction.

— Eh bien, le pêcheur à qui vous avez parlé hier avait annoncé six à douze heures, il avait raison. Et vous voyez que Seaxwulf ne s'est point noyé dans la mer mais bien dans le fût de vin, regardez ses lèvres.

Elle se pencha en avant et entrouvrit la bouche du mort.

Eadulf laissa échapper une exclamation silencieuse.

— Elles sont légèrement rougeâtres, mais on voit la couleur autour de la bouche et dedans. Cela dit, je n'avais jamais douté de votre parole.

— Du vin rouge, remarqua Fidelma, ignorant son compliment. Il s'est noyé dans du vin rouge, comme je l'avais dit.

Elle se mit à dégager le cou de Seaxwulf.

— Regardez. Que dites-vous de cela ?

Eadulf, plissant les yeux, se pencha en avant.

— Des écorchures, quelques ecchymoses légères qui disparaissent rapidement, sans doute à cause de l'immersion dans l'eau. Doigts puissants. Un homme fort a appuyé sur ses épaules.

— Des mains solides, en effet. Il a été maintenu dans le vin jusqu'à ce qu'il se noie. J'ai dû arriver à ce moment-là. Le meurtrier a sans doute profité du moment où j'étais inconsciente, ou attendre que vous m'emmeniez dans mon *cubiculum*, pour tirer le corps hors du tonneau, le traîner dans le tunnel et le jeter à la mer. Pauvre diable !

— Si seulement nous savions ce qu'il voulait vous dire, regretta Eadulf à mi-voix.

— Je crois savoir, souffla Fidelma. Cherchez s'il n'a pas une bourse sur lui.

Eadulf entreprit de fouiller les vêtements du moine, qui n'étaient plus qu'un tas de laine lacérée, détrempée par la mer. Il n'y avait pas trace de la *pera* ni de la *crumena* traditionnellement portées par les moines. Mais Eadulf laissa échapper un grognement de surprise. Cousu à l'intérieur de l'habit se trouvait un petit *sacculus* de lin. Dans l'ancien temps, les religieux des deux sexes avaient seulement une *crumena*, une petite gibecière qu'ils portaient à l'épaule et leur servaient à transporter leurs affaires personnelles. Certains, comme Athelnoth, avaient une *pera*. Mais une nouvelle mode venait d'apparaître, celle du petit *sacculus* de lin cousu dans les plis de leur habit, pour mieux protéger leurs biens. Cette mode venait du royaume franc, on appelait cela « une poche ».

— Que dites-vous de cela, Fidelma ? s'étonna Eadulf.

Dans un pli du vêtement, un morceau de vélin déchiré était accroché par une petite broche ronde en bronze, ornée d'émail rouge et de curieux motifs.

Elle l'observa un moment et laissa échapper une exclamation ravie.

— C'est exactement ce que je cherchais !

Eadulf haussa les épaules.

— Je ne vois pas en quoi cela nous aide. Seaxwulf était saxon. Je peux vous assurer que ce bijou l'est aussi. Le motif est ancien, préchrétien, c'est un symbole représentant l'ancienne déesse Frig...

Fidelma l'interrompit.

— Je crois que cela va nous être très utile. Je parle du vélin comme de la broche.

Eadulf y jeta un coup d'œil ennuyé.

— Encore du grec.

Elle hocha la tête, l'air content.

— Cela signifie : « Éros qui délie mes membres aujourd'hui me dompte, être fatal, amer et doux. »

Eadulf, agacé, pinça les lèvres.

— Est-ce encore Athelnoth qui a écrit cela ?

Le moine claqua des doigts et reprit :

— Vous sous-entendez que la mort d'Étain n'était pas liée au complot pour renverser Oswy. Que Taran et Wulfric n'avaient rien à voir avec son meurtre. J'y suis ! Athelnoth est bel et bien coupable. Mais emporté par l'affaire de l'assassinat royal et sa révélation à Oswy, il a été tué par Wulfric ou Alhfrith. Sa mort ne fut qu'une coïncidence.

Fidelma sourit doucement, en secouant la tête.

— Hypothèse intéressante, Eadulf, mais elle n'est pas exacte.

— Qui d'autre a eu l'occasion et le motif ?

— Eh bien, vous oubliez Abbe, d'abord.

Eadulf gémit en se passant la paume de la main sur le front.

— Je l'avais oubliée.

Puis son visage s'éclaira.

— Mais elle n'aurait pu avoir la force suffisante pour tuer aucune des victimes, n'est-ce pas ?

— Je ne dis pas qu'elle est coupable. Mais la personne qui nous occupe est rusée, sa pensée est un labyrinthe que l'on essaie de suivre au péril de sa vie.

Fidelma, s'agenouillant auprès du cadavre de Seaxwulf, demeura silencieuse un instant. Puis elle se redressa.

— Demandez à ces hommes d'emporter le corps jusqu'à l'abbaye. Dites-leur de s'adresser à frère Edgar.

Elle se retourna et se mit à gravir d'un pas lent le chemin menant à l'abbaye, les mains serrées devant elle autour de la broche et du vélin, tête un peu inclinée.

Eadulf donna des ordres rapides et lui emboîta le pas. Il attendit patiemment, tout en la regardant marcher, plongée dans ses pensées. Soudain elle se tourna vers lui ; il n'avait jamais vu un tel sourire de triomphe illuminer son visage.

— Je crois que tout s'enchaîne, à présent. Mais je dois d'abord passer par le *librarium* et trouver cet ouvrage sur les poèmes lyriques du monde hellénistique que lisait Seaxwulf.

Eadulf soupira, d'un air découragé.

— Vous m'avez perdu. Que vient faire le *librarium* dans cette affaire ? Que voulez-vous dire ?

Sœur Fidelma laissa échapper un éclat de rire sonore.

— Je sais qui est notre meurtrier, voilà ce que je veux dire.

CHAPITRE XIX

Sœur Fidelma s'arrêta devant la porte du logis de l'abbesse Hilda, lança un regard à Eadulf et fit une grimace.

— Seriez-vous nerveuse, Fidelma? lui murmura-t-il, avec inquiétude.

— Qui ne le serait pas en de telles circonstances? répondit-elle calmement. Nous avons affaire à un être fort et adroit. Et la preuve que je détiens est assez indirecte. Seule une faiblesse me permettra de confondre notre assassin. Si cela échoue... Il pourrait bien nous échapper.

— Je suis là pour vous soutenir.

Cette phrase n'était pas pour Eadulf une manière de se vanter, mais une simple affirmation réconfortante.

Pendant un instant, elle le contempla avec un sourire plein d'affection et posa sa main sur la sienne. Eadulf la recouvrit de son autre main en soutenant son regard. Puis elle baissa les yeux et frappa à la porte.

Tous étaient présents, ainsi qu'elle l'avait exigé — mère Hilda, Mgr Colmán, le roi Oswy, l'abbesse Abbe, sœur Athelswith, Agatho, sœur Gwid et Wighard, secrétaire de feu l'archevêque de Cantorbéry. Oswy, l'air morose, était avachi au coin de l'âtre sur le fauteuil habituellement réservé à Colmán. L'évêque était quant à lui installé dans celui d'Hilda, derrière sa table. Les autres se tenaient debout.

À leur entrée, tous se tournèrent vers eux avec des regards interrogateurs.

Fidelma inclina la tête vers le roi et se tourna vers l'abbesse Hilda.

— Avec votre permission, ma mère ?

— Je vous en prie, ma sœur. Nous sommes suffisamment impatients de vous entendre, je suis certaine que nous serons tous soulagés quand cela sera terminé.

— Fort bien.

Fidelma toussa nerveusement, chercha Eadulf du regard pour s'assurer de son soutien et commença :

— Notre enquête sur la mort d'Étain a été dominée par l'impression, devenue conviction dans l'esprit de beaucoup, que le meurtre était politique.

Colmán eut une grimace irritée.

— C'était la conclusion la plus évidente.

Fidelma ne se troubla pas.

— Chacun ici a estimé qu'Étain, en tant que porte-parole principal de l'Église de Colomba, avait été tuée pour être réduite au silence, parce que le camp romain avait vu en elle son ennemi le plus implacable. N'est-ce pas ?

Un murmure d'approbation s'éleva des personnes soutenant Colomba, mais Wighard secoua la tête.

— Il s'agit d'une suggestion calomnieuse.

Fidelma posa un regard impassible sur le cénobite du Kent.

— Vous devez admettre que l'erreur était compréhensible, étant donné les circonstances, répliqua-t-elle.

— Vous admettez que c'était une erreur ? dit Wighard, s'emparant avidement du mot qu'elle venait d'employer.

— Oui. L'abbesse Étain a été tuée pour une raison autre que sa foi religieuse.

Colmán plissa les yeux.

— Voulez-vous dire qu'Athelnoth était l'assassin, après tout ? Que ses avances incorrectes à l'abbesse Étain ayant été rejetées, il l'a égorgée ? Qu'une fois démasqué, il s'est suicidé par remords ?

Fidelma eut un petit sourire.

— Vous allez bien plus vite que moi, monseigneur.

— C'est la rumeur qui se murmure dans les cloîtres de cette abbaye. Lancée, j'imagine, par le clan romain, rétorqua Colmán, la voix pleine de colère.

Agatho, le prêtre aux yeux noirs, qui était demeuré silencieux jusque-là, intervint soudain. Il se mit à chanter d'une voix perçante :

La rumeur se répand d'un coup, la rumeur.
Jamais on n'a vu plus rapide malheur.

Il laissa retomber sa tête et se renferma dans le mutisme aussi brusquement qu'il l'avait abandonné.

Tous les yeux étaient tournés vers lui, ébahis.

Fidelma avertit Eadulf d'un clignement de paupières. Le moment approchait. Elle allait bientôt devoir révéler ses conclusions. Elle prit son courage à deux mains et poursuivit, ignorant l'interruption d'Agatho.

— Vous connaissez la raison, monseigneur l'évêque de Lindisfarne, mais vous songez à la mauvaise personne.

Colmán laissa échapper une interjection de dégoût.

— Fi ! Un crime passionnel ? J'ai toujours pensé qu'hommes et femmes devraient être séparés. Dans Job il est écrit : « J'avais fait un pacte avec mes yeux, au point de ne fixer aucune vierge[1]. » Nous devrions proscrire ces monastères doubles comme l'a fait saint Finnian de Clonard qui refusait de porter les yeux sur la moindre femme.

1. Job, 31, 1. *(N.d.T.)*

L'abbesse Abbe était rouge d'indignation.

— Si cela ne tenait qu'à vous, Colmán de Lindisfarne, notre vie serait sans joie. Vous devez être de ceux qui acclament Enda qui, ayant prononcé ses vœux, refusait de s'adresser à sa propre sœur, Faenche, à moins qu'un drap ne fût tendu entre eux !

— Mieux vaut une vie sans joie qu'une vie de débauche et d'hédonisme, s'enflamma l'évêque.

Le rouge sur les joues d'Abbe s'intensifia et elle parut s'étrangler. Elle ouvrit la bouche sans produire aucun son.

Fidelma s'empressa de prendre la parole :

— Chères sœurs, chers frères, n'oublions-nous pas l'objet de cette réunion ?

Oswy, qui assistait avec un sourire amer à la querelle divisant son clergé, intervint :

— Si, Fidelma de Kildare. Cela commence à ressembler aux débats du *sacrarium*. Dites-nous, si vous le pouvez, pourquoi nous avons assisté à la mort de votre abbesse, à celle de l'évêque de Cantorbéry. Pourquoi Athelnoth, Seaxwulf, et même mon fils aîné, Alhfrith, ont-ils tous péri ? La mort rôde à Streoneshalh comme la peste. Cet endroit est-il maudit ?

— Nul n'est maudit dans cette affaire. Vous connaissez déjà la raison de la mort d'Alhfrith, Oswy. Je sais qu'une partie de vous le pleure quand l'autre admet que vous êtes sorti indemne des griffes d'une conspiration de félons, répondit Fidelma. Dieu peut répondre du décès de Deusdedit de Cantorbéry, car il a trépassé de la peste. Mais Étain, Athelnoth et Seaxwulf sont morts par une seule et même main.

Un silence anxieux s'abattit sur la pièce.

Fidelma sonda leurs visages, l'un après l'autre. Ils la dévisagèrent en retour, d'un air de défi.

— Eh bien, parlez. Par quelle main ?

Fidelma se tourna à nouveau vers Oswy, qui s'était exprimé avec virulence.

— Je vais vous le dire, mais à mon rythme et sans interruption.

Agatho leva la tête et sourit, levant la main pour faire le signe de croix.

— *Amen.* La vérité sera révélée, *Deo volente*[1] !

L'abbesse Hilda se mordit la lèvre.

— Sœur Athelswith ne devrait-elle pas raccompagner Agatho à son *cubiculum* ? Je crains que la tension de ces dernières semaines ne l'ait rendu souffrant.

— Souffrant ? Quand un homme est souffrant, sa bonté même va mal ! s'écria Agatho d'un air soudain béat. Mais jusque dans le sommeil, le malade a l'œil vif.

Fidelma hésita, puis secoua la tête.

— Il vaut mieux qu'Agatho entende ce qu'on a à dire.

Hilda exprima son désaccord, mais Fidelma reprit.

— Étain m'avait confié son intention d'abandonner le titre d'abbesse de Kildare dès son retour en Irlande à la fin du synode. C'était une femme aux multiples talents, comme vous le savez tous pour l'avoir invitée en tant que porte-parole de l'Église de Colum-Cille, que vous nommez Colomba. N'eût-elle fait partie de la famille de Brigitte, elle aurait pu obtenir ce ministère par ses seuls mérites. Mariée jeune, ayant perdu son époux, elle a suivi la tradition familiale et est devenue religieuse. Elle excellait à l'étude et le jour est arrivé où elle fut choisie comme abbesse de Kildare, cette abbaye fondée par son illustre aïeule Brigitte, fille de Dubhtach.

— Nous connaissons tous la réputation et l'autorité d'Étain, intervint Hilda avec impatience.

1. Si Dieu le veut. *(N.d.T.)*

Fidelma lui jeta un regard glacial. La pièce redevint silencieuse.

— J'étais à peine arrivée à Streoneshalh quand je m'entretins avec Étain, poursuivit-elle quelques instants plus tard. Elle m'a appris qu'elle avait rencontré un homme avec qui elle voulait vivre et ce sentiment était si fort qu'elle avait pris la décision d'abandonner son titre pour suivre son amour dans un monastère double où hommes, femmes et enfants se consacrent à l'œuvre de Dieu. J'ai d'abord imaginé, bêtement, à tort, que ce nouvel amour d'Étain se trouvait en Irlande.

— C'était une hypothèse naturelle, intervint Eadulf pour la première fois. Voyez-vous, Étain n'avait jamais quitté la côte irlandaise.

Fidelma le remercia du regard.

— Frère Eadulf me rassure quant à mes défauts, murmura-t-elle. Mais l'on ne devrait rien supposer. Car en réalité, Étain était tombée amoureuse d'un Saxon et lui d'elle.

Elle avait désormais toute leur attention.

— En effet, elle avait rencontré frère Athelnoth à l'abbaye d'Emly où elle a enseigné la philosophie jusqu'à l'année dernière.

— Athelnoth y avait passé six mois, expliqua Eadulf.

Colmán hochait la tête.

— Certainement. C'est pourquoi je l'avais envoyé à Catraeth à la rencontre de l'abbesse pour l'escorter jusqu'ici. Il connaissait Étain.

— Bien sûr, confirma Fidelma. Un fait qu'il nia après son meurtre. Pour quelle raison ? Simplement parce qu'il était un ardent partisan de la règle de Rome et que son association avec Étain serait retenue contre lui ? Je ne le pense pas.

— D'autant que nombre des adeptes de Rome ont été éduqués en Irlande, remarqua Oswy. Il est même des frères irlandais, comme Tuda, pour prendre le parti romain. Non, ce n'est vraiment pas une raison pour renier des amis au sein de l'Église de Colomba.

— Athelnoth a nié toute relation avec elle car il était l'homme qu'elle allait épouser, expliqua posément Fidelma.

Mère Abbe protesta avec indignation.

— Comment Étain pouvait-elle envisager une relation avec un tel homme ? s'exclama-t-elle.

Fidelma lui adressa un sourire pincé.

— Vous qui prêchez que l'amour est le plus grand don de Dieu à l'humanité devriez être capable de répondre à cela !

Abbe de Coldingham releva le menton, une rougeur gagna ses joues.

— En me remémorant la conversation que j'ai eue avec Étain, poursuivit Fidelma, je me suis rendu compte qu'elle m'avait donné toutes les clefs pour élucider son meurtre à venir. Elle m'a annoncé qu'elle aimait un étranger. Je pensais qu'elle évoquait en ces termes un homme qu'elle connaissait depuis peu, alors qu'il s'agissait en réalité d'un homme d'un autre pays. Elle me confia que tous deux s'étaient offert les traditionnels présents de fiançailles. J'aurais dû me souvenir que l'échange de broches est une coutume eoghanacht. Eadulf a trouvé celle d'Étain dans une sacoche sur le corps d'Athelnoth.

Le moine confirma d'un signe de tête énergique.

— Et celle d'Athelnoth a été découverte sur le corps de Seaxwulf, ajouta-t-il. Et elles étaient accompagnées de pages de vélin où étaient copiés des vers de poèmes grecs.

Oswy ne comprenait plus.

— Dites-vous maintenant que Seaxwulf était le coupable ?

Fidelma secoua la tête.

— Non. La broche qu'Athelnoth possédait était d'origine irlandaise. Il s'agissait clairement du cadeau offert par Étain. De son côté, Seaxwulf avait sur lui un bijou de fabrication saxonne, celui qu'Athelnoth avait donné en retour. Le meurtrier s'était emparé de la broche d'Athelnoth sur le corps d'Étain, ainsi que du poème, découvert par la suite sur Seaxwulf. Ce dernier avait trouvé ce petit paquet bien après qu'il eut été volé, il était sur le point de me le montrer quand il a été tué. Seaxwulf m'aurait peut-être donné le nom de l'assassin, mais puisqu'il avait avec lui ces preuves, il est mort à ma place. Je suis arrivée trop vite à notre rendez-vous pour permettre au meurtrier de retrouver la broche et le morceau de vélin compromettants.

— Compromettants ? Mais pour qui ? voulut savoir Hilda.

Eadulf paraissait nerveux. Jusque-là, la personne que Fidelma lui avait confié soupçonner gardait des nerfs d'acier. Aucune panique ne venait bousculer ses traits placides mais vigilants.

— Éclaircissons les choses, s'interposa Wighard avec vivacité. Vous dites qu'Étain a été tuée par un amant jaloux ? Pourtant vous ajoutez qu'Athelnoth, son véritable amant, ne l'a point tuée. Est-il mort par la même main qu'Étain ? Et Seaxwulf a-t-il été assassiné par ce même homme ? Pourquoi ?

Eadulf se sentit obligé de prendre la parole.

— Athelnoth est mort non seulement parce qu'il avait l'amour d'Étain, mais aussi parce qu'il pouvait pointer le doigt dans la bonne direction. Seaxwulf a appris qui était coupable en découvrant la broche et le poème grec dans les affaires de l'assassin. Il s'en est emparé avant de savoir de quoi il s'agissait. Quand il s'en est rendu compte, il a demandé un rendez-vous à Fidelma. C'est pourquoi il est mort.

Oswy soupira, exaspéré.

— Tout cela me paraît trop compliqué. Maintenant, vous devez nous le dire. Qui est cet amant jaloux d'Étain ? Qui est cet homme ?

Sœur Fidelma sourit avec tristesse.

— Ai-je dit qu'il s'agissait d'un homme ?

Elle pivota lentement en direction de sœur Gwid, qui se tenait là, silencieuse, le visage presque aussi gris que la pierre, les mâchoires serrées. Ses yeux noirs lancèrent à Fidelma un regard plein de haine.

— Sœur Gwid, voudriez-vous nous expliquer d'où vient cette déchirure dans votre *tunica*, que vous avez voulu repriser ? L'avez-vous faite en vous cachant sous le lit d'Athelnoth pour ne pas être surprise par sœur Athelswith ?

Avant que quiconque eût le temps de se rendre compte de ce qui se passait, Gwid s'était emparé d'un couteau qu'elle tenait caché dans son habit et l'avait lancé de toute ses forces en direction de Fidelma.

Tout parut se produire au ralenti. Fidelma, tellement étonnée de la réaction inattendue de Gwid, se trouva paralysée sur place. Elle perçut un cri d'alarme rauque, puis elle eut le souffle coupé par le poids d'un corps qui la plaquait au sol.

Un cri aigu s'ensuivit.

La force de la chute la fit grimacer de douleur au moment de l'impact sur le sol de pierre et elle se trouva enchevêtrée avec Eadulf, hors d'haleine, qui s'était jeté sur elle pour lui éviter de se trouver sur la trajectoire de l'arme meurtrière. Fidelma leva les yeux pour tenter de savoir qui hurlait ainsi.

C'était Agatho, qui était placé juste derrière elle. Le couteau de Gwid était maintenant enfoncé dans son épaule et le sang coulait sur sa tunique. Il regardait le manche, incrédule. Puis il se mit à gémir et à sangloter.

Gwid s'enfuyait en direction de la porte, mais Oswy le colosse y arriva avant elle. Il ceintura la religieuse qui se débattait ; elle avait tant de force qu'Oswy fut repoussé et contraint de sortir son épée pour tenir à distance la hargneuse furie tandis qu'il appelait ses gardes. Il fallut deux guerriers royaux pour traîner Gwid, hurlante, hors de la pièce et l'emmener au cachot sous bonne garde, sur ordre d'Oswy.

Le roi observa un moment les égratignures sur son avant-bras, que Gwid avait lacéré. Puis il jeta un coup d'œil en direction de Fidelma, qu'Eadulf aidait à se relever.

— Nous allons avoir besoin d'explications, ma sœur, dit-il.

Puis, plus gentiment, il ajouta :

— Êtes-vous blessée ?

Eadulf avait pris les choses en main ; aux petits soins pour Fidelma, il lui servait un verre de vin. Elle le refusa.

— C'est Agatho qui est blessé.

Ils se tournèrent vers lui. Sœur Athelswith se précipitait pour arrêter le saignement.

Agatho riait, maintenant, malgré le couteau toujours planté dans son épaule et le sang répandu sur ses vêtements. Il hululait de sa voix perçante :

— Qui, à part les dieux, peut vivre à jamais sans souffrir ?

— Je vais le conduire auprès de notre médecin, proposa Athelswith.

— Faites, dit Fidelma avec un triste sourire. Frère Edgar saura peut-être traiter la blessure, mais je doute qu'il puisse faire grand-chose pour guérir l'esprit de ce pauvre homme.

La vieille *domina* escorta Agatho jusqu'à la porte et Fidelma se retourna vers le reste de la compagnie avec une grimace.

— J'avais oublié combien sœur Gwid était forte et agile, s'excusa-t-elle. Je n'imaginais pas qu'elle réagirait avec cette violence.

L'abbesse Abbe lui lança un regard revêche.

— En vérité, vous prétendez que ces meurtres atroces ont été commis par sœur Gwid et elle seule ?

— C'est ce que je vous dis, affirma Fidelma. Elle vient de vous donner la preuve de sa culpabilité.

— En effet, intervint Hilda, dont le visage trahissait encore le choc de la révélation. Mais une femme... qui ait cette force !...

Fidelma échangea un regard avec Eadulf et sourit :

— Je veux bien de ce vin, maintenant.

Il lui tendit anxieusement le verre, qu'elle vida avant de le lui rendre.

— Je savais que Gwid vénérait Étain et qu'elle s'apprêtait dès que l'abbesse était dans les parages. Je me trompais en estimant qu'elle recherchait son amitié par simple respect. Mais l'on est sage après coup. Gwid a étudié sous la direction d'Étain à Emly. Étain est devenue un objet d'adulation pour cette fille solitaire, malheureuse, qui avait d'ailleurs été esclave cinq ans dans ce royaume, ayant été capturée enfant. Apparemment, Gwid a été bouleversée lorsque Étain a quitté Emly, mais elle n'a pu la suivre car il lui restait un mois d'études. Dès qu'elle a été libre de le faire, elle l'a rejointe et a appris qu'Étain venait en Northumbrie pour participer au débat. Elle s'est donc embarquée pour Iona. C'est là que je l'ai rencontrée, elle a prétendu être sa secrétaire, pour pouvoir nous accompagner jusqu'à Streoneshalh. Mais la vérité était sous mes yeux depuis le début. Lors de ma discussion avec Étain, elle a semblé réticente à évoquer Gwid comme étant sa secrétaire. D'ailleurs Athelnoth a laissé entendre que celle-ci avait suivi Étain non parce qu'on le lui avait demandé, mais de sa propre initiative. Il pensait qu'Étain lui avait attribué ce poste à son arrivée, par pitié. Certes, il n'est pas entré dans les détails sur la façon dont il l'avait appris, parce qu'il ne voulait pas révéler sa relation avec Étain. Mais cela a été confirmé par Seaxwulf, le secrétaire de Wilfrid. Il m'a très clairement informée que Gwid n'était pas en vérité la confidente d'Étain et qu'elle n'était pas au courant des négociations en cours entre Wilfrid et elle. Nous étions si atterrés d'apprendre que de telles tractations existaient que nous avions oublié ce point essentiel.

Fidelma fit une pause et se versa un autre verre de vin, qu'elle sirota pensivement.

— Gwid avait conçu une adulation contre-nature pour Étain, une passion sans espoir de retour. Étain l'a évoquée devant moi, pourtant je n'ai pas compris. Elle m'a dit que Gwid, qui maîtrise bien le grec, passait plus de temps à vénérer les poèmes de Sapho qu'à analyser les Évangiles. Connaissant moi aussi le grec, j'aurais dû voir immédiatement les implications de cette remarque.

Oswy l'interrompit :

— Je ne connais point le grec. Qui est Sapho ?

— Une poétesse grecque de l'Antiquité, résuma Eadulf.

— Une poétesse lyrique née à Mytilène, sur l'île de Lesbos. Elle avait rassemblé autour d'elle un cercle de femmes et de jeunes filles ; ses poèmes sont empreints de l'ardeur passionnée née de son amour pour elles et de celui qu'elles lui rendaient. À en croire le poète Anacréon, l'on doit à Sapho que l'île de Lesbos évoque l'homosexualité féminine.

L'abbesse Hilda paraissait affligée.

— Sœur Gwid éprouvait un... un amour contre-nature pour Étain ?

— Oui. Et c'était une passion désespérée. Elle a prouvé son amour en lui offrant deux poèmes de

Sapho. Étain en a donné un à son amant, Athelnoth, sûrement pour lui expliquer ce qui se passait. C'est ce qu'il a sous-entendu devant nous. Elle a gardé l'autre. Puis, juste avant l'ouverture des débats, Étain a certainement annoncé à Gwid qu'elle ne pouvait répondre à son amour, qu'elle aimait Athelnoth et qu'après le synode ils vivraient ensemble au sein d'un monastère double.

— Gwid a été prise de folie furieuse, ajouta Eadulf. Avez-vous vu avec quelle rapidité elle perd son sang-froid ? C'est une femme solide, physiquement plus forte que beaucoup d'entre nous, je vous l'assure. Elle a attaqué Étain, qui était une femme fluette, et lui a tranché la gorge. Elle s'est emparée de la broche de fiançailles offerte par Athelnoth et a tenté de reprendre les deux poèmes qu'elle avait copiés pour Étain. Elle n'a pu en trouver qu'un, l'autre étant déjà entre les mains d'Athelnoth.

— Je me souviens qu'elle est arrivée en retard au *sacrarium*, le premier jour des débats, remarqua Fidelma. Elle s'était hâtée, elle avait le visage rouge et était hors d'haleine. Elle venait tout juste de tuer Étain.

— Tant que celle-ci était célibataire, Gwid se contentait plus ou moins de demeurer son esclave énamourée. Sa proximité devait sûrement lui suffire. Mais lorsqu'elle a appris qu'Étain aimait Athelnoth...

Eadulf s'interrompit, haussant les épaules.

— Aucune rage n'est aussi puissante que la haine née de l'amour rejeté, commenta Fidelma. Gwid est une force de la nature, elle est aussi intelligente et rusée, car elle a astucieusement tenté d'impliquer Athelnoth. Puis elle s'est rendu compte qu'Étain devait lui avoir confié l'autre poème. Alors sa rage n'a plus connu de bornes. Qu'Étain eût pu trahir son amour et la tourner en ridicule devant un homme ! D'ailleurs, elle m'a même avoué qu'elle considérait ce meurtre comme une absolution pour ce qui, selon elle, était le péché d'Étain. Bien sûr, elle ne s'est pas exprimée d'une manière aussi directe, mais j'aurais dû l'interpréter correctement sur le moment.

Oswy était abasourdi.

— Gwid a également considéré qu'elle devait tuer Athelnoth ?

Fidelma acquiesça.

— Après l'avoir assommé, elle était assez robuste pour l'accrocher, inconscient, à la patère dans sa cellule, afin qu'il s'étrangle et que sa mort évoque un suicide.

— Mais sœur Athelswith a entendu du bruit, intervint encore Eadulf, elle s'est approchée de la porte. Gwid a eu le temps de se cacher sous le lit avant qu'Athelswith ne pénètre dans le *cubiculum*. La *domina* a immédiatement vu Athelnoth et a couru donner l'alarme. Gwid s'est trouvé confrontée à un dilemme. Elle n'avait pas le temps de chercher le vélin portant le second poème.

— Mais comment la broche et le poème sont-ils arrivés entre les mains de Seaxwulf ? s'enquit Wighard. Vous avez dit que Gwid les avait emportés.

Sœur Athelswith était de retour, elle se faufila dans la pièce et fit signe à Fidelma de poursuivre.

— Frère Seaxwulf était affligé d'un grave défaut, il avait l'esprit d'une pie. Il aimait s'emparer des jolies choses. Il a été réprimandé et châtié pour avoir tenté de voler dans le dortoir des frères. Wilfrid l'a fait fouetter. Plus tard, et malgré cela, Seaxwulf a dû fouiller le dortoir des religieuses. Il savait reconnaître les beaux bijoux et, parmi les affaires personnelles de Gwid, il a découvert la broche d'Étain, enveloppée dans un poème intitulé « L'assaut d'Éros ». Il s'est emparé des deux. Le poème l'a intrigué ; en cherchant au *librarium*, il a appris que Sapho en était l'auteur. Il m'a même interrogée sur la coutume de l'échange de cadeaux entre amants. Je n'ai vu que trop tard où il voulait en venir. Seaxwulf a certainement nourri des soupçons à l'égard de Gwid. En apprenant l'assassinat d'Athelnoth, il a décidé de m'en faire part et est venu me trouver au réfectoire. Dans son souci de se faire comprendre, il s'est adressé à moi en grec, pour convenir d'un rendez-vous. Mais il avait oublié que Gwid, qui était assise non loin, connaissait le grec mieux que lui. L'erreur lui a été fatale, Gwid devait le réduire au silence. Elle l'a suivi, lui a assené un coup sur le crâne et l'a tué dans le fût, en lui maintenant la tête sous la surface. Je suis arrivée trop vite pour qu'elle ait le temps de fouiller le corps. Surprise par la découverte du cadavre, j'ai glissé du tabouret et j'ai chu par accident, m'assommant sur le sol. Mon cri a fait accourir Eadulf et sœur Athelswith dans l'*apotheca*. Pendant qu'ils m'emmenaient jusqu'à mon *cubiculum*, Gwid a eu le temps de ressortir le corps de Seaxwulf, de le traîner dans le tunnel menant aux latrines jusqu'à la falaise et de le jeter dans la mer. Non sans l'avoir fouillé, bien entendu.

— Alors comment a-t-elle pu manquer la broche et le poème ? interrogea Hilda. Elle a eu suffisamment de temps pendant qu'elle transportait le corps.

Fidelma sourit d'un air narquois.

— Seaxwulf suivait la mode. Il portait un *sacculus* d'un style nouveau cousu dans sa tunique. C'est là qu'il avait placé le poème et la broche. La pauvre Gwid ne connaissait pas l'existence de cette poche. Mais elle ne s'en est point inquiétée, ayant disposé, pensait-elle, du corps et de toute autre preuve en le jetant à la mer. Elle ignorait que la marée ferait resurgir sa victime à proximité des côtes, près du port, six à douze heures plus tard.

— Vous dites que sœur Gwid s'est montrée capable de traîner le corps jusqu'à la mer. Est-elle réellement aussi forte ? voulut savoir Hilda. Elle qui est étrangère à cette abbaye, comment savait-elle où se trouvaient ces latrines ? Elles sont réservées aux frères et seuls les hôtes masculins sont informés de leur existence.

— Sœur Athelswith m'a dit que pour préserver la pudeur masculine, les sœurs travaillant aux cuisines en avaient connaissance, pour éviter qu'elles ne s'y fourvoient. Après la mort d'Étain, sœur Gwid occupait son temps en y travaillant, justement.

La *domina* rougit.

— C'est exact, confessa-t-elle. Elle m'a demandé si elle pouvait aider pendant qu'elle était là. J'étais désolée pour elle, j'ai accepté. La sœur cuisinière l'a sans nul doute avertie de l'existence de ces latrines.

— Nous avons été un moment distraits par les intrigues de votre fils Alhfrith, admit Eadulf. Nous avons cru à tort que Taran, Wulfric ou lui avaient pu être impliqués dans cette affaire.

Sœur Fidelma écarta les mains : leur exposé était clos.

— Et voilà.

Eadulf sourit d'un air grave.

— Une femme à l'amour contrarié est comme un torrent bloqué par un tronc : profond, bourbeux, trouble et agité de puissantes turbulences. Gwid est ainsi.

— Publilius Syrus[1] dit que « la femme aime ou hait », il n'y a pas d'autre possibilité, soupira Colmán.

— Syrus était un idiot, comme la plupart des hommes, s'esclaffa Abbe avec mépris.

Oswy se leva.

1. Poète latin du Ier siècle, auteur de mimes, et dont on connaît un recueil de *Sentences. (N.d.T.)*

— En tout cas, il a fallu une femme pour remonter jusqu'à cet ennemi, remarqua-t-il. Pourtant, si Gwid n'avait pas été d'un tempérament volcanique, vous n'aviez rien que des accusations indirectes. Il est vrai qu'elles s'inscrivaient dans un enchaînement logique, mais si Gwid avait nié en bloc, l'auriez-vous confondue ?

Fidelma esquissa un sourire.

— Nous ne le saurons jamais, Oswy de Northumbrie. Mais je pense que oui. Connaissez-vous bien l'art de la calligraphie ?

Oswy répondit d'un geste par la négative.

— J'ai étudié cet art sous la direction de Sinlán de Kildare, poursuivit Fidelma. Il est facile pour l'œil exercé de reconnaître un scribe à sa façon d'écrire : la forme des lettres, cursives ou onciales lisses. Selon moi, ces poèmes ont clairement été copiés par Gwid.

— Nous vous sommes reconnaissants, Fidelma de Kildare, annonça solennellement Colmán. Nous vous devons tant !

— Frère Eadulf et moi étions unis dans cette tâche, répondit-elle, gênée. Nous étions confrères.

Elle lança un petit sourire à Eadulf.

Il le lui rendit et haussa les épaules.

— Sœur Fidelma est modeste. Ma contribution fut maigre.

— Suffisante pour faire connaître ces faits à l'assemblée avant que je rende ma décision ce matin même, décréta Oswy. Suffisante pour atténuer l'effet de mes paroles, quand je tenterai de dissiper la suspicion et la méfiance qui imprègnent l'esprit de nos frères.

Il marqua un temps d'arrêt et laissa échapper un rire sans joie.

— J'ai l'impression qu'un fardeau vient de m'être retiré des épaules, car l'assassinat de l'abbesse Étain de Kildare a été commis non par l'Église de Rome ni par celle de Colomba, mais au nom de la luxure, qui est le plus vil des motifs.

CHAPITRE XX

Dans un silence particulièrement intense, Oswy se leva de son fauteuil et parcourut du regard les rangées de visages dans l'expectative qui peuplaient le *sacrarium*. Sœur Fidelma et frère Eadulf, leur tâche désormais accomplie, se sentaient étrangement détachés du synode et, au lieu de reprendre place parmi les bancs de leurs clans respectifs, ils demeurèrent côte à côte, près de la porte latérale, observant les événements comme s'ils n'en faisaient plus partie.

— J'ai pris ma décision, déclara le roi. Je n'avais en réalité pas le choix. Après avoir écouté tous les arguments, une seule chose importait : laquelle de ces deux Églises détenait la plus grande autorité — celle de Rome ou celle de Colomba ?

Un murmure d'anticipation s'amplifia dans l'assemblée. Oswy leva la main pour demander le silence.

— Colmán se réclame de l'autorité du divin apôtre Jean, Wilfrid de l'apôtre Pierre. Pierre est, selon les mots du Christ lui-même, le gardien des portes du Paradis et je ne souhaite point lui être défavorable. Je désire obéir à ses ordres en toutes choses, car si arrivant aux portes du royaume des cieux je m'en voyais refuser l'accès par celui-là même qui, d'après le témoignage des Évangiles, en détient les clefs, personne ne pourrait ensuite me les ouvrir.

Oswy fit une pause et observa la salle, exceptionnellement calme.

— Dès lors, l'Église de mon royaume de Northumbrie devra suivre la règle de Rome.

Le silence se fit menaçant.

Colmán se leva et dit d'une voix grave :

— Sire, j'ai fait de mon mieux pour vous servir ces trois dernières années, à la fois en tant qu'abbé de Lindisfarne et en tant qu'évêque. C'est donc le cœur lourd de chagrin que je dois abandonner ces ministères et retrouver ma terre natale pour vénérer le Christ vivant selon ma conscience et en accord avec les enseignements de mon Église. Tous ceux qui désirent suivre la règle de Colomba seront les bienvenus s'ils souhaitent se joindre à moi et quitter ce pays.

Le visage d'Oswy était impassible, pourtant la tristesse se lisait dans ses yeux.

— Qu'il en soit ainsi.

Un murmure s'éleva tandis que Colmán, digne, quittait la chapelle. Ici et là, d'autres membres de l'Église de Colomba se levèrent pour le suivre.

L'abbesse Hilda se leva à son tour et déclara d'un air sombre :

— Le synode est clos. *Vade in pace*. Allez en paix à la grâce de Notre-Seigneur, le Christ.

Sous les yeux de Fidelma, les bancs se vidèrent peu à peu, dans un silence presque complet. La décision avait été prise, Rome avait gagné.

Eadulf se mordait la lèvre. Bien qu'appartenant à la faction romaine, cette décision semblait faire naître en lui une certaine tristesse et il lança à Fidelma un regard compatissant.

— C'est un choix politique, décréta-t-il. Il ne repose pas sur une question de théologie et c'est dommage. La plus grande crainte d'Oswy est un isolement politique des royaumes saxons du Sud sur lesquels il souhaite étendre sa domination. S'il avait adhéré aux principes de Colomba et ses compatriotes saxons à ceux de Rome, il aurait été stigmatisé comme celui qui impose une Église étrangère à leur pays. Dans le Kent, Rome est déjà autant un pouvoir politique que spirituel. Les Bretons à l'ouest, les Scots de Dál Riada et les Pictes, au nord, menacent nos frontières. Que nous soyons du Kent, de Northumbrie, de Mercie, du Wessex ou d'East Anglia, nous avons tous une même langue, nous appartenons à la même race. Nous devons disputer la suprématie de cette île aux Bretons et aux Pictes qui seraient capables de nous jeter à la mer.

Fidelma le dévisagea avec surprise.

— Vous êtes versé dans les nuances des motivations politiques, Eadulf.

Le moine grimaça d'un air narquois.

— La décision d'Oswy était couchée dans une langue théologique mais je vous le dis franchement, Fidelma, elle a été prise face à la dure réalité des préoccupations politiques. S'il avait soutenu la cause de Colomba, il aurait encouru les inimitiés des évêques romains. En choisissant Rome, il sera accepté par les autres royaumes angles et saxons, et ils s'allieront pour assurer leur suprématie sur cette île de Bretagne, voire un jour sur les terres au-delà. Cela, je le crois, est le rêve d'Oswy. Un rêve de pouvoir et d'empire.

Sœur Fidelma laissa échapper un profond soupir.

Ainsi, c'était tout ce dont il était question ? Rien que de stratégie politique. Oswy se préoccupait juste du pouvoir, comme tous les souverains, finalement. Ce grand synode de Streoneshalh n'était rien d'autre qu'une mascarade, mascarade sans laquelle son amie Étain serait peut-être toujours vivante. Les larmes lui montant soudain aux yeux, elle tourna brusquement le dos à Eadulf et s'éloigna en quête de solitude, sur le sentier longeant la falaise, hors de cette sinistre abbaye. Il était temps de laisser place au chagrin qu'elle ressentait pour son amie, Étain de Kildare.

Fidelma traversait le cloître en direction du réfectoire quand la cloche annonça la *cena*, le dernier repas de la journée. Frère Eadulf, qui l'attendait impatiemment, arriva à sa rencontre.

— Évêques et abbés proromains se sont réunis en conseil, lui dit-il, gêné, en essayant de ne pas remarquer le rouge qui cernait ses yeux brillants. Ils ont tenu convention et décidé de choisir Wighard pour remplacer Deusdedit.

Fidelma n'en fut que peu surprise ; ils se dirigèrent vers la grande salle à manger.

— Wighard deviendra donc le prochain archevêque de Cantorbéry ?

— Oui. Il semble qu'on le considère comme le choix le plus évident pour succéder à Deusdedit, car il était son secrétaire depuis de nombreuses années et il connaît bien tout ce qui a trait à Cantorbéry. Dès la dispersion du synode, Wighard se rendra à Rome pour présenter ses lettres de créance au Saint-Père et demander sa bénédiction.

Les yeux de Fidelma se mirent à scintiller un peu.

— Rome. J'aimerais tant voir Rome !

Eadulf sourit timidement.

— Wighard m'a demandé de l'accompagner en tant que secrétaire et traducteur, car, vous le savez, j'ai déjà passé deux années dans cette ville. Pourquoi ne pas vous joindre à nous, sœur Fidelma, vous pourriez voir Rome ?

L'éclat dans ses yeux se raviva et elle se surprit à envisager sérieusement cette proposition. Puis la couleur lui monta aux joues.

— Cela fait trop longtemps que j'ai quitté l'Irlande, dit-elle d'un air distant. Je dois rapporter la nouvelle de la mort d'Étain à mes sœurs de Kildare.

Le visage d'Eadulf s'allongea, il était déçu.

— J'aurais aimé vous faire découvrir les lieux saints de cette grande cité.

Peut-être était-ce son ton mélancolique, elle se sentit soudain agacée. Il allait trop loin. Elle regretta sa colère dès qu'elle la reconnut. Il était vrai qu'elle s'était habituée à la compagnie d'Eadulf. Il serait étrange de se retrouver sans lui, maintenant que l'enquête était terminée.

Ils étaient à peine installés à table quand sœur Athelswith vint les informer que l'abbesse Hilda souhaitait les voir après la *cena*.

Hilda se leva de son siège à l'entrée de sœur Fidelma et frère Eadulf; elle s'approcha d'eux, mains tendues. Son sourire était sincère, mais de profondes rides autour de ses yeux témoignaient de la tension de ces derniers jours et de la conclusion du synode.

— Je suis chargée de vous remercier tous deux, de la part de Colmán et du roi Oswy.

Sœur Fidelma prit sa main entre les siennes et inclina la tête, tandis qu'Eadulf se penchait pour baiser l'anneau de l'abbesse, ainsi que le voulait la coutume romaine.

Hilda leur fit signe de prendre leurs aises et s'installa près de l'âtre.

— Il n'est nul besoin que je vous décrive la dette que cette abbaye, ce royaume, même, ont envers vous deux.

Fidelma lut la tristesse sur le visage de l'abbesse.

— C'était un bien maigre service, répondit-elle doucement. Je regrette que nous n'ayons pu résoudre plus tôt cette affaire.

Puis, fronçant les sourcils, elle interrogea l'abbesse :

— Allez-vous quitter la Northumbrie maintenant, comme Colmán ?

Hilda cligna des paupières, surprise par cette question inattendue.

— Moi, mon enfant ? J'ai passé cinquante années ici, c'est mon pays. Non, je ne partirai pas.

— Mais vous soutenez la règle de Colomba, souligna Fidelma. La Northumbrie s'étant tournée vers Rome, vous sentirez-vous à votre place ici ?

L'abbesse secoua doucement la tête.

— Je ne deviendrai pas disciple de Rome demain. Mais j'accepterai la décision du synode de suivre cette coutume ecclésiastique, bien que mon cœur soit attaché à l'usage irlandais. Pourtant, je demeurerai à Streoneshalh, dans la ville pure, Witebia, en espérant qu'elle le reste.

Frère Eadulf remua inconfortablement sur son siège, en se demandant pourquoi il continuait d'éprouver cette tristesse. Après tout, son camp l'avait emporté dans ce grand débat, l'*unitas catholica* avait triomphé. L'autorité de Rome s'étendait désormais aux royaumes saxons. Pourquoi, dès lors, avait-il l'impression de perdre quelque chose ?

— Qui prendra la suite de Colmán en tant qu'évêque ? demanda-t-il, en faisant un effort pour surmonter sa mélancolie.

Hilda sourit avec tristesse.

— Tuda, bien qu'ayant reçu son éducation en Irlande, a accepté l'orthodoxie romaine, il sera évêque de Northumbrie. Mais Oswy a promis qu'Eata de Melrose deviendrait abbé de Lindisfarne et il en sera ainsi.

Eadulf remarqua, perplexe :

— Mais Eata lui aussi soutenait la règle de Colomba.

Hilda acquiesça.

— Désormais, il accepte l'autorité de Rome, en accord avec la décision du synode.

— Et les autres ? Chad, Cedd, Cuthbert ? demanda Fidelma.

— Ils ont tous décidé qu'ils devaient se montrer fidèles à la Northumbrie et qu'ils se conformeraient à la décision du synode. Cedd est parti pour Lastingham avec son frère, l'abbé Chad. Cuthbert accompagnera Eata à Lindisfarne, comme prieur.

— Ainsi la conversion a eu lieu dans le calme ? s'étonna Fidelma. Aucune guerre de religion ne menace la Northumbrie ?

L'abbesse Hilda lui répondit, dans un haussement d'épaules :

— Il est trop tôt pour le dire. La plupart des abbés et des évêques ont accepté la décision du roi. Tant mieux. Bien que certains aient choisi de suivre Colmán à Iona, peut-être jusqu'en Irlande même, pour former une nouvelle communauté. Je ne crois pas la paix du royaume menacée du côté religieux. L'armée d'Oswy a réagi promptement face aux rebelles d'Alhfrith. Si le roi pleure la mort de son fils premier-né, il est aussi plus en sécurité que jamais dans son royaume.

Eadulf souleva un sourcil, laconique :

— Mais y a-t-il encore une menace ?

— Ecgfrith est jeune et ambitieux. Maintenant que son frère aîné Alhfrith est mort, il exige de son père qu'il le nomme sous-roi de Deira. Mais il a déjà un œil sur le trône d'Oswy. Et nous sommes entourés de nations hostiles : Rheged, Powys, le royaume picte — tous sont avides de s'en prendre à nous. Le roi Wulfhere n'oublie pas qu'Oswy a occis son père, Penda. Il domine déjà la Mercie au sud de la rivière Humber. Qui sait d'où viendra le danger ?

Fidelma la contempla avec tristesse.

— Est-ce pour cette raison qu'Oswy est parti si vite rejoindre son armée ?

L'abbesse Hilda eut un sourire narquois, qui ne lui ressemblait pas :

— Il a rallié son armée au cas où Ecgfrith se plairait à croire que son père est aussi faible qu'Alhfrith l'a un jour prétendu.

Un silence embarrassé s'ensuivit. Hilda contempla Eadulf d'un air pensif.

— Les évêques ont fait de Wighard le nouvel archevêque de Cantorbéry. Je crois comprendre qu'il prendra bientôt la mer en direction de Rome. L'accompagnez-vous ?

— Il a besoin d'un secrétaire et d'un interprète. Je suis déjà allé à Rome et serai ravi de revoir la cité. En effet, je m'y rends avec lui.

Hilda interrogea Fidelma du regard.

— Et vous, sœur Fidelma. Où allez-vous maintenant ?

Celle-ci hésita et haussa les épaules.

— Je repars pour l'Irlande. Je dois rapporter à Kildare la nouvelle de la mort d'Étain et la décision du synode.

— Quel dommage que vos talents se trouvent séparés ! remarqua malicieusement Hilda, en jetant un regard à l'un puis à l'autre. Ensemble, vous formez une paire redoutable.

Frère Eadulf rougit et toussa de nervosité.

— Le talent appartient exclusivement à Fidelma, dit-il avec maladresse. Je n'ai fait que prêter une assistance physique quand elle était nécessaire.

— Que va-t-il arriver à sœur Gwid ? l'interrompit Fidelma, avec brusquerie.

Le regard de l'abbesse se durcit.

— Elle a été châtiée selon la coutume saxonne.

— Quelle est-elle ?

— Elle a été lapidée à mort par les sœurs de l'abbaye dès qu'Oswy a fait connaître sa décision.

L'abbesse Hilda se leva soudain, avant que Fidelma ait pu formuler son sentiment de dégoût.

— Nous nous reverrons avant vos départs respectifs. Que Dieu vous garde. *Benedictus sit Deus in donis Suis*[1].

Ils inclinèrent la tête.

— *Et sanctus in omnis operibus Suis*[2], répondirent-ils en chœur.

Devant la porte du logis de l'abbesse, Fidelma, bouillonnant de colère, se tourna vers Eadulf. Le moine saxon posa la main sur son bras.

— Fidelma, Fidelma. Souvenez-vous que ceci n'est point votre terre d'Irlande, s'empressa-t-il de dire pour calmer le flux de colère qui montait en elle. Ici, l'on agit différemment. Une meurtrière est lapidée à mort, surtout lorsqu'elle a tué pour un crime aussi honteux que la luxure. Ainsi vont les choses.

Elle pinça les lèvres et s'éloigna. Elle était encore trop pleine d'agressivité pour exprimer ce dégoût qui l'avait envahie.

Elle retrouva frère Eadulf le lendemain, au réfectoire, à l'heure du *jentaculum*.

Avant même qu'elle eût le temps de s'asseoir, elle vit accourir la vieille *domina* dans sa direction.

— Un frère venu d'Irlande vous cherche, ma sœur. Il est aux cuisines, car son voyage a été long, et il est sale et affamé.

Fidelma leva les yeux avec intérêt.

— Il vient d'Irlande ? Et il demande à me voir ?

— D'Armagh même.

1. Béni soit Dieu pour Ses dons. *(N.d.T.)*
2. Il est saint en toutes Ses œuvres. *(N.d.T.)*

Fidelma eut un regard étonné et partit à la rencontre du voyageur.

L'homme était épuisé et couvert de poussière. Il était installé dans un coin des cuisines, dévorant à belles dents de gros morceaux de pain et aspirant bruyamment le lait comme s'il n'avait pas mangé depuis plusieurs jours.

— Je suis Fidelma de Kildare, annonça-t-elle.

Il leva les yeux, sans arrêter de manger.

— Alors j'ai quelque chose pour vous.

Il parlait la bouche pleine en crachant des miettes de son repas ; Fidelma ne se formalisa pas de ses mauvaises manières.

— Un message d'Ultan d'Armagh, dit le moine en poussant vers elle un paquet.

Elle s'en empara, retourna entre ses mains le message entouré de vélin et ceint d'une lanière de cuir. Que pouvait donc lui vouloir l'archevêque d'Armagh, grand prélat d'Irlande ?

— Qu'est-ce ? dit-elle, s'interrogeant tout haut plus qu'attendant une réponse, car il était évident que celle-ci se trouvait à l'intérieur du paquet.

Le messager haussa les épaules entre deux bouchées, tout en continuant de mastiquer.

— Des instructions d'Ultan. On vous demande de vous rendre à Rome pour présenter la nouvelle règle des sœurs de Brigitte qui doit recevoir la bénédiction du Saint-Père. Ultan vous supplie de vous charger de cette ambassade, car vous êtes l'avocate la plus qualifiée et la plus capable parmi les sœurs de Kildare, l'abbesse Étain exceptée.

Fidelma le dévisagea, elle avait entendu les mots sans les comprendre vraiment.

— Je suis censée faire quoi ? demanda-t-elle, n'en croyant pas ses oreilles.

Le moine leva les yeux, fronça les sourcils en enfournant dans sa bouche un autre morceau de pain, qu'il mâcha plusieurs fois avant de répondre.

— Vous devez présenter la *Regula coenobialis Cill Dara* au Saint-Père pour qu'elle soit bénite. C'est la requête d'Ultan d'Armagh.

— Il me demande de me rendre à Rome ?

Sœur Fidelma se précipita à travers le cloître de l'abbaye, en direction du réfectoire. Elle ne savait pas pourquoi son cœur battait si fort ni ce qui rendait le jour soudain bien plus agréable et l'avenir si plein de promesses.

Impression réalisée par

CPI

Brodard & Taupin

La Flèche (Sarthe), 49953
N° d'édition : 3577
Dépôt légal : mars 2004
Nouveau tirage : novembre 2008

Imprimé en France